Seelenkälte

Ein Fall für Suna Lürssen

von Kerstin Wassermann

edition elibresca

Über das Buch:

»Wir alle haben unsere Geheimnisse.
Und manche davon sind tödlich.«

Eine junge Frau stürzt in den Tod. Selbstmord, lautet die allgemeine Einschätzung. Nur ihre Schwester glaubt nicht an einen Suizid und beauftragt Privatdetektivin Suna Lürssen, der Sache auf den Grund zu gehen. Zuerst sieht für Suna alles nach einem Routinefall aus – bis die nächste Leiche auftaucht.
Bei ihren Ermittlungen stößt sie auf immer mehr Ungereimtheiten, und schließlich keimt in ihr ein schrecklicher Verdacht: Der angebliche Selbstmord könnte nicht nur mit dem spurlosen Verschwinden eines Mannes zusammenhängen, sondern sogar mit der Serie grausamer Morde, die Lübeck gerade in Angst und Schrecken versetzt.

Seelenkälte

Ein Fall für Suna Lürssen

von Kerstin Wassermann

edition elibresca

Verlag Kerstin Wassermann
- edition elibresca -
Maifischweg 35, 68549 Ilvesheim

ISBN: 978-3-943859-25-6

www.elibresca.com

Auf die Dauer der Zeit

nimmt die Seele die Farbe deiner Gedanken an

Marcus Aurelius. römischer Kaiser

Mittwoch, 27. Februar

Es war erst kurz nach zehn, doch Rüdiger Tenstaage kam es schon viel später vor, mindestens Mitternacht. Er sah auf die fünf Uhren, die im globalen Business-Stil in Granit gefasst an der Wand hingen. *New York – Los Angeles – Tokio – Moskau – Hamburg* stand darunter, und alle fünf hatten eins gemeinsam: Die Sekundenzeiger, die sich jeweils an der exakt gleichen Stelle des Zifferblatts befanden, bewegten sich mit quälender Langsamkeit.

Der Vertrag, den sie seit mehr als fünf Stunden aushandelten, befand sich eigentlich längst in trockenen Tüchern. Trotzdem ritt Helge von Stanbach, der Anwalt des Bauunternehmens, mit dem Tenstaage eine Kooperation eingehen wollte, unermüdlich auf einzelnen Formulierungen herum. Es ging immer nur um ein oder zwei Wörter oder sogar nur um die Satzstellung, die geändert werden sollten, aber das zog sich jetzt schon seit mehr als zwei Stunden so hin. Dabei waren sie sich doch eigentlich in allen Punkten einig. Der Graf, wie Tenstaage Stanbach insgeheim nannte, war Wirtschaftsjurist, und genau diese Ausbildung schlug jetzt bei ihm durch. Der typische Korinthenkacker, dachte Tenstaage abfällig. Zwölf Semester Jura mussten wohl einfach ihre Spuren hinterlassen.

Sie befanden sich im sechsten Stock eines relativ neuen Bürokomplexes in der Hamburger Hafencity. Hier hatte Stanbachs Kanzlei einige Büroräume angemietet, zu denen auch der Konferenzsaal gehörte, in dem sie jetzt saßen.

Der komplett durchgestylte Raum sollte wahrscheinlich die Gegenpartei einschüchtern, überlegte Tenstaage. Er war ein ganzes Stück höher als die normalen Büros, wodurch man sich selbst in gewisser Weise klein und unbedeutend vorkam, beinahe wie geschrumpft. Der dunkle, geölte Parkettboden schimmerte in der ausgeklügelten indirekten Beleuchtung, die an den Wänden installiert war. Der klobige Tisch und die passenden, handgefertigten Stühle mussten ein halbes Vermögen gekostet haben. Die andere Hälfte hatten der Graf und seine Partner wahrscheinlich für die beiden riesigen modernen Gemälde hingelegt, die zwei Seiten des Raumes zierten.

Doch Tenstaage beeindruckte das wenig. Als Architekt hatte er ständig mit Neubauten zu tun. Entweder war dabei das Geld knapp und der Bauherr versuchte, an allen Ecken und Enden zu sparen, oder es ging nur darum, zu protzen. Je teurer das Bauwerk wirkte, umso besser. Er unterdrückte ein Gähnen und warf wieder einen verstohlenen Blick auf die Uhren-Installation. Er hoffte, dass der Graf bald zum Ende kommen würde. Er wollte endlich hier raus. Schließlich hatte er noch die Rückfahrt zu seinem Haus in Lübeck vor sich.

Oder er könnte auch einfach in Hamburg bleiben, im Hyatt oder im Steigenberger einchecken und die Nacht in der Stadt verbringen, überlegte er. Ein oder zwei entspannte Cocktails an der Hotelbar waren sicherlich nicht die schlechteste Möglichkeit, den Vertragsabschluss zu feiern. Vorausgesetzt, der Graf schaffte es endlich, seine letzte Korinthe zu kacken. Er grinste über sein gedankliches Wortspiel.

»Ich denke, von unserer Seite wäre dann alles geklärt«, sagte Stanbach in diesem Augenblick und sah Tenstaage erwartungsvoll an.

Dieser hob beide Hände und lächelte. »Keine weiteren Einwände«, erklärte er und atmete insgeheim erleichtert auf.

Auch die beiden Schlipsträger aus dem mittleren Management des Baukonzerns, die während der Verhandlungen kaum ein Wort gesagt hatten, schienen froh zu sein, endlich nach Hause zu kommen.

Oder ins nächste Bordell, dachte Tenstaage amüsiert.

Wie auf ein geheimes Kommando zückten die beiden zeitgleich ihre Montblanc-Füller, um den Vertrag endlich zu unterzeichnen.

Dementsprechend knapp fiel die Verabschiedung zwischen den Männern aus, nachdem die notwendigen Unterschriften geleistet waren. Tenstaage schüttelte jedem kurz die Hand, dann wandte er sich zur Tür, während die anderen noch am Tisch sitzen blieben. Wahrscheinlich wollten sie noch etwas unter sich klären. Ihm war das egal, er freute sich, endlich aus diesem verdammten Büro zu kommen. Ohne sich noch einmal nach seinen Vertragspartnern umzudrehen, verließ er den Raum. Die schwere, schallgedämmte Tür fiel beinahe lautlos hinter ihm ins Schloss.

Es war ruhig geworden in der Etage. Die meisten Mitarbeiter des Grafen schienen schon gegangen zu sein. Auch der Empfangstresen am Eingang der Kanzleiräume war nicht mehr besetzt.

Tenstaage spürte ein leichtes Bedauern. Er hätte sich noch gern von der rotgelockten Empfangsdame verabschiedet. Ihr Rock war für Business-Chic etwas zu kurz gewesen, hatte ihre Kurven dafür aber besonders gut zur Geltung gebracht, ebenso wie ihre etwas zu weit offen stehende Bluse. Tenstaage hätte seine gesamten Einnahmen aus dem eben abgeschlossenen Vertrag darauf gewettet, dass sie ihre Brüste mit ordentlich Silikon hatte aufpolstern lassen. Sie waren beinahe aus dem Ausschnitt gequollen. Wahrscheinlich war dazu sogar mehr als eine Operation notwendig gewesen, aber das war ja nicht sein Problem. Wie auch immer, der Anblick war es auf jeden Fall wert gewesen.

Der Zugang zu den Aufzügen war ebenfalls menschenleer. Tenstaage war es nur recht. Er drückte auf den Rufknopf, stieg in den Lift und genoss es, die Kabine für sich zu haben. Nichts nervte ihn mehr als ein Aufzug voller Menschen, die wie hypnotisiert auf die Leuchtanzeige mit den angezeigten Stockwerken starrten, bloß um den anderen nicht ins Gesicht sehen zu müssen. Außerdem konnte er so ohne Verzögerung in das Untergeschoss fahren. Auch auf dem Weg nach unten stieg niemand zu.

Als sich in der Tiefgarage die Türen öffneten und er aus dem Aufzug stieg, stutzte er plötzlich. Ein paar Meter vor sich entdeckte er eine junge Frau, die sich gerade vor einem der wenigen Wagen bückte, die zu dieser Zeit noch hier abgestellt waren.

Offensichtlich hatte sie ihren Schlüssel oder etwas anderes fallen lassen, denn sie hob irgendeinen Gegenstand vom Boden auf und steckte ihn in ihre Handtasche. Dabei streckte sie ihm aufreizend ihr Hinterteil entgegen, das in einem engen schwarzen Rock steckte. Ein äußerst appetitlicher Anblick. Er musste sich beherrschen, nicht anerkennend durch die Zähne zu pfeifen.

Vom Geräusch der Aufzugstüren alarmiert, drehte sich die Frau kurz zu Tenstaage um. Sie musterte ihn für ein paar Sekunden, lächelte ihm dann mit knallrot geschminkten Lippen vielsagend zu und ging in Richtung des hinteren Teils der Tiefgarage davon.

Tenstaage gaffte ihr hinterher. Ihre Hüften wackelten verführerisch und ihre langen blonden Haare, die geschäftsmäßig im Nacken zu einem Knoten geschlungen waren, lösten diverse Fantasien bei ihm aus.

Plötzlich blieb sie stehen, wandte sich noch einmal kurz zu ihm um und öffnete die Spange, die ihre Haare zusammenhielt. In weichen Kaskaden fielen sie ihr über die Schultern.

Tenstaage interpretierte das als eindeutige Einladung. Noch in derselben Sekunde beschloss er, die Nacht in Hamburg zu verbringen und erst am nächsten Tag nach Lübeck zurückzukehren. Eine langbeinige Blondine war eine willkommene Abwechslung zu seiner zierlichen, schwarzhaarigen Ehefrau. Vielleicht kam er sogar um das Hotelzimmer herum, wenn die Frau ihn einfach mit zu sich nach Hause nahm.

Doch genau diese langbeinige Blondine würde in wenigen Sekunden aus seinem Blickfeld verschwunden sein, wenn er sich nicht beeilte. Mit ausholenden Schritten begann er sie zu verfolgen. Sie schien ein wenig langsamer zu werden, als sie ihn hinter sich hörte.

Eindeutig war sie nicht abgeneigt, mit ihm ins Gespräch zu kommen, dachte er zufrieden, vielleicht auch mehr. Wenn nicht, würde er eben seine Überzeugungskraft einsetzen. Bisher hatte er nie Probleme gehabt, Frauen herumzukriegen.

Mit beiden Händen fuhr er sich durch die Haare. Nach der langen Sitzung am Abend sah er nicht mehr unbedingt taufrisch aus, aber es würde schon gehen. Er verzog amüsiert das Gesicht. Notfalls konnte er ja vorher *und* hinterher duschen.

Doch plötzlich blieb er irritiert stehen. Die Blondine war um eine Ecke verschwunden, und mit einem Mal waren auch ihre Schritte nicht mehr zu hören. Er lauschte ein paar Sekunden lang, doch alles blieb still. War sie durch irgendeine Tür verschwunden? Oder wartete sie vielleicht auf ihn?

Vorsichtig näherte er sich der Stelle, bog ebenfalls um die Ecke – und stand plötzlich direkt vor ihr. Sie hatte die Hände in die Hüften gestemmt. Ihre roten Lippen waren zu einem breiten Lächeln verzogen, das ihre makellosen Zähne zeigte.

Aber irgendetwas stimmte nicht.

Abrupt stoppte er seine Schritte und starrte sie an. Ihre Miene ähnelte eher einem Zähnefletschen als einem verführerischen Lächeln. Obwohl sie ein äußerst hübsches Gesicht hatte, wirkte sie in diesem Augenblick wenig attraktiv. Außerdem kam sie ihm vage bekannt vor. War er ihr schon einmal begegnet?

Er konnte es nicht genau sagen. Blitzschnell durchforstete er seine Erinnerungen. Leider war sein Gedächtnis für Gesichter nicht besonders ausgeprägt. Er öffnete den Mund, um etwas zu sagen. Eine Begrüßungsfloskel, einen Anmachspruch, irgendetwas. Doch dazu kam er nicht mehr.

In diesem Augenblick traf ihn etwas im Rücken. Er konnte nicht sagen, was es war, doch es schien sich in seine Haut zu krallen. Ein scharfer Schmerz ging davon aus, verteilte sich in alle Richtungen und raste durch seinen ganzen Körper. Verzweifelt versuchte er danach zu greifen, es aus seiner Haut herauszureißen, aber seine Arme wollten ihm einfach nicht gehorchen. Auch den Rest seines Körpers schien er plötzlich nicht mehr unter Kontrolle zu haben. Er spürte, wie seine Muskeln unkontrolliert zu zucken begannen. Dabei hatte er das Gefühl, innerlich zu verbrennen.

Er kippte nach vorn, sah den schmutzigen Betonboden, der in rasender Geschwindigkeit auf ihn zuzukommen schien. Dann wurde es dunkel um ihn.

Als sein Kopf hart auf den Boden prallte, war er schon nicht mehr bei Bewusstsein.

Freitag, 01. März

Scheinbar emotionslos starrte Rüdiger Tenstaage auf die Fingerknöchel seiner rechten Hand. Winzige Blutstropfen sickerten durch die abgeschürften Stellen und färbten seine Haut rosig. Er hatte keinerlei Zweifel, dass die Knöchel innerhalb der nächsten Stunden blau anlaufen würden. Sie begannen schon jetzt anzuschwellen.

Doch der äußere Schein trog. Tenstaage war alles andere als ruhig, in seinem Inneren brodelte es. Wut mischte sich mit Hoffnungslosigkeit.

»Ihr verdammten Schweine!«, brüllte er wieder und schlug noch einmal mit der Faust gegen die schwere Metallklappe, die in der Wand eingelassen war. Seltsamerweise tat ihm der Schmerz gut, ließ ihn fühlen, dass er noch am Leben war.

Der Klappe dagegen machten seine Schläge nicht das Geringste aus. Keinerlei Beulen, nicht einmal leichte Dellen zeigten sich in dem dicken Metall.

Das versetzte ihn nur noch mehr in Wut. Mit aller Kraft begann er auf die Klappe einzutreten. »Lasst mich hier raus, verdammt!«, brüllte er immer wieder. »Ich will hier raus!« Als er merkte, dass seine Tritte leichte Dellen in der Klappe hinterließen, spornte ihn das nur noch mehr an. Immer wieder trat er dagegen, bis seine Beine und seine Füße heftig zu schmerzen begannen.

Erschöpft hielt er inne, sein Atem ging stoßweise. Aber er war noch nicht bereit, sich unterkriegen zu lassen.

Er trat ein paar Schritte zurück und starrte auf die verspiegelte Scheibe aus Sicherheitsglas oberhalb der Metalltür, nur knapp unterhalb der niedrigen Decke. Er wusste nicht, ob sich dahinter eine Videokamera befand oder ob seine Entführer direkt dahinter saßen und ihn beobachteten, aber er war sich absolut sicher, dass sie ihn die ganze Zeit sehen konnten.

Sie sehen mich, und sie genießen den Anblick, dachte er verbittert.

»Lasst mich raus, ihr verdammten Hurensöhne!«, brüllte er das Glas an.

Nicht zum ersten Mal fragte er sich, was sie mit seiner Entführung bezweckten. Es konnte eigentlich nur um den Vertrag gehen, den er mit Stanbach ausgehandelt hatte. In dessen Kanzlei war er entführt worden, und es war das größte Projekt, was er für seine Firma jemals an Land gezogen hatte. Nur verstand er nicht, warum die Entführer ihm nicht endlich sagten, was sie von ihm wollten.

Nachdem er in seinem Verlies aufgewacht war, mit dröhnenden Kopfschmerzen und einem üblen Schwindelgefühl, hatte er erwartet, dass ihm jemand innerhalb von kurzer Zeit irgendein Dokument vorlegen würde, das er unterzeichnen sollte. Er war davon überzeugt gewesen, dass er nur eingeschüchtert werden sollte.

Inzwischen aber war er sich seiner Sache nicht mehr so sicher.

So langsam, dachte er, könnten die mir endlich sagen, was sie von mir wollen.

Mittwoch, 6. März

Das Schrillen ihres Weckers riss sie aus dem Schlaf.

Linda Vossen verzog gequält das Gesicht, knurrte etwas Unverständliches, drehte sich auf die andere Seite und zog sich das Kissen über den Kopf. Sie wollte, nein, sie konnte noch nicht aufstehen.

Aber der Wecker war unerbittlich. Sein ohrenbetäubender Lärm erfüllte das kleine Schlafzimmer und vertrieb jeden Gedanken daran, einfach weiterzuschlafen.

Also richtete sich Linda mit einem unwilligen Stöhnen auf, schlug die Bettdecke weg und lief zu dem kleinen Tischchen, auf dem der Unruhestifter stand. Linda selbst hatte ihn dort platziert. Wenn sie nicht aufstehen musste, um den Wecker auszustellen, nutzte er ihr gar nichts. Dann stellte sie ihn einfach aus und schlief weiter, ohne sich hinterher überhaupt an das Klingeln erinnern zu können.

Sie warf einen sehnsüchtigen Blick auf ihr warmes, weiches Bett und seufzte laut. Wenn sie sich später beeilte und das Frühstück ausfallen ließ, konnte sie sich doch noch einmal für eine Viertelstunde hinlegen, vielleicht sogar für zwanzig Minuten, sagte sie sich.

Doch ihr Pflichtbewusstsein war stärker als der Wunsch nach Bequemlichkeit. Sie hatte an diesem Tag einen wichtigen Kundentermin in der Agentur, in der sie arbeitete, da konnte sie es sich auf keinen Fall leisten, unpünktlich zu sein. Schon gar nicht bei diesem speziellen Kunden, der als besonders schwierig galt.

»Frau Vossen, Sie machen das schon. Und wenn Sie mal nicht weiterwissen, dann flirten Sie einfach ein bisschen. Bei einer so hübschen jungen Frau, wie Sie es sind, ist kein Kerl immun gegen ein paar Augenaufschläge«, hatte ihr Chef gesagt, als er ihr den Termin aufs Auge gedrückt hatte. Als ob das so einfach wäre! Sie erinnerte sich noch gut an das erste Mal, als sie mit diesem Kunden zu tun gehabt hatte. Sie hatte eine Kollegin zur Präsentation einer Printkampagne begleitet. Selbstbewusst hatte diese die Entwürfe der einzelnen Anzeigenmotive vorgeführt, nur um dann vom Kunden völlig zerpflückt zu werden. Er hatte sie dastehen lassen wie ein dummes, kleines Mädchen. Das an sich war schon übel genug, schlimmer war noch, dass genau dieser Kerl inzwischen für einen ziemlich großen Werbeetat verantwortlich war. Einen Etat, den Linda auf keinen Fall verlieren wollte.

Sie lief ins Bad, drückte sich ein bisschen Zahnpasta auf die Zahnbürste und begann, gründlich die Zähne zu putzen, um den schlechten, etwas säuerlichen Geschmack zu vertreiben, den sie seit dem Aufwachen im Mund hatte. Sie hoffte, dass ihrem Kunden ihre leichte Alkoholfahne nicht auffallen würde, die sie bestimmt noch hatte.

Eigentlich hatte sie gestern mit ein paar ihrer Kolleginnen nur zu einer After-Work-Party in der Altstadt gehen wollen, aber als es sich dort langsam geleert hatte, war noch keine von ihnen in der Stimmung gewesen, nach Hause zu gehen. Also waren sie noch ein bisschen durch die Clubs gezogen und schließlich in einer Cocktailbar gelandet, die nicht nur unglaublich wohlschmeckende

Drinks zu bieten gehabt hatte, sondern auch den hübschesten Barkeeper, den Linda je gesehen hatte.

»Selber schuld«, murmelte Linda ihrem Spiegelbild zu, dem man die Ausschweifungen der letzten Nacht leider nur allzu deutlich ansah. »Hättest du nicht die Nacht zum Tag gemacht, wäre heute alles viel einfacher. Aber wie heißt es so schön: Wer feiern kann, kann auch arbeiten.«

Nach einer ausgiebigen Dusche würde sie schon etwas frischer aussehen, sagte sie sich, und den Rest musste halt eine etwas dickere Schicht Make-up richten.

Sie zog sich gerade ihren Pyjama aus, um unter die Dusche zu gehen, als es an der Tür klingelte. Erstaunt hob sie den Kopf und lauschte. Sie hatte sich bestimmt verhört. Um diese Zeit bekam sie niemals Besuch, schon gar nicht unter der Woche, wenn sie arbeiten musste.

Doch dieses Mal hörte sie die Klingel ganz deutlich. Sie warf sich schnell ihren weißen Frotteebademantel über und tappte barfuß durch den schmalen Flur zur Wohnungstür.

Misstrauisch sah sie durch den Türspion – und erkannte den Mann, der auf sie wartete, sofort. Es war Jörn, ihr Schwager, der zusammen mit ihrer Schwester Saskia im gleichen Haus wie sie wohnte. Die Wohnung der beiden lag allerdings zwei Stockwerke weiter oben als ihre.

Dass Jörn um diese Zeit allein vor ihrer Tür auftauchte, konnte nichts Gutes bedeuten. Sie wunderte sich, dass er überhaupt in Lübeck war. Soweit sie wusste, sollte er bis zum übernächsten Tag in Berlin bei einem Kongress sein. Aber vielleicht war Saskia ja krank geworden und er war vorzeitig von seinem Kongress zurückgekommen, um sich um sie zu kümmern. Saskia war schon immer ziemlich anfällig gewesen.

Nervös öffnete Linda die Tür.

»Hallo Jörn, das ist ja eine Überraschung, dich hier so früh zu sehen«, sagte sie betont munter. »Was gibt es denn?«

Ihr Schwager erwiderte nichts. Er starrte sie nur mit ausdrucksloser Miene an.

Linda fiel auf, dass er sich nicht rasiert hatte, ein Umstand, der für ihn völlig untypisch war. Außerdem wirkte seine Haut unnatürlich blass, und tiefe Schatten lagen unter seinen leicht geröteten Augen. Sie wurde noch unsicherer. Irgendetwas war nicht in Ordnung, da gab es keinen Zweifel.

»Komm doch erst mal rein«, forderte sie ihn mit belegter Stimme auf und trat einen Schritt zur Seite, um ihn durchzulassen.

Mit roboterartigen Bewegungen ging er durch den Flur ins Wohnzimmer, setzte sich aber nicht, sondern blieb einfach regungslos mitten im Raum stehen. Er sah sie nicht an.

»Kann ich irgendetwas für dich tun?«, fragte Linda. Das eigenartige Verhalten ihres Schwagers versetzte sie immer mehr in Angst. Jörn war Geschäftsführer einer Firma für medizintechnische Geräte. Normalerweise war sein Auftreten selbstbewusst und souverän. Er hatte weder Probleme, vor vielen Menschen zu sprechen, noch die richtigen Worte zu finden, wenn eine Situation mal etwas heikel wurde. Dass er jetzt so apathisch wirkte, erschreckte Linda mehr, als sie es jemals für möglich gehalten hätte. Sie merkte selbst, wie merkwürdig ihre Stimme bei ihrer Frage geklungen hatte.

»Jörn, jetzt sag doch endlich, was passiert ist. Was ist los?« Inzwischen schrie sie beinahe.

Umso kühler klang die Stimme ihres Schwagers, als er endlich antwortete: »Saskia ist tot.«

Mehr sagte er nicht. Er schien auch nicht auf eine Reaktion von ihr zu warten. Er stand einfach nur da.

Linda starrte ihn fassungslos an. Sie hatte die Worte gehört, hatte sie auch verstanden, aber sie war nicht in der Lage, ihren Sinn zu begreifen.

»Was?«, stammelte sie tonlos.

»Sie ist heute Nacht von der Fehmarnsundbrücke gesprungen. Die Polizei hat mich in Berlin angerufen, nachdem man sie gefunden hat. Ich bin sofort hergekommen.« Noch immer war bei Jörn keine Gefühlsregung auszumachen, weder in seiner Stimme noch in seiner Mimik.

Linda hatte plötzlich das Gefühl, dass ihre Beine sie nicht mehr tragen konnten. Schwankend kämpfte sie darum, sich aufrecht zu halten. Bevor ihr die Knie einfach wegknickten, trat sie einen Schritt zurück und ließ sich langsam auf die Sitzfläche ihres Sofas sinken.

»Das kann nicht sein«, murmelte sie mit heiserer Stimme. »Das glaube ich einfach nicht.« Sie blickte auf, und ein plötzlicher Anflug von Hoffnung lag in ihrem Gesicht. »Das ist bestimmt eine Verwechslung. Eine andere Frau, die Saskia durch Zufall ähnlich sieht ...«

Sie brach ab, als Jörn langsam den Kopf schüttelte. Das erste Mal, seitdem er vor ihrer Tür gestanden hatte, sah er ihr direkt in die Augen.

»Sie ist es. Ich habe sie gesehen. Ich musste sie identifizieren.«

Linda starrte ihn entsetzt an. Sie merkte, dass ihr Tränen in die Augen stiegen.

»Nein!«, schluchzte sie plötzlich. »Bitte nicht. Nicht Saskia!« Sie schlug die Hände vors Gesicht und begann zu weinen. Jörn trat zu ihr und legte ihr tröstend die Hand auf die Schulter, aber sie schaffte es nicht, ihn anzusehen. Zu tief saß der Schock.

Minutenlang ließ sie ihren Tränen freien Lauf, während Jörn einfach nur bei ihr stand, ratlos und selbst geschockt. Irgendwann beugte er sich über sie.

»Ich gehe jetzt, aber ich komme später noch mal runter zu dir«, murmelte er, bevor er die Wohnung verließ und leise die Tür hinter sich zuzog.

Auch als ihre Tränen langsam versiegten, blieb Linda weiter auf dem Sofa sitzen. Sie starrte in Leere, versuchte verzweifelt zu begreifen, was sie gerade gehört hatte.

Ihr Termin, die Arbeit, der wichtige Kunde, all das schien plötzlich keine Bedeutung mehr für sie zu haben. Sie dachte nur noch an ihre Schwester.

Vielleicht war Saskia gestern Abend zu ihr heruntergekommen, um mit ihr zu sprechen, schoss es ihr durch den Kopf. Vielleicht hatte sie ihre Hilfe gesucht, hatte immer wieder geklingelt und geklopft, aber Linda war nicht dagewesen. Stattdessen war sie mit den Mädels durch die Clubs gezogen.

Meine Schwester ist gestorben, dachte sie bestürzt, während ich mich amüsiert habe.

Dienstag, 12. März

Es war eine ungewöhnliche Zeit für ein Gewitter, doch die aufziehenden schweren Wolken passten zur Stimmung auf dem Friedhof. Einige der Trauergäste blickten immer wieder mit sorgenvoll verzogenen Gesichtern in Richtung Himmel. Die Aussicht, einen kräftigen Regenschauer abzubekommen, schien sie wesentlich mehr zu belasten als der Anlass, aus dem sie sich versammelt hatten.

Linda Vossen störte das nicht. Es war ihr völlig egal, aus welchem Grund die anderen Leute auf dem Friedhof erschienen waren. Viele der Anwesenden hatte sie noch nie gesehen. Wahrscheinlich waren es Freunde, Verwandte oder Geschäftspartner von Saskias Ehemann Jörn, die es für schicklich hielten, sich wenigstens kurz blicken zu lassen. Wirklich zu trauern schien hier kaum jemand. Es hatte nicht viele Menschen gegeben, denen Saskia etwas bedeutet hatte.

Ihr Vater, zu dem sie jahrelang keinen Kontakt gehabt hatte, war vor Kurzem gestorben. Auch das Verhältnis zu ihrer Mutter war denkbar schlecht gewesen. Beim Gedanken an sie hätte Linda beinahe höhnisch aufgelacht. Sie hätte darauf wetten können, dass Irene Vossen nicht zum Begräbnis ihrer ältesten Tochter erscheinen würde – und sie hatte recht behalten. Auch Tamara, die einzige Freundin von früher, zu der Saskia noch Kontakt gehalten hatte, war nicht da. Doch sie hatte sich zumindest entschuldigt.

Sie lebte inzwischen in London und konnte aus beruflichen Gründen derzeit nicht von dort weg.

Linda blickte auf den Sarg aus poliertem dunklen Holz, der gerade in die rechteckige Vertiefung in der Erde hinuntergelassen wurde. Trotz der Einwände des Bestattungsunternehmers hatte sie ihn mit Sonnenblumen schmücken lassen.

Saskias Lieblingsblumen.

Lindas Mund verzog sich zu einem leichten Lächeln, als sie daran dachte, wie schwierig es gewesen war, die Blumen zu besorgen.

»Sonnenblumen noch vor dem Frühling?«, hatte der Bestattungsunternehmer mit entsetzter Miene gefragt. »Unmöglich. Das geht auf gar keinen Fall.« Wichtiger schien ihm jedoch gewesen zu sein, dass sich das einfach nicht gehörte. Seiner Meinung nach schmückte man Särge mit Madonnenlilien oder Nelken, nicht mit Sonnenblumen oder etwas vergleichbar Rufschädigendem.

Doch Linda hatte darauf bestanden. Es ging um die Beerdigung ihrer Schwester, und dabei zählten allein deren Geschmack und Vorlieben. Auf traditionelle Gepflogenheiten hatte Saskia ohnehin nie viel Wert gelegt. Und in Zeiten des Internets und des globalisierten Handels waren auch Sonnenblumen im März zu bekommen.

Linda warf einen Blick hinüber zu Jörn, ihrem Schwager, der neben ihr stand. Sein Gesichtsausdruck wirkte versteinert, keinerlei Emotionen waren darauf abzulesen. Doch Linda wusste, wie sehr er litt. Er war außer ihr der einzige Mensch, dem Saskia wirklich etwas bedeutet hatte, da war sie sich ganz sicher.

Vorsichtig schob sie ihre Hand in seine und drückte sie leicht. Sie wusste selbst nicht genau, ob sie ihn trösten wollte oder ob sie nur selbst Trost suchte, aber das war nicht entscheidend. Es gab ihr Halt, und nur das zählte.

Jörn hielt ihre Hand fest, aber er sah sie nicht an. Sein Blick ruhte starr auf dem Sarg in dem sauber ausgekleideten Erdloch.

Die Zeremonie neigte sich dem Ende zu. Es war an der Zeit, die Blumensträußchen in das offene Grab zu werfen.

Linda wusste, dass sie als Erste damit an der Reihe war. Pflichtbewusst tat sie, was von ihr erwartet wurde. Es fühlte sich merkwürdig an. Es ging darum, der Toten die letzte Ehre zu erweisen und sich endgültig von ihr zu verabschieden, aber Linda kam alles so unwirklich vor.

Neunundzwanzig, dachte sie immer wieder. Neunundzwanzig Jahre ist Saskia nur alt geworden. Das war kein Alter, in dem man sterben sollte. Und sie war sich sicher, dass Saskia auch nicht so früh hatte sterben wollen. Auch wenn alle anderen von einem Selbstmord überzeugt waren, glaubte sie nicht daran.

Linda sah auf und musterte mit neu erwachtem Interesse die Anwesenden. Da die offizielle Zeremonie beendet war, war sie inzwischen ein paar Schritte zurückgetreten, sodass sie alle, die noch am offenen Grab standen, gut im Blick hatte. Sie hatten einigermaßen betroffene Mienen aufgesetzt, aber Linda wusste, dass kaum jemand wirklich Trauer empfand. So langsam löste sich die allgemeine Stimmung. Einige begannen miteinander zu reden, sogar ein leises, unterdrücktes Lachen drang zu ihr herüber. Eigentlich war das ja auch kein Wunder. Sie hatten Saskia ja kaum gekannt, wenn überhaupt waren sie ihr mal begegnet, wenn sie mit Jörn zu irgendwelchen offiziellen Anlässen erschienen war.

Aber vielleicht war einer unter ihnen, dem die Zeremonie tatsächlich mehr bedeutete als den anderen, einer, der aus ganz anderen Beweggründen erschienen war.

Vielleicht, dachte Linda verbittert, ist einer von ihnen Saskias Mörder.

Donnerstag, 14. März

Mit gemischten Gefühlen fuhr Suna Lürssen zu der repräsentativen Gründerzeitvilla in St. Gertrud, in der Robert Lürssen seine Kanzleiräume hatte. Erst am Vormittag hatte er sie angerufen und sie zu einem dringenden Termin in seine Kanzlei gebeten. Er wollte ihr am Telefon nicht sagen, worum es genau ging, doch sie vermutete, dass er ihr einen seiner Mandanten vermitteln wollte, der die Hilfe eines Privatdetektivs brauchte. Also hatte sie sich breitschlagen lassen und zugesagt.

In der letzten Zeit bekam sie öfter Aufträge von Robert vermittelt und war ihm meistens auch recht dankbar dafür. Immerhin trug er dadurch nicht unerheblich dazu bei, dass sie regelmäßig ihre Miete und ihre Stromrechnung bezahlen konnte.

Trotzdem war sie sich nicht ganz sicher, ob es ihr guttat, ständig mit Robert zusammenzuarbeiten. Er war ihre erste große Liebe gewesen. Sie hatten sich schon in der Schule kennengelernt, und obwohl seine Eltern immer strikt gegen ihre Verbindung gewesen waren, hatten sie geheiratet – oder vielleicht auch gerade deswegen, dachte Suna zynisch. Doch ihre Ehe war gescheitert.

»Wir waren einfach zu jung«, sagte Suna heute, wenn sie jemand nach dem Grund dafür fragte. Und wahrscheinlich stimmte das sogar. Erst als sie schon verheiratet gewesen waren, hatten sie herausgefunden, dass sie völlig verschiedene Vorstellungen davon hatten, wie ihr Leben verlaufen sollte.

Darüber dachte Suna nach, während sie das Haus betrat und Kathrin, Roberts Assistentin, begrüßte. Sie saß hinter einem großen Schreibtisch aus Massivholz, auf dem sich unzählige Aktenordner neben großen Papierstapeln türmten, und hantierte mit einem Locher. Dabei zog sie ein Gesicht, als hätte sie gerade in einen vergammelten Fisch gebissen.

»Die Praktikantin letzten Monat hat die gesamte Ablage durcheinandergebracht«, erklärte sie. »Jetzt hat mir Robert die tolle Aufgabe übertragen, alles noch mal neu zu sortieren.«

Suna setzte einen angemessen mitfühlenden Gesichtsausdruck auf, was ihr nicht besonders schwerfiel. Sie hasste den ihrer Meinung nach völlig überflüssigen Papierkram auch. Allerdings war es in ihrem Job ein notwendiges Übel, das man zwangsweise mit erledigen musste, während Kathrins Beruf beinahe ausschließlich daraus bestand.

Mit einer Kopfbewegung wies Suna auf die Tür zum Büro ihres Exmanns. »Ist er da?«, fragte sie nur.

Kathrin nickte. »Ist er, hat aber schon Besuch von einer Blondine.«

»Na, dann komme ich ja gerade richtig«, bemerkte Suna und betrat das Büro, ohne vorher anzuklopfen.

Sie war schon so oft in diesem Büro gewesen, dass ihr jedes Möbelstück, jedes Gemälde an der Wand vollkommen vertraut war. Alles strahlte den Charme und die Gediegenheit eines englischen Country-Clubs aus; schwer, dunkel und unglaublich spießig. Und wie man zu den dunklen Holzmöbeln und den schweren Vorhängen auch noch einen dunkelgrünen Teppich kombinieren konnte, war ihr ohnehin ein Rätsel.

Robert dagegen schien sich hier völlig wohlzufühlen. Mit seinem dunkelgrauen Maßanzug, dem blütenweißen, gestärkten Hemd und der Seidenkrawatte passte er allerdings auch wunderbar ins Bild. Er saß an dem großen Besprechungstisch am Fenster. Als Suna eintrat, stand er sofort auf und eilte ihr entgegen.

»Suna, schön, dass du kommen konntest.«

Zur Begrüßung drückte er ihr einen flüchtigen Kuss auf die Wange, was sie sofort zu einem Stirnrunzeln veranlasste. Überschwängliche Freudenbekundungen seinerseits machten sie immer misstrauisch. Das konnte eigentlich nur bedeuten, dass er einen ziemlich heiklen Auftrag schmackhaft machen wollte – oder einen sehr langweiligen.

Roberts jetzt verwaistem Platz gegenüber saß eine schlanke, sehr hübsche Frau mit langen blonden Haaren. Suna schätzte sie auf höchstens Mitte zwanzig. Sie wirkte äußerlich ruhig, aber als Suna ihr die Hand gab, bemerkte sie, dass sie zitterte. Der Rechtsanwalt stellte sie als Linda Vossen vor.

»Das ist Suna Lürssen, die Privatdetektivin, von der ich Ihnen erzählt habe«, wandte er sich dann an seine Mandantin.

Diese quittierte die Äußerung mit einem Stirnrunzeln – wegen der Namensgleichheit, die kaum ein Zufall sein konnte, wie Suna vermutete.

»Ihre ... Schwester?«, fragte sie vorsichtig nach.

»Meine Frau.« Roberts Lächeln hatte einen eindeutig süffisanten Zug angenommen.

»Exfrau«, korrigierte Suna ihn sofort. Sie wollte erst gar keine Missverständnisse aufkommen lassen.

Linda Vossens Miene spiegelte ihre Verwirrung wider, aber sie stellte keine weiteren Fragen. Offenbar vertraute sie ihrem Anwalt genug, um ihm keine miesen Spielchen und Vetternwirtschaft zuzutrauen. Vielleicht war sie aber auch einfach zu sehr mit ihrem eigenen Problem beschäftigt, um sich darüber den Kopf zu zerbrechen. Ihr Blick schien ununterbrochen im Raum umherzuwandern, ohne einen Halt zu finden, und ihrem schmalen, blass wirkenden Gesicht war deutlich anzusehen, dass sie zurzeit wenig Schlaf bekam. Irgendetwas schien sie ständig zu beschäftigen.

Dass Suna mit dieser Einschätzung genau ins Schwarze getroffen hatte, stellte sich nur wenige Minuten später heraus.

Wie sie mitgeteilt bekam, hatte Linda sich an Robert gewandt, weil sie nicht damit einverstanden war, dass die Staatsanwaltschaft die Ermittlungen zum Tod ihrer Schwester eingestellt hatte. Man ging davon aus, dass Saskia Christensen Selbstmord begangen hatte, als sie von der Fehmarnsundbrücke in den Tod gestürzt war.

Und tatsächlich gab es viel, was für diese Theorie sprach, wie Linda selbst zugab. Nicht nur, dass Saskias Auto verlassen in der Nähe ihrer Leiche gefunden worden war, auch das Fehlen jeglicher Spuren, die auf die Beteiligung anderer Personen hindeuten konnten, bestätigten die Selbstmordthese. Zudem sprach Saskias Vergangenheit eindeutig dafür: Sie war seit Jahren wegen depressiver Störungen in psychologischer Behandlung und hatte schon zwei Suizidversuche hinter sich.

Nur ihre Schwester schien davon nichts hören zu wollen.

»Sie ist nicht gesprungen. Nicht freiwillig«, wiederholte sie beharrlich mit einem trotzigen Zug um den Mund. »Entweder hat sie jemand von der Brücke gestoßen, oder man hat sie gezwungen zu springen. Ich weiß, dass mir niemand glaubt, aber ohne einen Abschiedsbrief an mich hätte sie sich nicht das Leben genommen, niemals!«

Nicht gerade ein schlagkräftiges Argument, dachte Suna. Sie konnte sich gut ausmalen, wie Linda sowohl die Polizei als auch die Staatsanwaltschaft davon zu überzeugen versucht hatte, die Ermittlungen nicht einzustellen. Das war wahrscheinlich sogar ganz normal. Natürlich wünschte man sich als Angehöriger, dass ein geliebter Mensch sich nicht freiwillig entschieden hatte, seinem Leben ein Ende zu setzen. Und ohne einen Brief als Erklärung war es noch viel schwieriger, die Beweggründe zu verstehen. Doch die Vorgeschichte sprach nun einmal Bände.

Deshalb war die Entscheidung der Staatsanwaltschaft, den Fall zu den Akten zu legen, durchaus nachvollziehbar. Anscheinend hatte es einfach keine weiteren Anhaltspunkte gegeben, denen die Polizei noch hätte nachgehen können.

Dementsprechend gering schätzte Suna die Wahrscheinlichkeit ein, durch eine genauere Untersuchung des Falls tatsächlich bahnbrechend Neues in Erfahrung zu bringen. Wahrscheinlich würde die Arbeit nur in endlosen Befragungen von Freunden, Bekannten und Verwandten bestehen, die ihr immer wieder das Gleiche erzählten – in unzähligen, persönlich eingefärbten Varianten. Nicht gerade verlockende Aussichten.

»Bitte, ich brauche Ihre Hilfe. Sie müssen herausfinden, was wirklich passiert ist«, sagte Linda in beinahe flehentlichem Ton an Suna gewandt, nachdem sie alles berichtet hatte. »Ich weiß nicht, an wen ich mich sonst wenden soll. Sie sind meine letzte Hoffnung.«

Suna zögerte. Eigentlich hatte sie überhaupt keine Zeit, einen neuen Auftrag anzunehmen. Sie war mit einem anderen Fall, einem groß angelegten Versicherungsbetrug, der sie schon seit mehreren Wochen beschäftigte, fast zu einhundert Prozent ausgelastet.

»Gut, ich mach' s. Ich werde sehen, was ich für Sie tun kann«, hörte sie sich plötzlich zu ihrem eigenen Entsetzen sagen. Dabei hätte sie sich schon in der gleichen Sekunde dafür ohrfeigen können, einen solchen Auftrag anzunehmen.

Sie sah Roberts zufriedenes Gesicht. So, wie sie ihn kannte, war er mit Sicherheit schon davon ausgegangen, dass sie sich mal wieder breitschlagen ließ. Und das ärgerte sie. Nur mit Mühe widerstand sie dem spontanen Impuls, ihm die Zunge herauszustrecken.

Dass sie es nicht übers Herz gebracht hatte, den Auftrag abzulehnen, hatte mehrere Gründe.

Zum einen konnte sie sich ganz gut in Lindas Situation hineinversetzen. Sunas Schwester Rieke war fast zwanzig Jahre zuvor bei einem Autounfall ums Leben gekommen, zusammen mit ihrer Mutter. Obwohl Suna damals erst neun gewesen war, hatte sie noch gut den Gesichtsausdruck ihres Vaters in Erinnerung, als er versuchte, ihr die traurige Nachricht so schonend wie möglich beizubringen. Sie hatte ihn noch nie so niedergeschlagen erlebt. Er wirkte, als wäre ein Teil seiner Lebensenergie mit seiner Frau und seiner ältesten Tochter gestorben.

Auch Suna hatte lange gebraucht, um mit dem Verlust einigermaßen klarzukommen, und sie war sich sicher, dass sie Himmel und Hölle in Bewegung gesetzt hätte – und alles, was dazwischen lag – um die Wahrheit zu erfahren, wenn an der Unfalltheorie irgendwann im Laufe der Zeit auch nur die leisesten Zweifel aufgekommen wären.

Der andere Grund, den Auftrag anzunehmen, war ein viel profanerer: Suna schaffte es immer noch nicht, Roberts Dackelblick zu widerstehen. Bei dem Gedanken daran verdrehte sie die Augen. Seit fünf Jahren waren sie jetzt geschieden, länger, als ihre Ehe überhaupt gedauert hatte, und trotzdem konnte er sie nach wie vor mit einem bittenden Blick um den Finger wickeln. Ihr einziger Trost war, dass es sich umgekehrt genauso verhielt: Ein Augenaufschlag von ihr, und er tat sofort, um was sie ihn bat.

Ganz schön krank, dachte sie mit einem zynischen Lächeln. Manche Paare haben viel weniger Gemeinsamkeiten und bleiben trotzdem ihr Leben lang zusammen.

Es hatte also nur einen bittenden Blick aus den braunen Augen ihres Exmanns bedurft, und Suna hatte den Auftrag – wenn auch widerstrebend – angenommen, allerdings nicht ohne ihre Auftraggeberin auf die geringen Erfolgsaussichten hinzuweisen.

»Ich kann kaum mehr tun als zu recherchieren, ob jemand ein Motiv und zudem auch die Gelegenheit hatte, Ihre Schwester umzubringen«, warnte sie ihre zukünftige Klientin. »Wenn nicht zufällig gerade einer dieser Handy-

Junkies, die überall herumlaufen, den Sturz von der Brücke gefilmt hat, werde ich kaum einen Beweis finden können, falls Ihre Schwester tatsächlich freiwillig gesprungen ist.«

Linda starrte die Privatdetektivin bestürzt an. Vielleicht versetzte sie die Vorstellung in Panik, dass irgendwann ein Video vom Todessturz ihrer Schwester im Internet auftauchen könnte. Vielleicht lag es aber auch einfach nur an der für sie immer noch unfassbaren Situation.

Sie brauchte ein paar Sekunden, um sich wieder zu fangen, presste dann aber entschlossen die Lippen aufeinander und nickte. »Ja, natürlich, das verstehe ich. Aber der Tod meiner Schwester lässt mir einfach keine Ruhe. Irgendetwas muss ich einfach unternehmen. Ich kann nicht untätig dasitzen und abwarten, dass die Leute Saskia vergessen. Das alles macht mich total fertig. Ich bin Ihnen wirklich sehr dankbar, dass Sie den Auftrag annehmen. Selbst wenn Sie nichts Neues herausfinden, habe ich doch zumindest das Gefühl, dass ich etwas unternommen habe. Mehr liegt wohl nicht in meiner Macht.«

Die nächsten beiden Stunden verbrachten die Frauen in dem kleinen Konferenzraum neben Roberts Büro – ohne Sunas Exmann. Der Anwalt hatte noch einen Termin mit einem anderen Mandanten und hatte sich bald von ihnen verabschiedet.

Suna stellte ihrer neuen Klientin unzählige Fragen über Saskia, ihr jetziges Leben, ihre Vergangenheit, ihre Freunde und Bekannten sowie ihre potenziellen Feinde.

Obwohl Linda sich große Mühe gab, alles geduldig und ausführlich zu beantworten, waren die Ergebnisse mehr als dürftig. Anders als in anderen Fällen hatte Suna kein stimmiges Bild von der Toten bekommen. Sie wusste zwar viele Einzelheiten über Saskia Christensens Leben, aber sie fügten sich nicht richtig zusammen. Als Person war Saskia irgendwie nicht greifbar geworden. Suna wusste selbst nicht, woran das lag.

Mit ein paar handbeschriebenen Seiten verließ die Privatdetektivin schließlich die Kanzlei. In ihrem Büro wollte sie Lindas Angaben noch einmal Punkt für Punkt durchgehen und sehen, ob sie auf etwas Auffälliges stieß.

Sicher war sie sich eigentlich nur in einem Punkt: Wie auch immer sich der Fall in den nächsten Tagen entwickelte, es würde eine Menge Arbeit auf sie zukommen.

Sonntag, 17. März

Endlich kam der Frühling.

In den letzten Tagen war es merklich wärmer geworden, die Sonne stand gleißend hell am blauen Himmel und verbreitete dieses spezielle, blendende Tageslicht, das es nur zu dieser Jahreszeit gibt. Mit dem anschwellenden Gezwitscher der Vögel schien auch der allgemeine Hormonpegel zu steigen. Jedenfalls erinnerte Suna das Balzverhalten, das sie momentan bei ihren Mitmenschen beobachtete, verdächtig an eine Rotte brünftiger Wildschweine.

Nicht nur deswegen stand ihre Laune allerdings in krassem Gegensatz zum strahlenden Sonnenschein.

»Verdammt, irgendwo hier muss dieses blöde Haus doch sein«, murmelte sie missmutig, während sie in ihrem grauen VW-Kombi durch das kleine Gewerbegebiet im Osten von Lübeck kurvte. Sie hatte die genaue Adresse, die sie gerade suchte, von ihrer neuen Klientin bekommen. Es war auch kein Problem gewesen, die richtige Straße zu finden, nur das Haus – die Nummer 113 – schien von der Erdoberfläche verschwunden zu sein. Eigentlich sollte man es gar nicht übersehen können, denn es musste weit und breit das einzige Wohnhaus sein, zumindest wenn man davon ausging, dass niemand in den Werkstätten, Schuppen und Lagerhallen wohnte, die beide Seiten der Straße säumten.

Suna fragte sich ohnehin, was einen Menschen dazu brachte, ausgerechnet in ein Gewerbegebiet zu ziehen, in dem sonst anscheinend niemand wohnte. Aber vielleicht war ja gerade das der Grund: viel Privatsphäre, erkauft durch eine hässliche Umgebung.

Zum dritten Mal fuhr sie jetzt im Schneckentempo die angegebene Straße entlang und hielt krampfhaft nach einem Gebäude Ausschau, in dem sich jemand häuslich eingerichtet haben könnte.

Dummerweise hatten die Besitzer der Hallen und Werkstätten es nicht für nötig gehalten, Hausnummern anzubringen, an denen sie sich hätte orientieren können. Irgendwo hatte sie die Nummer 83 gesehen, aber wirklich weitergeholfen hatte ihr das auch nicht.

Außerdem war jetzt, am Sonntagvormittag, der Stadtteil wie ausgestorben. Suna entdeckte niemanden, den sie nach dem Weg fragen konnte. Sie zog eine Grimasse und schüttelte den Kopf. Selbst schuld, dachte sie mit einem Achselzucken.

Warum hatte sie bloß nicht auf ihr Gefühl gehört und den Auftrag abgelehnt? Dann hätte sie sich jetzt mit ihrer Freundin Rebecca ein schönes, ausgedehntes Frühstück in einem Café in der Altstadt gönnen können, anstatt in ihrem Auto durch ein menschenleeres Viertel zu geistern.

Drei Tage war es jetzt her, dass sie den Auftrag, Saskia Christensens Tod zu untersuchen, angenommen hatte. Drei Tage, in denen Suna kein bisschen weitergekommen war. Sie hatte ein paar Gespräche geführt, im Internet recherchiert, einige Angaben überprüft und den Polizeibericht über Saskias Tod gelesen, den ihr Robert organisiert hatte. Aber neue Hinweise hatten sich daraus nicht ergeben.

Bei dem Gedanken daran seufzte sie auf. Sie hoffte sehr, dass sie es trotzdem schaffte, Linda zu helfen. Vielleicht brachte sie ja das heutige Gespräch etwas weiter, vorausgesetzt, sie fand das Haus, das sie suchte, überhaupt noch.

Immerhin hatte sich ihre Stimmung inzwischen ein wenig aufgehellt. Dazu trug vor allem das kleine Schild bei, das sie gerade am Straßenrand entdeckt hatte. Es war ein weißer Plastikpfeil, der auf der Spitze eines dünnen Aluminiumpfahls befestigt war. Dieser war anscheinend schon häufiger Opfer von Wendemanövern aus der Einfahrt gegenüber geworden, jedenfalls steckte er schräg im Schotter und sah aus, als würde das Gewicht einer landenden Hummel ausreichen, um ihn endgültig umfallen zu lassen.

Die verblichenen, ehemals schwarzen Ziffern auf dem Schild wiesen darauf hin, dass Haus 113 über einen kleinen Weg zu erreichen war, der zwischen zwei Maschendrahtzäunen hindurch führte.

»Kein Wunder, dass ich das vorher übersehen habe«, murrte Suna ungnädig. »Ein bisschen auffälliger hätte man das ja ruhig gestalten können, wenn man sich schon die Arbeit macht, überhaupt ein Schild aufzustellen.«

Trotzdem war sie erleichtert, dass die Suche zu Ende war. Sie stoppte am Straßenrand und stieg aus ihrem Wagen. Eine autotaugliche Zufahrt zu dem Haus schien nicht zu existieren, daher machte sie sich zu Fuß auf den Weg zu dem Wohnhaus.

Das Grundstück, das zu ihrer Linken lag, schien schon lange brachzuliegen. Es war mit Brombeeren, ausladenden Sträuchern und jeder Menge Unkraut überwuchert.

Dazwischen lag achtlos weggeworfener Müll, und in den Zweigen und Ranken hatten sich Plastiktüten verfangen.

Doch es sah immer noch besser aus als das Grundstück auf der rechten Seite. Eine schäbige Lagerhalle mit schief in den Angeln hängendem Tor wurde umringt von wahllos abgestelltem Sperrmüll. Kaputte Pressspanmöbel verrotteten neben alten Waschmaschinen, einem halb zerlegten VW-Käfer und unzähligen Fässern und Kisten. Nur ein paar inzwischen verwilderte Narzissen, die ein unverbesserlicher Optimist ein paar Jahre zuvor gesetzt haben musste, trotzten der trostlosen Umgebung ein wenig Schönheit ab.

Das kleine Wohnhaus, das hinter der Lagerhalle in Sunas Blickfeld auftauchte, fügte sich gut in die Umgebung ein. Es war deutlich kleiner als die Halle, wirkte aber genauso heruntergekommen und ungepflegt. Die gesamte vordere Fassade wurde von einem bedrohlich aussehenden Riss durchzogen, an mehreren Stellen bröckelte der Putz ab und aus den Blumenkästen vor den beiden Fenstern ragten immer noch die inzwischen vertrockneten Sommerblumen vom Vorjahr. Vielleicht waren sie aber auch schon ein paar Jahre alt. So genau konnte man das nicht sagen.

Hier wohnte Irene Vossen also, die Mutter ihrer Klientin und der toten Saskia Christensen, dachte Suna. Linda hatte sie schon vorgewarnt, dass die Gegend nicht unbedingt einladend war, doch das war eine ziemliche Untertreibung gewesen. Hanseatisches Understatement sozusagen.

Als die Privatermittlerin auf das Haus zuging, sah sie, dass es doch mit dem Auto zu erreichen war, allerdings nicht von der Straße aus, auf der sie geparkt hatte. Von einer kleinen Nebenstraße führte eine schmale Zufahrt zur Garage, die direkt ans Haus gebaut war und dessen Verfall in nichts nachstand. Dahinter musste ein Generator stehen. Das leise, monotone Brummen war deutlich zu hören.

Suna ging auf die Haustür zu und sah auf das Klingelschild. *Irene Vossen* stand wie erwartet in verblichenen Buchstaben darauf.

Bevor sie auf den vergilbten Klingelknopf drückte, warf sie noch einen schnellen Blick auf ihre Armbanduhr. Sie waren für zehn Uhr verabredet, und trotz ihrer Suchaktion war Suna beinahe noch pünktlich.

Irene Vossen hatte sich zuerst nicht besonders begeistert gezeigt, als Suna am Telefon einen Termin mit ihr ausmachen wollte. Sie verstand das gut. An ihrer Stelle wäre sie auch nicht besonders erpicht darauf gewesen, mit einer Fremden über den Tod der eigenen Tochter zu sprechen. Es hatte sie einige Überzeugungskraft gekostet, sie umzustimmen. Schließlich hatte Irene aber doch eingewilligt, sich mit Suna zu treffen.

Suna drückte auf die Klingel. Im Inneren des Hauses hörte sie deutlich den typisch rasselnden Ton, den viele alte Türklingeln haben, aber sonst blieb alles still. Sie wartete und lauschte. Bis auf das Gezwitscher der Vögel und das Brummen des Generators war nur das Rauschen der nahegelegenen Autobahn zu hören.

Wieder drückte sie auf den Klingelknopf, diesmal länger, energischer. Außerdem klopfte sie kräftig gegen die Tür.

»Frau Vossen?«, rief sie. »Sind Sie da?«

Nichts. Weder sich nähernde Schritte waren zu vernehmen noch irgendwelche anderen Geräusche, die aus dem Haus drangen.

Suna verzog missmutig das Gesicht. Zwar konnte sie sich die Zeit, die sie für die Fahrt hierher gebraucht hatte, von Linda Vossen bezahlen lassen, aber sie mochte es ganz und gar nicht, versetzt zu werden. Schon gar nicht an einem Sonntag.

Noch einmal klingelte Suna, hatte aber eigentlich die Hoffnung schon aufgegeben, dass ihr doch noch jemand die Tür öffnen würde. Sie hatte lange genug gewartet. So groß war das Haus nicht, dass man lange brauchte, um zur Haustür zu gehen. Und die laute Klingel hätte auch jeden aus dem Tiefschlaf geholt, da war sie ganz sicher. Dass Irene Vossen sie nicht hörte, war daher sehr unwahrscheinlich.

Doch da sie jetzt schon mal hier war, wollte Suna wenigstens sichergehen, dass die Mutter ihrer Klientin wirklich nicht zuhause war. Sie machte zwei kurze Schritte und stand schon vor einem der Fenster auf dieser Hausseite. Sie brachte ihr Gesicht ganz nah an die Scheibe, schirmte das helle Sonnenlicht mit beiden Händen ab und versuchte, ins Haus zu sehen.

Bei dem Raum handelte es sich offensichtlich um die Küche. Die Einrichtung war altmodisch, aber immerhin nicht ganz so heruntergekommen wie das Äußere des Hauses, und das Zimmer wirkte einigermaßen ordentlich.

Plötzlich jedoch stutzte Suna. Auf dem winzigen Küchentisch stand eine angebrochene Wodkaflasche neben einem großen Wasserglas. Sofort schrillten in ihrem Kopf alle Alarmglocken. Linda hatte ihr erzählt, dass ihre Mutter schon seit Jahren mit einem ausgeprägten Alkoholproblem kämpfte. Vielleicht hatte der Tod ihrer Tochter ihr doch stärker zugesetzt, als es bei dem Telefonat am Vortag den Anschein gehabt hatte.

Das war nicht gut. Das war gar nicht gut!

Vor ihrem inneren Auge sah Suna die Frau schon irgendwo im Haus liegen, völlig betrunken, vielleicht sogar mit einer Alkoholvergiftung.

Mit ein paar schnellen Schritten war sie bei dem anderen Fenster und versuchte dort ebenfalls hineinzusehen, doch leider waren die Vorhänge zugezogen. Der Spalt dazwischen war nicht breit genug, um etwas im Inneren erkennen zu können.

An der linken Hausseite schloss direkt ein hoher Bretterzaun an, also blieb Suna nur die Möglichkeit, um die Garage herumzulaufen, um an die Rückseite des Hauses zu gelangen. Doch als sie sich dem kleinen Anbau näherte, blieb sie plötzlich wie angewurzelt stehen.

Das summende Geräusch war lauter geworden, und jetzt erkannte sie, dass es nicht von einem Generator stammte, wie sie anfangs gedacht hatte, sondern von einem Motor. Und es kam direkt aus der Garage!

Panik ergriff sie. Mit einem langen Satz hechtete sie zum Garagentor und drehte den Griff. Aber das Tor ließ sich nicht öffnen, es war abgeschlossen. Suna zerrte und rüttelte an dem Griff, musste aber schnell einsehen, dass es sinnlos war. Er bewegte sich keinen Millimeter.

Noch während Suna um die Garage herumlief und nach einer Tür oder einem Fenster suchte, durch das sie ins Innere gelangen konnte, zog sie ihr Handy aus der Tasche und wählte den Notruf. Sie gab die genaue Adresse durch und schilderte in knappen Worten die Situation.

Da entdeckte sie eine schmale Tür in der Seitenwand. Hoffnungsvoll machte sie ein paar schnelle Schritte auf sie zu, wurde aber sofort wieder entmutigt. Anstelle einer Klinke besaß die Tür nur einen Knauf mit einem Schloss darin. Und natürlich hatte Suna keinen passenden Schlüssel.

Möglicherweise hatte Irene einen hier irgendwo unter einem Blumentopf oder einem großen Stein deponiert, wie viele Leute das so machen, schoss es ihr durch den Kopf, aber sie nahm sich nicht die Zeit, danach zu suchen.

Stattdessen rannte sie zu dem verwahrlosten Grundstück nebenan, sprang über den zum Glück ziemlich niedrigen Zaun und sah sich eilig um. Irgendetwas musste es doch in diesem Chaos geben, mit dem man eine Tür aufbrechen konnte. Doch sie erblickte nur Plastikmüll, morsche Bretter und einen Kindertraktor aus Plastik mit einer gebrochenen Achse. Sie rannte ein paar Schritte weiter, bis sie endlich auf einem Haufen mit Bauschutt ein paar rostige Eisenstangen entdeckte, die sehr stabil wirkten. Sie griff sich die kürzeste von ihnen und hastete zurück zur Garage, wobei sie beim Sprung über den Zaun noch fast an einem Stück Draht hängengeblieben wäre.

Suna stieß einen Fluch aus und konzentrierte sich dann ganz auf die Tür, durch die immer noch das bedrohliche Motorengeräusch drang. Diese bestand aus Metall und wies zahlreiche Kratzer auf. Anscheinend hatte sich schon einmal jemand daran zu schaffen gemacht, denn in Höhe des Schlosses waren deutliche Spuren eines Aufbruchsversuchs zu erkennen.

Suna betete, dass die Tür genauso instabil war, wie sie aussah.

Sie setzte ihre Eisenstange wie ein Brecheisen in eine der schon vorhandenen Kerben und zog sie zu sich heran. Die scharfkantigen Rostteilchen drückten sich schmerzhaft in ihre Haut, aber das Schloss gab nicht nach. Also versuchte sie es andersherum. Sie schob sich zwischen Eisenstange und Garagenwand, drückte sich mit dem Rücken an der Wand ab und schob die Stange mit aller Kraft nach vorn.

Doch plötzlich rutschte sie ab. Mit einem Ruck schnellte die Eisenstange vor und riss ihr die Handfläche auf. Ein hässlicher Riss von vier oder fünf Zentimeter Länge erschien. Die Wunde blutete stark.

Suna biss sich auf die Unterlippe und versuchte, weder das Blut zu beachten, das von ihrer Hand auf den Boden tropfte, noch den Schmerz, der ihren ganzen Arm durchfuhr. Irgendwie musste sich diese verdammte Tür doch öffnen lassen!

Aber egal, was sie auch versuchte, das Schloss saß absolut fest. Es ließ sich weder aufhebeln noch einschlagen.

Suna wischte sich mit dem Jackenärmel den Schweiß von der Stirn und überlegte. Ihr blieb nur noch eine Chance. Wenn sie so nicht weiterkam, blieb ihr nichts anderes übrig, als auf die Rettungskräfte zu warten. Aber einen Versuch wollte sie noch wagen, ehe sie aufgab.

Diesmal setzte sie ihr Einbruchswerkzeug an der anderen Seite der Tür an. Vielleicht waren deren Angeln ja nicht ganz so stabil wie das Schloss.

Wieder drückte sie mit aller Kraft. Obwohl sie deutlich spürte, dass diese langsam nachließ, war sie noch nicht bereit, aufzuhören. Sie drückte weiter. Schließlich wurde sie belohnt. Ein leises Knacken kündigte an, dass die obere Angel langsam nachgab. Als sie brach, ertönte ein lautes Knirschen.

Suna drückte noch weiter, bis der Spalt zwischen Tür und Rahmen groß genug war, um die Finger hindurch zu schieben. Mit beiden Händen zog sie an dem verbogenen Metall der Tür, bis auch die untere Verankerung brach. Mit einem lauten Scheppern fiel die Tür zu Boden.

Sofort stürzte Suna in die Garage. Nach dem hellen Sonnenlicht draußen brauchte sie ein paar Sekunden, um sich an das schummrige Licht im Inneren zu gewöhnen und richtig sehen zu können. Die Garage hatte kein Fenster, und die Beleuchtung war nicht eingeschaltet. Nur das durch den jetzt leeren Türrahmen hereinfallende Tageslicht erhellte die Szenerie etwas.

Trotzdem sah sie den Wagen sofort. Es war ein alter Fiat Panda, bei dem wie erwartet der Motor lief. Die Scheiben sowohl auf der Fahrer- als auch auf der Beifahrerseite waren offen, und auf dem Fahrersitz entdeckte Suna eine leblose Gestalt. Irene Vossen, da war sie sich sicher. Die schmächtige Frau war über dem Lenkrad zusammengesunken, den Kopf zur Seite gedreht, sodass Suna ihr Gesicht nicht sehen konnte.

Die Privatdetektivin legte schützend ihre Armbeuge über Mund und Nase und lief los. Die Luft in der Garage roch zwar stark nach Abgasen, war aber nicht so rauchig, wie sie angenommen hatte. Trotzdem bemühte sie sich, so flach wie möglich zu atmen. Nicht den Ruß in der Luft oder den Gestank fürchtete sie, sondern das hochgiftige Kohlenmonoxid.

Erleichtert stellte sie fest, dass sich die Tür des Pandas leicht öffnen ließ. Sie langte ins Innere des Wagens, nahm sich jedoch nicht die Zeit, den Motor auszustellen. Stattdessen packte sie die Schultern der Frau, die ihr sofort entgegen sank. Sie drehte sie etwas herum, schlang ihr von hinten beide Arme um die Brust und zog sie aus ihrem Auto. Dann lief sie rückwärts auf die Tür zu, Irene Vossen hinter sich herziehend. Die Frau verlor ihre beiden Schuhe – Hauspantoffeln, wie Suna feststellte – als ihre Füße über den rauen Betonboden der Garage schleiften.

Erst als Suna im Freien war, wagte sie es, tief Luft zu holen. Sie schleppte den immer noch völlig erschlafften Körper der Frau noch ein paar Meter von der Garage weg, ehe sie sich zusammen mit ihr erschöpft auf den Boden fallen ließ.

An ihrem Hals fühlte Suna nach einem Puls, hoffte auf einen Atemzug von ihr. Doch sie spürte kein Lebenszeichen. Nur einen leichten Alkoholgeruch nahm sie wahr.

Sie überlegte, ob sie versuchen sollte, die Frau wiederzubeleben, entschied sich dann aber dagegen. Die Kälte ihrer Haut und die ungewöhnlich rosige Gesichtsfarbe sagten ihr genug.

Sie war zu spät gekommen. Irene Vossen war tot.

Langsam ließ Suna ihren Kopf auf den noch frühlingskalten Boden sinken. Im Moment konnte sie nichts weiter tun als auf den Notarzt zu warten, der endgültig den Tod der Frau feststellen würde, die immer noch direkt neben ihr auf dem Boden lag.

Während sie auf die langsam näherkommende Sirene des Rettungswagens lauschte, drehten sich in ihrem Kopf ihre Gedanken im Kreis. Zwei Frauen aus einer Familie, die sich innerhalb von zwei Wochen das Leben nahmen. Konnte das noch Zufall sein?

Möglich war alles, sagte sie sich, doch vielleicht steckte hinter Saskia Christensens Tod doch mehr, als es auf den ersten Blick den Anschein hatte.

*

Linda Vossen nahm die Nachricht vom Tod ihrer Mutter mit erstaunlicher Gelassenheit auf.

Suna hatte die unangenehme Aufgabe übernommen, ihrer Klientin von den Geschehnissen am Vormittag zu berichten. Nachdem der Notarzt bei Irene Vossen wie erwartet nur noch hatte den Tod feststellen können, hatten die von der Notrufzentrale verständigten Polizisten sich von Suna schildern lassen, wie sie die Tote gefunden hatte.

Suna kannte einen der Polizisten, Oberkommissar Wehrkamp, recht gut. Sie hatte schon bei verschiedenen Fällen mit ihm zu tun gehabt. Ihm gab sie das Versprechen, sofort zu Linda zu fahren und ihr zu erzählen, was passiert war.

Der Notarzt hatte noch ihre aufgerissene Hand gereinigt, die Wunde desinfiziert und sorgfältig verbunden. Seinen Rat, damit noch ins Krankenhaus zu fahren, hatte Suna allerdings ausgeschlagen. So schlimm war die Verletzung nicht, und außerdem konnte sie mit ihrer Zeit Besseres anfangen, als stundenlang in der überfüllten

Notaufnahme zu sitzen und auf eine überflüssige Behandlung zu warten.

»Wirklich nahe scheint Ihnen der Tod Ihrer Mutter nicht zu gehen«, meinte Suna verwirrt, als sie Linda Vossen in deren Wohnung gegenübersaß. Nach Lindas extremer emotionaler Reaktion auf den Tod ihrer Schwester hatte sie mit einem tiefen Schock, vielleicht sogar einem völligen Zusammenbruch gerechnet, aber bestimmt nicht mit der kühlen Selbstbeherrschung, die ihre Klientin jetzt zeigte.

Suna war selbst noch so mitgenommen von ihrem Erlebnis am Vormittag, dass sie gar nicht merkte, wie taktlos ihre Bemerkung klingen musste.

Linda lehnte sich zurück und musterte die Privatdetektivin nachdenklich. Sie wirkte distanziert, beinahe schon unterkühlt, als sie die Beine übereinanderschlug und ihre langen blonden Haare zurückstrich.

Wieder fiel Suna die Ähnlichkeit zu ihrer Schwester auf. Sie hatte von Saskia Christensen zwar nur Fotos gesehen – einerseits die Bilder der Toten aus der Ermittlungsakte, andererseits private Fotos, die Linda ihr überlassen hatte – aber die Schwestern hatten unverkennbar die gleichen Gesichtszüge, auch wenn die von Saskia wesentlich feiner geschnitten waren als die ihrer jüngeren Schwester. Beide hatten einen sportlichen, athletischen Körperbau mit langen Armen und Beinen, und hätte Linda nicht die auffälligen, goldblonden langen Haare und ihre Schwester einen dunkelblonden Kurzhaarschnitt gehabt, hätte man die beiden schnell verwechseln können.

Auch die Ähnlichkeit zu ihrer Mutter war unbestreitbar, wie Suna jetzt feststellte. Obwohl sie Irene Vossen nur leblos und mit unnatürlicher Gesichtsfarbe gesehen hatte, schien sie eine ältere und zierlichere Ausgabe ihrer Töchter gewesen zu sein. Allerdings war Suna selbst in diesem Zustand aufgefallen, wie verbraucht und ausgezehrt die Frau gewirkt hatte. Hätte Suna ihr Alter nicht gekannt, hätte sie sie locker zehn bis fünfzehn Jahre älter geschätzt, als sie tatsächlich war.

Vielleicht war das einer der Punkte, die sie nicht losließen. Die es ihr so schwer machten, die Geschehnisse des Vormittags zu verstehen. Selbst im Tod war der Frau noch anzusehen gewesen, dass sie zu Lebzeiten nicht glücklich gewesen war. Hatte sie deswegen beschlossen, nicht mehr weiterleben zu wollen? Aber wenn sie vorher schon so unglücklich gewesen war, warum hatte sie diesen Entschluss nicht schon früher gefasst? War wirklich Saskias Tod der Anlass gewesen, der sprichwörtliche Tropfen, der das Fass zum Überlaufen gebracht hatte?

Suna fiel es schwer, die Beweggründe der Mutter ihrer Klientin nachzuvollziehen, aber vielleicht waren die Eindrücke auch einfach noch zu frisch. Immer wieder tauchten die Bilder vor Sunas innerem Auge auf, Irene Vossen, die auf dem Fahrersitz ihres Wagens zusammengesunken war; Irene Vossen, die neben ihr auf dem Boden der ungepflegten Garagenzufahrt lag, Irene Vossen, die vom Notarzt untersucht wurde, der nur noch den Kopf schüttelte und den Tod der Frau feststellte. So sehr sie sich auch bemühte, die Bilder abzuschütteln, ganz los wurde sie diese nicht. Sie musste sich zusammenreißen, um sich ganz auf Linda zu konzentrieren.

Diese schien plötzlich eine ganz andere Person zu sein als die von Trauer gezeichnete Frau, die Suna vor wenigen Tagen in der Kanzlei ihres Exmanns kennengelernt hatte.

»Da haben Sie sicherlich recht«, beantwortete Linda nach einer längeren Pause die Frage der Privatermittlerin. »Für Außenstehende muss es ziemlich befremdlich wirken, dass ich nicht einmal zu weinen anfange. Schließlich war Irene ja meine Mutter. Aber das bedeutet nicht automatisch, dass ich eine gute Beziehung zu ihr hatte. Wissen Sie, viele Leute sagen, dass jemand für sie gestorben ist, wenn sie nichts mehr mit ihm zu tun haben wollen. Aber bei mir und meiner Mutter war das nicht so. Wenn jemand gestorben ist, trauert man um ihn. Aber meine Mutter war einfach nicht mehr wichtig für mich. Ich habe nicht getrauert. Ich habe sie aus meinem Leben gestrichen, nicht mehr und nicht weniger.«

Suna sah sie erstaunt an. Dass ein relativ junger Mensch, der bis vor ein paar Jahren noch bei der Mutter gelebt hatte, so sachlich über zerstörte Familienbeziehungen sprach, hatte sie bisher noch nicht erlebt. »Gab es irgendeinen Anlass für Ihr Zerwürfnis?«, fragte sie behutsam.

»Keinen konkreten.«

Linda stand auf, trat ans Fenster und starrte hinaus. Ihr kleines, aber stilvoll eingerichtetes Apartment lag im zweiten Stock eines schicken Neubaus in der Nähe der Universität. Davor erstreckte sich eine parkähnliche Grünfläche. Suna wusste, dass sie in einer Agentur für Marketing und PR arbeitete. Sie musste in ihrem Job recht gut verdienen, wenn sie sich solch eine Wohnung leisten konnte. Ihre Schwester hatte im gleichen Haus gewohnt, allerdings in der viel größeren Dachgeschosswohnung, zusammen mit ihrem Mann.

Suna schwieg eine Weile. Sie ließ ihrer Klientin Zeit, sich zu sammeln.

»Mein Vater ist ausgezogen, als ich noch ganz klein war«, begann Linda nach ein paar Minuten stockend zu erzählen. »Ich weiß nicht, ob meine Mutter angefangen hat zu trinken, weil er uns verlassen hat, oder ob er gegangen ist, weil sie getrunken hat. Aber eigentlich spielt das auch keine Rolle, zumindest keine wichtige. Jedenfalls war der Alkohol immer ein Thema in unserer Familie, und ich habe schon ganz früh lernen müssen, dass er meiner Mutter mehr bedeutet als meine Schwester und ich. Für mich war es ganz normal, dass Saskia sich um mich gekümmert hat, während meine Mutter auf der Couch lag und nicht ansprechbar war. Für mich war immer Saskia meine Mutter, auch wenn sich das merkwürdig anhört. Sie hat dafür gesorgt, dass ich etwas zu essen habe, dass ich mir vor dem Schlafengehen die Zähne putze und dass ich jeden Tag meine Hausaufgaben mache. Auch wenn ich krank war, hat sie an meinem Bett gesessen, nicht meine Mutter.

Damals habe ich gar nicht begriffen, welche Belastung das für sie gewesen sein muss, sie war ja auch noch ein Kind. Und sie selbst ist dabei irgendwie auf der Strecke geblieben. Ihre eigenen Schulnoten waren ziemlich mies, und normale Sachen, die Teenager so machen, ins Kino gehen oder abends mal in die Disco, das war für sie die absolute Ausnahme. Dementsprechend hatte sie nur wenige Freunde. Die paar, die sie mal zu Hause bei uns besucht haben, hat meine Mutter mit ihrem Gelalle und ihren Wutausbrüchen schnell vertrieben. Wenn sie getrunken hatte, war sie einfach unberechenbar. Sie konnte in einem Moment die liebste Person der Welt sein, um im nächsten völlig auszurasten, herumzuschreien und um sich zu schlagen.

Am schlimmsten muss es gewesen sein, direkt nachdem mein Vater sich aus dem Staub gemacht hatte. Für einige Monate sind Saskia und ich damals sogar in eine Pflegefamilie gekommen. Danach hat es sich wohl wieder gebessert, jedenfalls haben wir wieder zuhause wohnen können. Aber eine richtige Mutter-Kind-Beziehung haben wir nie zu Irene gehabt, weder ich noch meine Schwester. Unsere Mutter hat uns immer deutlich zu verstehen gegeben, dass wir eigentlich nur eine Belastung für sie waren. Direkt an ihrem achtzehnten Geburtstag ist Saskia ausgezogen und hat den Kontakt zu meiner Mutter sofort abgebrochen. Sie hat entweder bei einem Freund gewohnt oder auch mal selbst ein Zimmer oder eine kleine Wohnung gemietet. Das wechselte ständig.

In dieser Zeit war ich mehr bei ihr als bei meiner Mutter, und ich hatte den Eindruck, dass das beiden sehr recht war. Ich war natürlich über jede Minute froh, in der ich nicht den Launen meiner Mutter ausgesetzt war, auch wenn es finanziell immer schwierig bei Saskia war. Sie hat uns beide mit Gelegenheitsjobs über Wasser gehalten. Sie hatte mit ihren miserablen Noten ja keinen Schulabschluss geschafft. Deshalb hatte sie auch keine Berufsausbildung und keinen festen Job.«

Suna nickte nachdenklich. Linda hatte ihr schon bei ihrem Treffen in Roberts Kanzlei berichtet, dass ihre Schwester weder die Schule zu Ende gemacht noch eine Lehrstelle bekommen hatte. Anscheinend hatte sie sich irgendwie durchs Leben geschlagen, bis sie schließlich Jörn Christensen kennengelernt und kurz darauf geheiratet hatte. Seitdem hatten sie die klassische Rollenverteilung gehabt: Er hatte als Geschäftsführer einer Firma für Medizintechnik das Geld nach Hause gebracht, sie hatte sich um den Haushalt gekümmert.

Nicht gerade der Traum einer modernen Frau, dachte Suna. Wenn Kinder da sind, um die man sich kümmert, okay, da gab es sicher immer genug zu tun. Aber nur putzen, kochen und darauf warten, dass der geliebte Ehegatte abends nach Hause kommt? Das als alleiniger Lebensinhalt? Unvorstellbar.

Sie selbst hatte es nicht geschafft, ihren Exmann von der Vorstellung abzubringen, dass genau dies das ideale Bild einer Ehe war. Und aus diesem Grund war sie gegangen, auch wenn es ihr sehr schwer gefallen war.

Das Klingeln an der Tür riss sie aus ihren Gedanken. Linda entschuldigte sich beiläufig und verließ das Wohnzimmer. Wenig später kehrte sie in Begleitung eines Mannes zurück. Er war groß und schlank. Seine braunen Augen blickten hinter der eckigen Brille etwas abwesend. In sein dichtes hellbraunes Haar hatten sich ein paar graue Strähnen gemischt.

Suna erkannte ihn natürlich sofort wieder. Es war Jörn Christensen, der Ehemann von Saskia und damit Lindas Schwager.

Als er Suna erblickte, verzog sich sein Mund zu einem Lächeln, doch seine Augen blieben davon unberührt. In ihnen standen noch immer Trauer und Schmerz.

»Frau Lürssen«, sagte er in überraschtem Ton und streckte ihr die Hand entgegen. »Sie arbeiten sogar am Sonntag? Welch ein Enthusiasmus!«

»Manchmal wohl eher eine Notwendigkeit«, gab Suna höflich zurück und schüttelte ihm die Hand.

Er gehörte zu den wenigen Personen, die sie überhaupt nicht einschätzen konnte. Mal kam er ihr kühl und berechnend vor, dann wieder hatte sie den Eindruck, er könnte jederzeit unter seiner Trauer zusammenbrechen. Allerdings hatte sie erst ein längeres Gespräch mit ihm gehabt. Vielleicht würde er mit der Zeit zugänglicher werden, sich mehr öffnen und dann auch leichter einzuschätzen zu sein, aber das war schwer abzuschätzen. Suna hatte nicht den Eindruck gehabt, dass er auf ein zweites Gespräch mit ihr besonders erpicht gewesen war, und derzeit hatte sie auch keinen konkreten Anlass dazu, noch einmal länger mit ihm zu reden.

Als Ehemann der getöteten Saskia Christensen hatte er natürlich einen Spitzenplatz auf der Liste der möglichen Verdächtigen gehabt. Aber Suna hatte ihn sofort wieder streichen müssen. Jörn Christensen war an dem Abend, als seine Frau starb, auf einem Kongress über den Einsatz von Robotern in der Medizin in Berlin gewesen und hatte sogar selbst eine Rede gehalten. Das hatten nicht nur andere Teilnehmer bestätigt, sondern sogar ein Youtube-Video, das einer der Zuhörer bei seinem Vortrag mitgeschnitten und gleich am nächsten Tag online gestellt hatte. So hatte sich die Privatermittlerin selbst von seinem Alibi überzeugen können.

Linda forderte ihren Schwager freundlich auf, sich in den schwarzen Ledersessel zu setzen. Sie selbst blieb wieder am Fenster stehen. Diesmal hatte sie ihr Gesicht allerdings ihren Gästen zugewandt.

Die beiden hatten einen sehr liebevollen Umgangston. Sie mussten sich sehr nahe stehen, wahrscheinlich hatte spätestens die gemeinsame Trauer sie zusammengeschweißt. Suna war das schon vorher aufgefallen. Selbst wenn sie nur voneinander sprachen, wirkte es sehr vertraut.

»Frau Lürssen ist hergekommen, um mir eine schlimme Nachricht zu überbringen«, erklärte Linda, nachdem Jörn es sich im Sessel bequem gemacht hatte. »Sie wollte heute Vormittag mit meiner Mutter sprechen und hat sie tot aufgefunden. Anscheinend hat sie sich das Leben genommen.«

Ihre Stimme klang wieder ganz neutral, nicht mehr so traurig wie vorher, als sie vom Zusammenleben mit ihrer Mutter gesprochen hatte.

Ihr Schwager zog erstaunt die Augenbrauen hoch. Er wirkte ehrlich verblüfft. »Irene hat sich umgebracht? Wie? Und warum?«

»Den Grund kenne ich natürlich nicht«, antwortete Suna an Lindas Stelle, die nur mit den Schultern gezuckt hatte. In knappen Worten schilderte sie ihm die Ereignisse vom Vormittag. »Ob es etwas mit dem Tod von Saskia zu tun hatte, darüber könnte ich natürlich nur spekulieren«, schloss sie ihren Bericht.

Jörn stieß ein höhnisches, humorloses Lachen aus, das Suna zusammenfahren ließ. »Wohl kaum. Sie hat sich ihr Leben lang nicht um ihre Tochter gekümmert. Warum hätte sie jetzt damit anfangen sollen?«

Suna wollte einwenden, dass es gerade das schlechte Gewissen wegen des Selbstmordes gewesen sein konnte, dass die Frau in den Tod getrieben hatte, ließ es aber unausgesprochen. Seiner Reaktion nach zu urteilen, brachte eine Diskussion darüber sie sicherlich nicht weiter.

»Kannten Sie Irene Vossen gut?«, fragte sie stattdessen.

Jörn trank in Ruhe einen Schluck von dem Kaffee, den Linda ihm hingestellt hatte. Dann lehnte er sich wieder zurück und schüttelte er den Kopf.

»Nein. Ich habe sie nur ein einziges Mal getroffen. Als ich Saskia kennengelernt habe, hatte sie schon keinen Kontakt mehr zu ihrer Mutter. Ihr Verhältnis war total gestört, Saskia hat sich sogar geweigert, mit mir über sie zu sprechen. Aber kurz nach unserer Hochzeit hat Irene sich plötzlich bei ihr gemeldet. Sie hat uns beide zum Essen eingeladen. Dabei hat sie so getan, als ob nichts gewesen wäre. Als wäre sie immer die beste Mutter gewesen und hätte alles für ihre Kinder getan.« Er schüttelte verständnislos den Kopf. »So eine Heuchlerin. Saskia war richtig geschockt darüber, wie sie sich aufgeführt hat.«

»Warum hat sie sich mit Ihnen getroffen, hat sie Ihnen das gesagt? Was wollte sie von Ihnen?«, erkundigte sich Suna.

»Geld«, warf Linda ein. Verbitterung klang in ihrer Stimme mit. »Sie wollte immer nur Geld. Sie muss mitbekommen haben, dass ihre ältere Tochter eine gute Partie gemacht hat. Da wollte sie natürlich ein Stückchen vom Kuchen abhaben. Und so wie ich sie kenne, sollte es ein möglichst großes Stück sein.«

»Uns hat sie natürlich erklärt, dass ihr alles sehr leidtäte und sie sich unbedingt mit Saskia versöhnen möchte«, erklärte Jörn in diplomatischem Tonfall. »Aber tatsächlich hat sie noch bei unserem ersten Treffen davon angefangen, dass sie finanziell in der Klemme steckt und dringend Geld braucht.« Er verzog angewidert das Gesicht. »Daraufhin ist Saskia sofort aufgestanden und gegangen. Ich denke, das war auch gut so. Sie hat sich sowieso nur mit Irene getroffen, weil ich sie dazu überredet hatte. Ich dachte, es würde ihr guttun, sich wieder mit ihrer Mutter zu versöhnen. Wie dem auch sei, Irene hat sich nie wieder bei ihr gemeldet.«

»Nicht einmal zu Saskias Beerdigung ist sie erschienen«, warf Linda ein. »Und ich werde nicht zu ihrer gehen, das steht fest.«

Suna dachte eine Weile über das eben Gehörte nach. Sie hatte schon mit vielen kaputten Familien zu tun gehabt. Trotzdem erschütterte sie die Gefühllosigkeit, die Irene Vossen ihren Kindern anscheinend entgegengebracht hatte – oder gerade deshalb. Dass Mütter sich nicht richtig um ihre Kinder kümmern konnten, aus welchen Gründen auch immer, kam häufiger vor, aber diese Kälte ihnen gegenüber hatte sie noch nicht erlebt.

»Und was war mit Ihrem Vater?«, fragte sie an ihre Klientin gewandt. »Sie haben gesagt, er hätte die Familie verlassen. Hat er sich trotzdem weiter um Sie und Ihre Schwester gekümmert?«

Linda schüttelte den Kopf, wobei ihre Miene nichts als Abweisung widerspiegelte.

»Ihn haben nur seine neue Frau und die neuen Kinder interessiert, die er sehr schnell in die Welt gesetzt hat. Soweit ich weiß, hat er an meine Mutter Unterhalt für meine Schwester und mich gezahlt, aber das war alles. Erst kurz vor seinem Tod wollte er plötzlich Kontakt zu uns aufnehmen.« Sie presste die Lippen zusammen. »Wahrscheinlich wollte er sein Gewissen bereinigen, damit er nicht in die Hölle kommt. Aber nicht mit mir. Ich wollte nichts mehr mit ihm zu tun haben.«

»Piet Vossen ist vor einem knappen Jahr an Lungenkrebs gestorben«, erklärte Jörn, nachdem sich Linda wieder mit vor der Brust verschränkten Armen zum Fenster gedreht hatte. Es war offensichtlich, dass sie nicht mehr über das Thema Familie sprechen wollte. Er fuhr fort: »Ein paar Wochen vorher hat er plötzlich bei uns angerufen, nachdem Saskia jahrelang nichts von ihm gehört hat. Er hat erzählt, dass er bald sterben würde und sie gebeten, zu ihm in die Klinik zu kommen. Sie hat ihn dann auch regelmäßig besucht, wollte aber nicht zu seiner Beerdigung gehen, weil sie nicht mit seiner neuen Familie zusammentreffen wollte.«

Suna nickte verständnisvoll und blickte zu Linda hinüber. Diese starrte nach wie vor reglos aus dem Fenster. Suna spürte Mitleid in sich aufsteigen. Ihre Klientin gab sich nach außen hart und unnahbar, aber sie konnte ihr ansehen, dass die Geschehnisse sie viel stärker mitnahmen, als sie den anderen – und wahrscheinlich auch sich selbst – gegenüber eingestehen wollte.

Innerhalb eines Jahres seine gesamte Familie zu verlieren, das musste man erst einmal verkraften.

»Gut, ich denke, ich sollte jetzt besser gehen«, sagte Suna lächelnd und stand auf. Sie reichte erst Jörn, dann Linda die Hand. »Ich werde weiter die Liste abarbeiten, die Sie mir gegeben haben. Wenn ich etwas Neues herausfinde, melde ich mich sofort bei Ihnen. Und bitte geben Sie mir Bescheid, wenn Sie etwas über die Ermittlungen zum Tod Ihrer Mutter erfahren.«

Nachdem Linda ihr das zugesagt hatte, verließ Suna die Wohnung. Sie beschloss, kurz nach Hause zu fahren, sich umzuziehen und eine Runde zu laufen. Sie brauchte dringend frische Luft und etwas Zeit, um in Ruhe über alles nachdenken zu können. Manchmal bekam sie beim Joggen die besten Ideen, und die konnte sie jetzt dringend gebrauchen.

Auch wenn die Fakten noch keine Schlüsse zuließen, ihr Instinkt sagte ihr, dass hinter dem Tod der beiden Frauen mehr steckte als zwei zufällig fast zeitgleiche Selbstmorde.

Sie seufzte. Ihr stand ein hartes Stück Arbeit bevor.

Montag, 18. März

Im Hausflur stank es nach Urin und anderen unappetitlichen menschlichen Absonderungen.

Suna rümpfte die Nase und versuchte den aufsteigenden Ekel zu ignorieren, während sie die Treppe zum achten Stock hinauflief. Dabei vermied sie jegliche Berührung mit der Wand oder dem Treppengeländer. Welche Substanzen die Flecken darauf verursacht hatten, die in undefinierbaren Farben schimmerten, wollte sie lieber gar nicht wissen.

Dass der Aufzug nicht funktionierte, war ihr persönliches Pech, passte aber ins Bild. Alles an diesem Haus schien marode, verwahrlost und heruntergekommen zu sein. Der Stadtteil Buntekuh hatte trotz seines charmanten Namens keinen besonders guten Ruf, aber das Gebäude, in dem sie sich gerade befand, musste mit Abstand eines der schlimmsten sein, die das Viertel zu bieten hatte. Und das wollte etwas heißen. Schon die Fassade des Hochhauses wirkte mit ihrer angegrauten, ehemals weißen Verkleidung wenig einladend, bereitete den Besucher aber noch nicht einmal ansatzweise darauf vor, was ihn im Inneren des Hauses erwartete.

Suna fluchte leise, als sie fast in einen Kaugummi trat, den jemand kurz zuvor auf eine der Stufen aus Kunststein gespuckt hatte. Der Anzahl der festgetretenen Flecken nach zu urteilen schien das in diesem Haus der übliche Weg zu sein, Kaugummis loszuwerden.

Suna war bestimmt nicht zimperlich, was Sauberkeit anging, aber alles hatte seine Grenzen. Und die waren hier definitiv um Lichtjahre überschritten.

Nachdem sie sich den ganzen Sonntagnachmittag erfolglos den Kopf darüber zerbrochen hatte, wie der Tod von Irene Vossen mit dem ihrer Tochter zusammenhängen konnte, hatte sie beschlossen, einfach weiter in alle Richtungen zu ermitteln. Dazu arbeitete sie die Liste mit Namen ab, die Linda ihr gegeben hatte. Darauf hatte sie alle Personen notiert, die in den letzten Jahren bis hin zu Saskias Tod eine wichtige Rolle in ihrem Leben gespielt hatten.

Die Liste war erschreckend kurz. Linda war außer ihrer Mutter Saskias einzige noch lebende nähere Verwandte gewesen. Es gab zwar noch einen Onkel, den Bruder ihres Vaters, aber zu ihm hatten die Schwestern keinerlei Kontakt gehabt, genau wie zu der neuen Familie des Vaters. Da Saskia keinen Job gehabt hatte, gab es auch keine Arbeitskollegen. Zu den Nachbarn hatte es nur oberflächlichen Kontakt gegeben, und auch mit den alten Schulfreunden hatte Saskia nichts mehr zu tun gehabt. Einzig mit einer früheren Freundin, die inzwischen in London wohnte, hatte sie gelegentlich telefoniert.

Einer der wenigen Namen, die Linda noch auf der Liste notiert hatte, war der von Pavel Svoboda, mit dem Suna jetzt sprechen wollte. Sie hatte erfahren, dass es sich dabei um Saskias Exfreund handelte, den direkten Vorgänger von Jörn Christensen. Und wie Linda verraten hatte, hatte er sich mit der Trennung von Saskia nicht abfinden wollen. Immer wieder war er bei ihr aufgetaucht, hatte vor ihrem Haus herumgelungert und sie mit Anrufen belästigt.

Damit hatte er es auf Platz eins auf Sunas persönlicher Verdächtigenrangliste geschafft.

Schon als Suna das Haus von außen gesehen hatte, war sie erstaunt gewesen über den extremen Unterschied zwischen Saskias altem und ihrem neuen Leben. Sie konnte sich kaum vorstellen, dass man sich innerhalb weniger Wochen so verändern konnte.

Als ihr Pavel Svoboda die Tür öffnete, glaubte sie allerdings langsam an einen schlechten Scherz.

Er war das genaue Gegenteil von Jörn Christensen. Während Saskias Ehemann sehr konservativ, fast schon spießig wirkte, erfüllte ihr Exfreund jedes Klischee des schmierigen Lovers.

Suna konnte nicht genau sagen, ob seine langen welligen Haare mit Gel zurückgekämmt waren oder ob er sie einfach so lange nicht mehr gewaschen hatte, dass sie vor körpereigenem Fett strähnig an der Kopfhaut klebten. Auch was seinen Körpergeruch anging, war sie hin- und hergerissen. Eventuell zeugte der großzügige Einsatz von Aftershave von einer sehr intensiven Körperhygiene. Vielleicht bedeutete er aber auch das Gegenteil und sollte einfach nur den Schweißgeruch verdecken, den Suna unter dem Duft wahrzunehmen meinte. In Svobodas linkem Ohr prangte ein dicker Goldring mit einem eingelassenen glitzernden Stein. Sein schwarzes T-Shirt hatte einen tiefen V-Ausschnitt, der einen großen Teil seiner sorgfältig enthaarten, solariengebräunten Brust zeigte. Die schwarze, ausgeleierte Trainingshose drohte ständig über seine schmalen Hüften zu rutschen.

Wenigstens hatte er auf die klassischen Adiletten und Sportsocken verzichtet. Stattdessen lief er barfuß durch die Gegend.

Suna starrte fassungslos auf seine Hose und hoffte, dass sie sich zumindest für die Dauer ihres Gesprächs nicht selbstständig machen würde.

Svoboda interpretierte das anscheinend völlig falsch. Sein Blick glitt von ihrem Gesicht hinunter, verweilte einen Moment in ihrem Ausschnitt und wanderte dann weiter zu ihren Beinen und wieder zurück. Sein Mund verzog sich zu einem anzüglichen Grinsen.

»Toller Body«, murmelte er anerkennend. »Biste scharf auf 'ne schnelle Nummer?«

Suna hatte schon damit gerechnet, dass ein Spruch dieses Kalibers kommen würde.

»Wenn ich das wäre, hätte ich mir einen Ort ausgesucht, an dem mir nicht ganze Armeen von Ratten und Kakerlaken dabei zusehen würden«, gab sie lässig zurück. Vorsichtshalber zog sie auch noch den Reißverschluss ihrer Jacke hoch, um ihre Worte zu unterstreichen.

Svoboda lachte und breitete die Arme aus. »Okay, eins zu null für dich. Ich gebe ja zu, die Gegend ist nicht gerade nobel, aber dafür lassen einen die Nachbarn in Ruhe. Was man von dir nicht gerade behaupten kann. Also, was willst du von mir?«

»Ich würde gern mit dir über eine ehemalige Freundin von dir sprechen, Saskia Christensen.«

Bei der Erwähnung des Namens schossen Svobodas tiefschwarze Augenbrauen in die Höhe. Dann trat er einen Schritt zurück, kniff die Augen zusammen und starrte

Suna misstrauisch an. Zusammen mit seiner ausgeprägten Hakennase verlieh es ihm das Aussehen eines Raubvogels auf Beutezug.

»Du meinst wohl Saskia Vossen«, knurrte er unwirsch.

Suna ließ sich nicht beirren. Sie behielt ihr unverbindliches Lächeln bei. »Richtig, das war ihr Mädchenname«, nickte sie.

Svoboda zögerte einige Sekunden. Dann seufzte er.

»Also gut, meinetwegen komm rein. Muss ja nicht sein, dass uns alle Nachbarn belauschen.« Er trat einen Schritt zur Seite und machte die Türöffnung für Suna frei, dann fügte er noch hinzu: »Aber sieh dich nicht genauer um. Die Putzfrau kommt erst morgen.«

Das heißt wahrscheinlich, sie kommt regelmäßig einmal pro Jahr, dachte Suna, als sie sich ihren Weg zum Esstisch bahnte, an den Svoboda sie führte. Sie sagte aber nichts. Mit Männern wie ihm hatte sie schon häufiger zu tun gehabt. Die meisten verstanden Spaß – bis zu einem gewissen Punkt. Wenn sie den jedoch überschritt, würde sie schneller wieder vor der Wohnungstür landen, als sie »Putzeimer« sagen konnte. Also versuchte sie das Chaos aus getragenen Klamotten, alten Pizzakartons und leeren Cola- und Bierflaschen so weit wie möglich zu ignorieren.

Mit einer vagen Handbewegung bedeutete Svoboda Suna, sich auf einen der Polsterstühle zu setzen. Zu trinken bot er ihr nichts an, aber angesichts des sich in der Spüle der offenen Kochzeile stapelnden schmutzigen Geschirrs – und vor allem des daraus aufsteigenden Dufts – war Suna ganz froh darüber. Sie hätte ohnehin dankend abgelehnt.

»Also, was willste wissen?«, fragte Svoboda, nachdem er sich Suna gegenüber hingesetzt hatte. Er lehnte sich zurück und spreizte die Beine etwas, während er sie erwartungsvoll anstarrte. Immerhin hatte er noch genug Anstand, sich nicht im Schritt zu kratzen.

»Hast du schon gehört, dass Saskia tot ist?«, erkundigte sich Suna. »Sie ist von der Fehmarnsundbrücke gestürzt.«

»Klar habe ich das mitgekriegt. Sie ist gesprungen, oder? War echt 'ne tragische Sache.« Svoboda nickte, schien jedoch nicht sonderlich betroffen zu sein. »Aber ich hab' echt keine Ahnung, was ich damit zu tun haben soll.«

»Ich will ganz ehrlich sein.« Suna bemühte sich um ein offenes, gewinnendes Lächeln, obwohl es ihr bei diesem Gegenüber nicht leicht fiel. »Ich bin Privatermittlerin. Saskias Schwester Linda glaubt nicht daran, dass sie freiwillig gesprungen ist. Sie befürchtet, dass jemand – na ja, sagen wir mal – nachgeholfen hat. Deshalb hat sie mich beauftragt, mich ein bisschen umzuhören.«

»Sie glaubt, es war Mord? Krass!«

Svobodas Augen leuchteten und er lehnte sich interessiert nach vorn. Er entwickelte plötzlich eine ungeahnte Begeisterungsfähigkeit.

»Es ist zumindest nicht ganz ausgeschlossen, wenn auch nicht unbedingt wahrscheinlich«, versuchte Suna seine Euphorie etwas zu bremsen. »Aber um das herauszufinden, muss ich so viel wie möglich über Saskia wissen.« Sie unterbrach für einen Augenblick und musterte Saskias Exfreund, der sie weiterhin erwartungs--voll anstarrte.

»Wie lange warst du mit Saskia zusammen?«, erkundigte sie sich dann.

Svoboda wippte auf seinem Stuhl hin und her, während er überlegte. »Na ja, zusammen sein klingt irgendwie so fest. So nach Heiraten und so. Nee, das war's bei uns nicht, wir waren eher ...« – er machte eine Pause und suchte nach den richtigen Worten – »na ja, eher Freunde, bei denen ab und zu mal was gelaufen ist. Ich glaube, so könnte man das nennen. Aber gewohnt hat sie hier ungefähr zwei Jahre, vielleicht ein bisschen weniger.«

Suna stutzte. Linda hatte ihr geschildert, dass Svoboda in der ersten Zeit, nachdem Saskia mit Jörn zusammengezogen war, ständig vor ihrer Wohnung aufgetaucht war und sie angerufen hatte. Das passte allerdings nicht ganz zu seiner Aussage eben von einer lockeren Beziehung. Es hörte sich eher nach extremer Eifersucht an – und nach verletztem männlichen Stolz.

»Und sie ist direkt bei ihrem späteren Mann eingezogen, nachdem sie aus der Wohnung hier ausgezogen ist?«, hakte sie weiter nach.

»Du meinst, bei diesem Christensen?«, meinte Svoboda mit angewiderter Miene. Als Suna nickte, grunzte er abfällig. »Ich habe keine Ahnung, was sie an dem Kerl so toll fand, aber ja, sie ist direkt zu ihm gezogen.«

Suna entschied sich, direkt zum Frontalangriff überzugehen. »Aber du wolltest sie nicht gehen lassen, oder?«, fragte sie so freundlich und unverbindlich, als wollte sie sich nur nach der Uhrzeit erkundigen. »Du hast sie immer wieder bedrängt, dass sie zu dir zurückkommen soll.«

»Hä?« Svoboda sah sie verständnislos an. »Was habe ich?«

Dann lachte er plötzlich laut auf. »Ach so ist das, du meinst, dass ich sie unbedingt wiederhaben wollte. Und als sie das nicht wollte, habe ich sie vor lauter Eifersucht von der Brücke geschmissen, ja?« Wieder lachte er. »Nee, da liegst du mal echt völlig daneben. Ich war nicht eifersüchtig, und wiederhaben wollte ich sie auch nicht.«

Suna kniff die Augen zusammen. »Was wolltest du dann von ihr?«

»Na, was schon?« Mit einem Mal wirkte der Mann kühl, beinahe geschäftsmäßig. Er stand auf, drehte den Stuhl unter sich und setzte sich verkehrt herum darauf. Dann stützte er beide Ellbogen auf die Rückenlehne und beugte sich zu Suna vor. Eindringlich starrte er sie an.

»Ich wollte mein Geld. Ich habe 'ne Menge in die Frau investiert, das wollte ich natürlich wiederhaben.«

»Investiert?«, fragte Suna verwirrt. Sie brauchte eine Weile, um zu verstehen, was er damit meinte. Doch dann begann sie langsam zu begreifen.

»Sie ist für dich anschaffen gegangen, richtig? Du hast sie auf den Strich geschickt.« Es war mehr eine Feststellung als eine Frage.

»Geschickt habe ich sie gar nicht«, korrigierte Svoboda sie sofort. »Dass das mal klar ist. Sie hat schon angeschafft, als ich sie kennengelernt habe, ab und zu jedenfalls. Sie musste ja irgendwie für ihr kleines Schwesterchen sorgen. Ich habe das Ganze nur« – er grinste anzüglich – »in die richtigen Bahnen gelenkt.«

»Das heißt, du hast sie jedes Mal einen Teil an dich abdrücken lassen.« Suna schüttelte entsetzt den Kopf. »Du bist ein Zuhälter, sonst nichts. Ein mieser kleiner Zuhälter.«

»Ach was«, Svoboda machte eine wegwerfende Handbewegung und lachte spöttisch auf. »Das war doch nur ein kleiner Zusatzverdienst. Ein Zuschuss zur Miete sozusagen, echt kaum der Rede wert.«

»Okay, jetzt mal der Reihe nach«, bremste Suna ihn aus. »Du hast Saskia kennengelernt, als sie schon ab und zu anschaffen ging. Dann hast du dafür gesorgt, dass sie das regelmäßig gemacht hat. Wie? Hat sie in einem Bordell gearbeitet, oder hast du sie sogar auf den Straßenstrich geschickt?«

»Bist du bescheuert?«, brauste Svoboda auf. »Straßenstrich! Glaubst du, ich wollte mir gleich 'nen Tripper bei der Alten wegholen? Wozu gibt es heute Internet? Der anständige Freier kommt inzwischen ins Haus.« Er wies auf eine Tür, die – wie Suna vermutete – ins Schlafzimmer führte. »Ich musste mich natürlich jedes Mal verpieseln, wenn Saskia *Besuch* gekriegt hat, aber das war schon in Ordnung. Wozu gibt es unten die Kneipe. Da habe ich dann mit ein paar Kumpels Billard gespielt oder zwei oder drei Bierchen gezogen. In der eigenen Wohnung ist auf jeden Fall besser als irgendwo anders. Dann muss man auch nichts für irgendwelche Dreckslöcher von Zimmern in so einer miesen Absteige abdrücken.«

Nein, dann kann man in seinem eigenen Drecksloch rumhuren, dachte Suna sarkastisch, sagte aber nichts.

»Wusste Linda, womit Saskia ihr Geld verdient hat?«, fragte sie stattdessen.

Wieder lachte Svoboda höhnisch auf. »Die Kleine? Niemals! Die hat ihre große Schwester doch für 'nen Engel gehalten, so richtig mit Flügeln und Heiligenschein und allem Drum und Dran. Wenn die erfahren hätte, was sie wirklich so alles *getrieben* hat,« – er betonte genüsslich jede Silbe des Wortes – »wäre die doch völlig ausgetickt.«

Genauso wie Jörn Christensen wahrscheinlich, dachte Suna im Stillen. Oder wusste der bereits von der Vergangenheit seiner Frau? Sie glaubte es nicht.

»Und was war mit ihrem Mann?«, wollte sie deshalb von Svoboda wissen.

Der zuckte nur gelangweilt die Achseln.

»Keine Ahnung. Irgendwie muss sie vergessen haben, mir ihn vorzustellen. Allerdings war sie gar nicht begeistert, dass ich vor ihrer schnieken Wohnung in diesem Hochschulviertel aufgetaucht bin. Sie ist wie eine Furie auf mich losgegangen und wollte, dass ich mich verpisse und mich nie wieder blicken lasse. Das hat den Preis natürlich noch ein bisschen nach oben getrieben.«

Suna stellte sich dumm. »Den Preis?«

»Ja, dass ich sie in Ruhe lasse. Mir ist schließlich mein Verdienst weggebrochen, sozusagen von einem Tag auf den anderen. Das sollte ihr dann schon eine Entschädigung wert sein.«

Suna presste die Lippen aufeinander. Diese Art von »Geschäftsgebaren« war zwar nicht neu für sie, doch ein konkreter Fall wie dieser versetzte sie jedes Mal in Wut.

»Wie viel?«, stieß sie hervor.

»Zehntausend«, gab Svoboda so selbstverständlich zurück, als rede er darüber, was die Milch beim letzten Einkauf gekostet hatte. Als er Sunas Blick sah, fügte er erklärend hinzu: »Sie war jung und hübsch, hatte eine gute Figur und hing nicht an der Nadel oder an der Flasche wie viele von den anderen Mädchen. Das treibt den Preis natürlich ordentlich in die Höhe. Wenn sie sich ein bisschen angestrengt hätte, hätte aus ihr eine richtige Edelnutte werden können.«

Suna ging nicht auf seine Ausführungen ein. Der Kerl widerte sie an, doch sie hoffte, ihm noch ein paar nützliche Informationen entlocken zu können. »Hat sie gezahlt?«, fragte sie in möglichst neutralem Tonfall.

»Jepp. Zuerst hat sie sich ein bisschen Zeit gelassen, aber als ich ein bisschen nachdrücklicher geworden bin, hat sie die Kohle endlich rausgerückt. Genau zwei Wochen, bevor sie ...« Svoboda brach ab und stellte mit der Hand jemanden dar, der aus großer Höhe fiel – und unten aufschlug. Dazu machte er die passenden Geräusche.

Suna reichte es. Es konnte nur noch wenige Sekunden dauern, bis sie vor Wut explodierte. Höchste Zeit zu gehen. Sie presste ein kurzes »Danke« hervor, stand auf und lief zur Tür. Als sie die Klinke schon in der Hand hatte, drehte sie sich noch einmal zu Saskias Exfreund um. Svoboda saß selbstzufrieden auf seinem Stuhl und blickte sie herausfordernd an. Ihm war deutlich anzumerken, wie sehr er seine Provokationen genoss.

»Widerst du dich eigentlich nicht selbst an?«, zischte Suna. »Du lässt deine Freundin in deinem eigenen Schlafzimmer anschaffen, lässt sie von irgendwelchen wildfremden Kerlen besteigen und schläfst dann hinterher noch selbst mit ihr?«

Die Selbstgefälligkeit auf Svobodas Miene trat noch deutlicher hervor. »Ich wüsste nicht, was dagegen spricht«, gab er lässig zurück. »Ich weiß professionellen Service eben zu schätzen.«

Es kam nicht oft vor, dass Suna sprachlos war, doch in diesem Moment war es soweit. Sie wusste nicht, ob sie die

Mischung aus Ekel und Wut, die in ihr aufstieg, noch lange in Zaum halten konnte. Also beeilte sie sich, aus der Wohnung zu kommen, knallte die Tür hinter sich zu und rannte die Treppe hinunter.

Selbst auf dem nächsten Treppenabsatz hörte sie noch Svobodas schallendes, höhnisches Gelächter.

*

Als Suna kurz darauf zu ihrem kleinen Büro in der Lübecker Altstadt zurückfuhr, fiel es ihr immer noch schwer, ihren Ärger über Pavel Svoboda zu unterdrücken. Sie verstand nicht, dass solche Typen es immer wieder schafften, Frauen zu finden, die sie sich gefügig machen konnten. Sicher, die meisten dieser Frauen waren jung, extrem naiv oder einfach nur völlig verzweifelt. Aber es gab doch genug andere Möglichkeiten. Warum landeten sie also immer wieder bei Arschlöchern von Svobodas Kaliber?

Mit einem Kopfschütteln versuchte Suna, die unangenehmen Gedanken zu vertreiben. Sie hatte an ihrem Fall genug zu knabbern, auch ohne dass sie noch über die Rettung der weiblichen Hälfte der Weltbevölkerung philosophierte.

So unangenehm der Besuch bei Svoboda auch gewesen war, er hatte doch einige ganz neue Hinweise geliefert, denen Suna nachgehen konnte. Sie war sich zwar nicht sicher, ob sie ihm in Bezug auf Saskias Vergangenheit als Prostituierte glauben sollte, tendierte aber in diese Richtung. Seine Geschichte klang in sich schlüssig.

Auch daran, dass er nicht aus verschmähter Liebe immer wieder bei ihr aufgetaucht war, hatte sie keinerlei Zweifel. Ein Typ wie er würde keiner Frau hinterherlaufen und sich damit selbst herabwürdigen, auf keinen Fall. Außerdem glaubte Suna nicht, dass er seine Coolness nur gespielt hatte. Wäre er wirklich von der Idee besessen gewesen, Saskia zurückzubekommen, hätte er niemals so abfällig über sie geredet. Zumindest nicht, ohne durch seine Körpersprache zu verraten, dass er log.

Wenn er also wirklich die Wahrheit gesagt hatte, überlegte Suna weiter, stellten sich sofort zwei neue Fragen:

War es möglich, dass Jörn Christensen von der wenig schmeichelhaften Vergangenheit seiner Frau erfahren hatte und so darüber in Wut geraten war, dass er beschlossen hatte, sie umzubringen? Von Linda hatte sie immer wieder gehört, wie verliebt die beiden gewesen waren. Umso größer dürfte seine Enttäuschung gewesen sein, wenn er durch irgendeinen Zufall erfahren hatte, dass sie früher gegen Geld mit Männern ins Bett gegangen war. Er selbst war zwar an dem betreffenden Abend in Berlin gewesen, aber vielleicht hatte er jemanden angeheuert, die Drecksarbeit für ihn zu erledigen, während er ein unumstößliches Alibi von mehreren Hundert Leuten vorweisen konnte.

Suna hielt diese Theorie zwar für recht unwahrscheinlich, aber ganz ausgeschlossen war sie nicht. Ebenso wie die zweite Möglichkeit: Vielleicht hatte Saskia bei ihrer Arbeit als Hure irgendjemanden kennengelernt, den sie besser nicht gesehen hätte. Oder sie hatte irgendetwas gehört oder gesehen, weswegen sie für immer schweigen sollte.

Suna seufzte. Es gab Tausende von Möglichkeiten, was passiert sein könnte, und sie hatte keine Ahnung, wie sie weiter vorgehen sollte, um die eine, die stimmte, herauszufinden. Daher fasste sie einen Entschluss: Den Rest des Tages würde sie weiter an ihrem Versicherungsfall arbeiten, und gegen Abend würde sie versuchen, Saskias alte Freundin Tamara zu erreichen, die inzwischen in London wohnte. Wenn jemand wusste, ob Svoboda die Wahrheit über Saskias Vergangenheit gesagt hatte, dann war das am ehesten sie.

Ein nerviger Werbespot im Autoradio veranlasste Suna dazu, einen neuen Sender zu suchen. Eine schrille Kinderstimme wiederholte immer wieder den Namen einer Nudelmarke. Es war nicht zum Aushalten. Sie brauchte jetzt ein bisschen aufmunternde Musik, keine schnulzigen Balladen und schon gar keine Werbung mit aufdringlichen Jingles oder nervtötenden Wiederholungen. Doch beim dritten Sender, den der Suchlauf fand, hielt sie plötzlich inne.

»Ein grausiger Fund hält die Lübecker Polizei derzeit in Atem«, meldete die Sprecherin eines Lokalsenders mit angemessen betroffener Stimme. »In den Wallanlagen nahe der Puppenbrücke wurde am Morgen von einem Spaziergänger die Leiche von Susanne B. gefunden. Ein Sprecher der Polizei bestätigte gegenüber unserem Sender, dass die Dreiundfünfzigjährige einem Gewaltverbrechen zum Opfer gefallen ist, wollte aber aus ermittlungstechnischen Gründen keine weiteren Angaben machen ...«

Suna stöhnte auf und stellte das Radio ganz aus. Das Letzte, was sie jetzt noch brauchte, waren weitere Tote.

Sie versuchte, sich auf die Straße zu konzentrieren, aber ihre Gedanken schweiften immer wieder ab.

Was, fragte sie sich, war nur aus ihrem ruhigen, beschaulichen Lübeck geworden?

*

»Jetzt sagt mir endlich, was ihr von mir wollt!«, brüllte Rüdiger Tenstaage die verspiegelte Glasscheibe an, hinter der er seine Entführer vermutete.

Am liebsten hätte er mit seinen Fäusten auf das Glas und gegen die Metalltür in der Wand getrommelt, bis die da draußen endlich nachgaben und ihn zumindest wissen ließen, aus welchem Grund er hier schon so lange festsaß. Doch seine Hände machten das nicht mehr mit.

Er wusste nicht, ob er sich die Fingerknochen oder einzelne Knochen in der Hand gebrochen hatte, oder ob er nur schwere Verstauchungen davongetragen hatte, als er immer wieder auf die Klappe und das Glas darüber eingeschlagen hatte, aber inzwischen waren seine Hände beinahe unbrauchbar geworden. Sie waren stark angeschwollen, die Haut schimmerte von den Blutergüssen in verschiedenen Farbtönen und strecken ließen sich die Finger gar nicht mehr. Er hatte gewaltige Schmerzen, wenn er nur sein Essen in den Mund stecken wollte, ganz zu schweigen vom Aufdrehen der Mineralwasserflaschen, mit dem die Entführer ihn versorgten.

Trotzdem schaffte er es nicht, einfach ruhig zu bleiben und abzuwarten. Immer wieder trat er auf die Metallklappe ein, durch die sie ihn in sein Verlies geschafft haben mussten.

Sein einziger Weg in die Freiheit.

Inzwischen zeigte die Klappe deutliche Spuren seiner Tritte. Es hatte sich zwar noch keine richtigen Beulen gebildet, aber leichte Dellen, die seine Schuhe im Lauf der Zeit hinterlassen hatten, waren doch sichtbar. Wenn er nur lange genug weitermachte, würde er es vielleicht irgendwann schaffen, die Tür ganz aufzubrechen.

Aber seine Kraft ließ nach. Jeden Tag wurde er schwächer. Seine Tritte waren lange nicht mehr so kraftvoll wie am Anfang, und er hielt auch nicht mehr so lange durch.

Er taumelte rückwärts, bis er mit dem Rücken gegen die bis zur Decke gekachelte Wand stieß. Langsam ließ er sich nach unten rutschen. Der Boden fühlte sich kalt an, doch daran hatte er sich längst gewöhnt.

Wie lange war er jetzt hier eingesperrt? Zwei Wochen? Drei? Oder vielleicht noch länger? Er wusste es nicht.

Er blickte an die Wand gegenüber. Neben der Metallklappe zeichneten sich deutlich sieben dunkle Flecken an der Wand ab. Am Anfang hatte er noch versucht, ein gewisses Zeitgefühl beizubehalten. Bei jeder Mahlzeit, die sie ihm gebracht hatten, hatte er eine kleine Markierung aus Soße, Ketchup oder was sich sonst noch dazu geeignet hatte, an die Wand geschmiert. Zumindest über die Zahl der Tage, die er hier eingesperrt war, wollte er Bescheid wissen. Er wollte die *Kontrolle* behalten.

Doch nach der siebten Mahlzeit hatte er aufgegeben. Es brachte ihm ohnehin nichts. Er wusste ja nicht einmal, wie oft am Tag er etwas zu essen bekam und ob das überhaupt regelmäßig geschah. Die Abstände dazwischen kamen ihm immer unterschiedlich lang vor, aber vielleicht versagte auch einfach nur seine innere Uhr.

Sein Blick wanderte hinüber zur Ecke des Verlieses, die er am meisten hasste. Dort stand eine einfache Campingtoilette aus Kunststoff. In den ersten Stunden seiner Gefangenschaft hatte er sich beharrlich geweigert, sie zu benutzen. Er hatte gehofft, so lange auszuhalten, bis er wieder freigelassen wurde. Doch irgendwann hatte er seinen körperlichen Bedürfnissen nachgeben und sich auf die Toilette setzen müssen. Nicht die Benutzung an sich war für ihn unangenehm, sondern die Schmach, von seinen Entführern mit heruntergelassenen Hosen auf einer Plastikbox beobachtet zu werden.

Allein dafür hatten sie einen grausamen Tod verdient, und ihm fielen Dutzende Foltermethoden ein, die er nur zu gern an ihnen ausprobiert hätte.

Inzwischen war sein Schamgefühl allerdings nicht mehr das Hauptproblem. Es war vielmehr der beißende Gestank, der in der kleinen Kammer herrschte, und an den sich seine Nase wohl niemals gewöhnen würde. Die Campingtoilette war schlicht und einfach voll. Die chemische Lösung darin schaffte es nicht mehr, die Exkremente zu zersetzen. Und der Geruch, der jetzt aus der Plastikbox aufstieg, wurde von Tag zu Tag schlimmer. Daran änderte auch die kleine Öffnung in der Wand nichts, durch die der Raum mit Frischluft versorgt wurde.

Resigniert zuckte er die Achseln. Was sollte er machen? Er konnte nichts dagegen tun, außer den Gestank zu ertragen.

Als er auf das Handy sah, das zerschmettert neben der Toilette lag, wandte er den Blick schnell ab. Es war wie Hohn gewesen, dass die Entführer es ihm gelassen hatten, zusammen mit seiner Brieftasche.

Nachdem er in seinem Verlies zu sich gekommen war, hatte er natürlich sofort danach getastet. Eigentlich war er davon überzeugt gewesen, dass man es ihm abgenommen hatte. Doch zu seinem Erstaunen steckte es immer noch in seiner Manteltasche, und es funktionierte sogar noch.

Sofort hatte er die Nummer des Notrufs gewählt, aber er hatte keine Verbindung bekommen. Stundenlang war er danach durch sein Gefängnis gewandert und gekrochen, hatte jeden verdammten Ort des Raumes abgesucht. Er hatte das Telefon in jede Ecke gehalten, sowohl dicht am Boden als auch direkt unterhalb der Decke, die Augen immer konzentriert auf das Display gerichtet, ob irgendwo eine Verbindung angezeigt wurde. Aber ohne Erfolg. Seine Entführer mussten gewusst haben, dass er nirgendwo ein Netz finden würde, um Hilfe zu rufen. Vielleicht war der Raum sogar abgeschirmt.

Irgendwann hatte der Akku dann schlappgemacht. In einem Anfall aus Wut und Verzweiflung hatte Tenstaage das Gerät an die Wand geschmettert, wobei es in mehrere Teile zerbrochen war.

Genutzt hatte ihm das nichts, trotzdem war das krachende Geräusch in gewisser Weise befriedigend gewesen.

Tenstaages Blick wanderte weiter zu der kleinen quadratischen Öffnung im Boden unterhalb der Metallklappe. Darunter war eine Art Schublade, durch die ihn seine

Entführer mit seinen Mahlzeiten versorgten. Sie war gerade groß genug, dass eine Schüssel und zwei Wasserflaschen hineinpassten.

Eine Zeit lang hatte er überlegt, ob er das Essen einfach verweigern sollte. Wenn er immer schwächer wurde, würden diese Mistkerle da draußen ihn vielleicht aus seinem Verlies befreien.

Oder auch nicht.

Waren sie skrupellos genug, ihn einfach seinem Schicksal zu überlassen? Wenn er diese Frage hätte mit nein beantworten können, wäre ihm schon wesentlich wohler zumute gewesen. Aber leider konnte er das nicht.

Schließlich hatte sein Überlebenstrieb gesiegt und er hatte alles restlos gegessen, was sie ihm vorgesetzt hatten. Vielleicht wurden seine Entführer irgendwann unvorsichtig. Vielleicht bekam er eines Tages die Möglichkeit, einen von ihnen zu überwältigen. Dann brauchte er so viel Kraft wie möglich. In allen Einzelheiten malte er sich aus, was er dann mit dem Schwein machen würde. Und nur in einem Punkt war er sich sicher: Der Kerl würde das nicht überleben.

Er merkte, wie seine Wut ihm wieder mehr Kraft verlieh. Als er das vertraute Scharren der Schublade im Boden hörte, stemmte er sich vom Boden hoch und kroch zu der Öffnung, um auf sein Essen zu warten.

Egal, was es ihn kosten würde, er wollte lebend wieder aus diesem Verlies herauskommen.

*

Am Abend versuchte Suna Saskias Freundin Tamara in London anzurufen, bekam aber nur die Mitteilung ihrer aufgezeichneten Stimme zu hören, dass sie derzeit nicht zu erreichen sei. Suna legte auf, ohne eine Nachricht zu hinterlassen. Sie würde es einfach später noch einmal probieren.

Sie behielt den Hörer gleich in der Hand und wählte Rebeccas Nummer. Rebecca Lürssen war Roberts Zwillingsschwester und somit Sunas Ex-Schwägerin. Und abgesehen davon, dass die beiden Frauen sich trotz Sunas Scheidung immer noch ausgezeichnet verstanden, war Rebecca als Mitarbeiterin der Lübecker Staatsanwaltschaft eine fast unschätzbar wertvolle Informationsquelle. Wenn Suna in einem ihrer Fälle nicht weiterkam, half Rebecca ihr gelegentlich mit Ermittlungsakten weiter oder besorgte ihr Daten aus Quellen, an die Suna nicht so einfach herankam – ganz inoffiziell natürlich.

»Hallo, Suna, wie geht es dir?«, flötete Rebeccas weiche Stimme ins Telefon.

»Na ja, es geht so. Dein Bruder hat mir einen Fall aufs Auge gedrückt, der eine ganz schön harte Nuss zu sein scheint.«

Rebecca kicherte. »Das sieht ihm ähnlich. Ich nehme an, es geht um den Sprung von der Fehmarnsundbrücke? Davon hat er mir erzählt.«

»Sprung oder Stoß, das ist noch nicht ganz klar«, schränkte Suna ein. »Genau das versuche ich gerade herauszufinden. Meine Klientin glaubt jedenfalls nicht daran, dass ihre Schwester freiwillig von der Brücke gesprungen ist. Aber das nachzuweisen, ist natürlich ziemlich schwierig.«

»Ich nehme an, es gibt keinen Abschiedsbrief«, vermutete Rebecca.

Suna lachte freudlos auf. »So ist es, sonst wäre es ja auch zu einfach. Im Moment trete ich ein bisschen auf der Stelle. Außer sämtliche Bekannte der Toten zu befragen, kann ich kaum etwas tun. Ich versuche, mir ein Bild von ihr zu machen, wie sie war, mit wem sie zu tun hatte und so weiter. Und in dem Zusammenhang hatte ich mit einem Kerl namens Pavel Svoboda zu tun. Kennst du ihn?«

»Hmm«, Rebecca überlegte einen Augenblick. »Der Name kommt mir bekannt vor, aber ich bin mir nicht ganz sicher. Wenn du willst, höre ich mich mal um und melde mich dann wieder bei dir.«

Suna seufzte. »Das wäre wirklich lieb von dir. Bisher habe ich nämlich noch kaum Hinweise darauf, was wirklich mit Saskia Christensen passiert ist, außer dass ich ihre Mutter gefunden habe. Sie ist auch tot, und genau wie bei Saskia sieht es nach Selbstmord aus. Hast du davon gehört?«

»Noch nicht. Du glaubst gar nicht, was hier im Moment los ist. Alle sind völlig panisch wegen Susanne Baudelhoff.«

Suna erinnerte sich an die Radiomeldung, die sie auf dem Rückweg von Svobodas Wohnung gehört hatte. Darin war eine Susanne B. erwähnt worden. »Du meinst den Leichenfund an der Puppenbrücke? Die Frau, die man heute Morgen gefunden hat?«, vergewisserte sie sich.

»Genau die. Die Baudelhoff hat als Sozialarbeiterin im Gefängnis gearbeitet. Jemand hat sie mit ihrem eigenen

Schal erdrosselt und in die Trave geworfen. Wo genau wissen wir nicht, genauso wenig wie den exakten Zeitpunkt. Jetzt wird natürlich unter Hochdruck nach dem Täter gesucht, aber bei den wenigen Anhaltspunkten wird das verdammt schwierig.«

»Gibt es schon eine Spur?«, erkundigte sich Suna, obwohl sie mit ihren Gedanken eher bei ihrem eigenen Fall war.

Rebecca lachte freudlos auf. »Hunderte. Das ist ja das Problem. Im Gefängnis ist sie ja mit jeder Menge Kriminellen zusammengekommen. Jeder von denen könnte der Täter sein, vielleicht aber auch jemand, der mit ihrem Job gar nichts zu tun hatte, der sie privat kannte. Aber wie dem auch sei, wenn ich mal zwischendurch eine Minute Luft habe, sehe ich, was ich über diesen Pavel Svoboda finde. Vielleicht kommst ja dann wenigstens du in deinem Fall weiter.«

Suna bedankte sich bei Rebecca, gab ihr noch Svobodas Adresse und sein ungefähres Alter durch, dann legte sie auf.

In diesem Moment klopfte es an der Tür zu ihrem Büro. Ohne auf Sunas Aufforderung zu warten, betrat Linda Vossen den kleinen Raum. Sie wirkte fahrig, und ihr Gesicht sah noch eine Spur blasser aus als am Tag zuvor.

»Ich habe gerade Saskias Auto abgeholt«, erklärte sie ohne weitere Begrüßung. Sie strich sich nervös durch die Haare. »Das, das an der Brücke geparkt war. Sie wissen schon ... Im Auto lag Saskias Handy. Ich dachte, Sie wollen es sich vielleicht mal ansehen. Saskia hatte darin ihren Kalender, in dem sie alle wichtigen Termine abgespeichert hat. Ich habe schon reingesehen, konnte aber leider gar nichts damit anfangen. Sie hat nur irgendwelche Kürzel aufgeschrieben.«

Mit ausgestrecktem Arm hielt sie Suna ein schwarzes Telefon entgegen, das diese ihr nickend abnahm.

»Danke. Vielleicht bekomme ich dadurch wirklich ein paar neue Hinweise. Schaden könnte das sicher nicht.«

»Sind Sie denn schon weitergekommen?«, fragte Linda vorsichtig. Sie sah Suna an, wobei sich in ihrem Blick Erwartung und Angst mischten.

»Ich kämpfe mich so durch«, erwiderte Suna diplomatisch. »Aber ich hoffe, dass ich Ihnen bald erste Ergebnisse präsentieren kann. Momentan kann ich nicht viel mehr tun, als mir selbst ein Bild von Ihrer Schwester zu machen. Das ist zwar mühsam, aber ich denke, es lohnt sich. Der eine oder andere Anhaltspunkt ergibt sich daraus immer. Und dem kann ich dann gezielt nachgehen. Demnächst bekommen Sie übrigens von mir einen ersten Zwischenbericht. Da sind dann alle Gespräche einzeln aufgeführt.«

Sie überlegte, ihrer Klientin von ihrem Gespräch mit Svoboda zu erzählen, verwarf den Gedanken aber gleich wieder. Es war nicht notwendig, Lindas positives Bild von ihrer Schwester zu zerstören, indem sie von ihrer fragwürdigen Vergangenheit berichtete, zumindest noch nicht zu diesem Zeitpunkt.

»Ich habe mich heute Vormittag mit Saskias Exfreund getroffen, Pavel Svoboda«, sagte sie daher nur. »Kennen Sie ihn gut?«

Linda nickte wenig begeistert. »Ich habe Saskia häufig besucht, als sie bei ihm gewohnt hat. Aber ich war eigentlich immer froh, wenn er nicht zuhause war. Ich mag ihn nicht, mochte ihn noch nie. Und ich fand auch, dass er meiner Schwester nicht gutgetan hat. Seitdem sie mit Jörn zusammen war, wirkte sie viel glücklicher, viel stabiler.«

Suna nickte. Der untrügliche Instinkt einer Frau, dachte sie. Bei Linda schien er zu funktionieren. Schade nur, dass er bei manchen Frauen einfach aussetzte oder gar nicht vorhanden war.

»Gut.« Linda fuhr sich nervös mit der Hand durch die Haare. »Es tut mir leid, aber ich muss dann auch gleich wieder weiter. Ich habe noch einen Kundentermin.«

Sie verabschiedete sich kurz und verließ Sunas Büro.

Noch bevor die Tür ins Schloss gefallen war, klingelte Sunas Telefon. Auf dem Display wurde Rebeccas Handynummer angezeigt.

»Hast du was für mich?«, meldete sich die Privatdetektivin ohne Umschweife.

»Schwer zu sagen«, gab Rebecca zögernd zurück. »Was Konkretes kann ich dir noch nicht bieten, aber ich habe mich mal nach deinem Svoboda umgehört. Scheint ja ein richtiger Sunnyboy zu sein.«

Suna grinste. »Der Traum aller Schwiegermütter, würde ich glatt behaupten.«

»Oh ja«, Rebecca lachte laut auf. »Ich kann mir gut das Gesicht meiner Mutter vorstellen, wenn ich ihr so einen Kerl als meinen neuen Freund präsentieren würde. Ihr würden sämtliche Gesichtszüge entgleisen und mit Wucht gegen einen Rammbock prallen.«

Suna dachte an ihre ehemalige Schwiegermutter, die aus einer alten Bankiersfamilie stammte und an Spießigkeit kaum zu überbieten war. »Das glaube ich auch«, gluckste sie. »Und ehrlich gesagt wäre ich gern dabei.«

»Nun aber mal im Ernst«, fuhr Rebecca fort. »Der Kerl hat tatsächlich schon so einiges auf dem Kerbholz, allerdings nur kleinere Delikte. Diebstahl, Beleidigung, zwei leichte Körperverletzungen, Verstoß gegen das BTM, Ruhestörung und so weiter. Natürlich ist alles möglich, aber bei seinen Vorstrafen ist nichts dabei, bei dem ich sagen würde, es würde auf einen Mörder oder Schwerkriminellen hinweisen.«

»Schade.« Suna seufzte leise. »Es hätte alles so einfach sein können. Aber eigentlich habe ich sowieso nicht daran geglaubt, dass er etwas mit Saskias Tod zu tun hat.« Sie erzählte Rebecca ausführlich von dem Gespräch mit Svoboda am Vormittag.

»Selbst wenn Saskia sich geweigert hat, die zehntausend Euro an ihn zu zahlen, wäre das bestimmt kein Grund für ihn gewesen, sie umzubringen. Dann hätte er sein Geld ja niemals bekommen«, schloss sie ihren Bericht. »Und falls er ein Exempel an ihr statuieren wollte, hätte er es ja kaum nach einem Selbstmord aussehen lassen. Außerdem war er ja wohl nicht so einer, der mehrere Mädchen am Start hat. Wen also hätte er abschrecken sollen?«

»Klingt logisch«, überlegte Rebecca. »Und was ist mit anderen Verdächtigen?«

»Im Moment gehe ich eigentlich davon aus, dass die Frau tatsächlich freiwillig gesprungen ist. Vermutlich war sie einfach so durcheinander, dass sie gar nicht mehr daran gedacht hat, einen Abschiedsbrief zu schreiben. Aber mein Auftrag ist ja nun mal, alle Möglichkeiten abzuklopfen. Wenn man allerdings die geringe Wahrscheinlichkeit in Betracht zieht, dass es doch Mord war, würde ich am ehesten auf den Ehemann tippen, Jörn Christensen. Vielleicht hat er von der Vergangenheit seiner Frau erfahren und ist damit nicht klargekommen und hat beschlossen, seine Ehe auf diese Weise zu beenden. Allerdings hat er ein Alibi, er müsste also jemanden angeheuert haben, um Saskia von der Brücke zu stoßen.«

»Das hört sich an, als läge noch jede Menge Arbeit vor dir«, bemerkte Rebecca. »Vor mir aber auch, deshalb sollte ich jetzt endlich weitermachen. Der Fall Baudelhoff wartet.«

»Verstehe. Danke für deinen Anruf. Du hast was gut bei mir. Vielleicht lade ich dich demnächst im Gegenzug mal zum Essen ein, okay?«

»Gern. Und Robert würde sicher auch mitkommen.« In Rebeccas Stimme lag ein süffisantes Lächeln.

Suna schüttelte amüsiert den Kopf. Ihre Schwägerin würde wahrscheinlich nie aufhören, sie wieder mit ihrem Exmann zusammenbringen zu wollen. »Du kannst es einfach nicht lassen, oder?«

Rebeccas Lachen drang hell durchs Telefon. »Nicht in diesem Leben und im nächsten auch nicht«, bestätigte sie gut gelaunt. »Aber im übernächsten werde ich es vielleicht versuchen.«

*

Zwei Stunden später lehnte sich Suna erschöpft auf ihrem Bürostuhl zurück und strich sich mit beiden Händen durch die kurzgeschnittenen Haare. Ihre Klientin hatte absolut recht gehabt, als sie erwähnt hatte, dass in

Saskias Terminkalender nur kryptische Kürzel verzeichnet waren.

Ein paar davon immerhin hatte Suna entziffern können. So stand das große J anscheinend für ihren Ehemann Jörn, mit dem sie häufig zum Essen oder ins Kino verabredet gewesen war, L für Linda und Dr. Z für Frau Dr. Zeisig, die Psychologin, bei der Saskia in Behandlung gewesen war. Die Termine bei ihr waren regelmäßig alle zwei Wochen eingetragen, immer zur gleichen Zeit.

Suna hatte Frau Dr. Zeisig schon am Tag, nach dem sie den Auftrag übernommen hatte, in ihrer Praxis besucht. Die Psychologin hatte sich aber vehement geweigert, ir-- gendeine Auskunft über eine ihrer Klientinnen zu geben. Sie hatte nicht einmal bestätigt, dass Saskia überhaupt jemals bei ihr gewesen war.

»Ich würde Ihnen wirklich gern helfen, aber meine Klienten gehen mir über alles«, hatte sie bei ihrem Besuch immer wieder betont. »Ich sichere ihnen grundsätzlich absolute Vertraulichkeit zu, und das gilt auch über den Tod hinaus, solange der Klient nichts anderes verfügt hat.«

»Das heißt, Saskia Christensen hat nichts anderes verfügt?«, hatte Suna sofort nachgehakt.

Doch natürlich war die Psychologin nicht in Sunas kleine Falle getappt. »Sollte sie meine Klientin gewesen sein, hätte sie das wohl nicht«, hatte sie mit einem entwaffnenden Lächeln erwidert.

Neben den einfach zuzuordnenden Kürzeln gab es allerdings noch eines, das Suna nicht so leicht knacken konnte. Es war das Kürzel PS, das Saskia in den Wochen vor ihrem Tod immer wieder in ihrem Terminkalender notiert hatte.

»Pavel Svoboda?«, überlegte Suna laut. Dann aber schüttelte sie den Kopf. Unwahrscheinlich. So wie Svoboda von Saskia gesprochen hatte, war kaum davon auszugehen, dass sie sich regelmäßig getroffen hatten, nachdem Saskia Jörn geheiratet hatte. Zumindest hatte Saskia sicher keine Termine für Treffen mit ihm freigehalten. Sowohl Linda als auch Svoboda hatten Suna ja bestätigt, dass Saskias Exfreund sie belästigt hatte. Also musste es wohl es wohl noch eine andere Person geben, auf die das Kürzel passen könnte.

Suna rief Saskias Kontaktliste auf. Leider hatte sie nur die Vornamen und Telefonnummern notiert, daher suchte Suna nach einem Vornamen mit dem Anfangsbuchstaben P. In diesem Fall kam es ihr sehr entgegen, dass Saskia nur zu wenigen Menschen Kontakt gehabt hatte, denn schon nach kurzer Zeit wurde sie fündig. Hinter dem Namen Paul stand eine Handynummer.

Zuerst war Suna in Versuchung, einfach dort anzurufen, entschied sich aber dagegen. Falls dieser Paul wirklich etwas mit Saskias Tod zu tun hatte, wollte sie ihn nicht vorwarnen.

Also gab sie die Nummer einfach ins Suchfeld ihres Internetbrowsers ein. Die erste Schreibweise mit Schrägstrich brachte sie nicht weiter, genauso wenig wie die mit Bindestrich zwischen Vorwahl und Rufnummer. Erst als sie die internationale Variante eingab, indem sie die erste Null durch die +49 ersetzte, wurde sie fündig.

Es gab nur wenige Treffer, doch diese waren umso aussagekräftiger. Suna gelangte auf die Website eines

Lübecker Architekturbüros. Als Besitzer des Handys war Paul Sheridan angegeben, der zusammen mit seinem Partner Rüdiger Tenstaage die Firma leitete.

Suna rief das Impressum auf und notierte sich die Adresse. Das Büro lag in der Lübecker Altstadt, gar nicht weit von ihrem eigenen entfernt.

»Wie praktisch, mein lieber Paul«, murmelte sie, »dann werde ich dir gleich morgen früh einen kleinen Besuch abstatten.«

*

Es war schon spät, als Jörn Christensen von der Arbeit nach Hause kam. Seitdem Saskia nicht mehr lebte, kam es ihm merkwürdig vor, in der Wohnung zu sein, die sie gemeinsam ausgesucht, gemietet und eingerichtet hatten. Es war leer ohne sie, und sogar die Luft schien anders zu riechen, als er den langen Flur betrat, von dem die restlichen Zimmer abgingen. Saskias Geruch fehlte, dachte er.

Saskia fehlte.

Seitdem sie nicht mehr da war, hatte er sich in die Arbeit gestürzt. Tagsüber funktionierte das so einigermaßen. Es gab genug Ablenkung, um ihn nicht ständig daran denken zu lassen, was passiert war. Doch abends traf ihn die Leere, in die er kam, wie ein Fausthieb ins Gesicht. Und ab und zu gab es sogar Augenblicke, in denen er zweifelte, ob er das Richtige getan hatte.

Er lief den Flur entlang bis zur Garderobe. Normalerweise wäre ihm seine Frau jetzt freundlich lächelnd entgegen gekommen, hätte ihm einen flüchtigen Begrüßungskuss auf die Lippen gedrückt und ihm gesagt, dass sie gleich essen konnten. Und der verführerische Duft aus der Küche hätte ihm das Wasser im Mund zusammenlaufen lassen.

Saskia war eine sehr gute Köchin gewesen, obwohl ihre Mutter ihr in der Beziehung nichts gezeigt hatte. Doch sie hatte sich vieles selbst beigebracht. Sie hatte es geliebt, stundenlang in Kochbüchern nach neuen Rezepten zu suchen, sie auszuprobieren und ihren Mann immer wieder mit kulinarischen Leckerbissen zu verwöhnen. Mit der Zeit war sie immer besser geworden, und wenn es doch mal schiefgegangen war, hatten sie beide gelacht und sich vom Italiener zwei Straßen weiter eine große Pizza liefern lassen, die sie dann eng aneinandergekuschelt vor dem Fernseher gegessen hatte.

Seit Saskias Tod war die Küche allerdings kalt geblieben. Jörn hatte keinerlei Ehrgeiz, für sich allein zu kochen oder zu backen. Stattdessen ernährte er sich von den Fastfood-Läden der näheren Umgebung.

Er stellte die Tüte mit den gebratenen Nudeln, die er vom chinesischen Schnellimbiss um die Ecke mitgebracht hatte, auf die Kommode im Flur, streifte sich die Schuhe von den Füßen und begann, seine Jacke aufzuknöpfen.

Dabei fiel sein Blick auf das gerahmte Foto, das im Flur hing. Er nahm es von der Wand, betrachtete es eingehend, als sähe er es zum ersten Mal und strich sanft mit den Fingern darüber. Natürlich zeigte es ihn zusammen mit Saskia. Sie strahlten beide in die Kamera, hinter sich die untergehende Sonne am Ostseestrand.

Ein Bild aus glücklichen Zeiten, dachte er mit einem traurigen Lächeln. Obwohl, inzwischen war er sich selbst da nicht mehr so sicher. Waren sie wirklich glücklich gewesen? Selbst an diesen an sich unbeschwerten Tagen an der Ostsee hatte ein Schatten auf ihrer Beziehung gelegen. Ein Schatten, der sich nie so ganz hatte vertreiben lassen.

Eigentlich hatte Jörn seiner frisch angetrauten Frau eine tolle Hochzeitsreise schenken wollen. Sie war in ihrem bisherigen Leben noch nie im Ausland gewesen, und er wollte ihr die ganze Welt zeigen. Es gab so viel, das sie gemeinsam entdecken konnten.

Australien hätte ihn gereizt, oder vielleicht Südafrika. Doch zur Zeit ihrer Hochzeit hatte seine Firma in wichtigen Verhandlungen gesteckt, und er als Geschäftsführer musste natürlich dabei sein. Also hatte es statt bombastischer Flitterwochen nur ein verlängertes Wochenende an der Ostsee gegeben. Natürlich hatte er ihr damals versprochen, dass sie die Hochzeitsreise bald nachholen würden, aber immer wieder war etwas dazwischen gekommen.

Und jetzt war es zu spät. Es würde niemals eine Hochzeitsreise für sie geben.

Er dachte daran, wie er Saskia kennengelernt hatte. Für ihn war es Liebe auf den ersten Blick gewesen, vielleicht hatte es sogar schon an Besessenheit gegrenzt. Er wäre bereit gewesen, alles für sie aufzugeben, und in gewisser Weise hatte er das auch getan.

Zu seinen Freunden, die gegen seine Beziehung gewesen waren, hatte er den Kontakt vollständig abgebrochen. Schon die Hochzeit hatten sie fast allein gefeiert, und kein Einziger von ihnen war auf ihrer Beerdigung erschienen. Aber das fand er nicht weiter tragisch. Damit hatte er gerechnet. Dass jedoch auch seine Familie ihn komplett im Stich gelassen hatte, seitdem er mit Saskia verheiratet war, schmerzte ihn schon. Sie hatten damals ebenfalls schon ihre Hochzeit ignoriert, doch dass sie ihn allein am Grab seiner Frau hatten stehen lassen, war weitaus schlimmer gewesen.

Nur Linda war natürlich da gewesen. Bei der Hochzeit genauso wie bei Saskias Bestattung. Er lächelte leicht. Auf seine kleine Schwägerin war immer Verlass. Sie hatte ihre Schwester regelrecht vergöttert, und sie hatte auch allen Grund dazu gehabt. Saskia hatte sich mehr um Linda gekümmert, als eine Mutter das hätte tun können.

Er überlegte kurz, ob er noch auf einen Überraschungsbesuch runter in Lindas Wohnung gehen sollte, verwarf den Gedanken aber schnell wieder. Dafür war es schon viel zu spät.

Seitdem er allein war, versuchte er sich mit Arbeit ablenken. Er war grundsätzlich der Letzte, der abends die Firma verließ. Auch jetzt war es fast schon wieder Mitternacht. Wenn er um diese Zeit zu Linda runterging, würde er sie nur unnötig aufschrecken. Es war schon schlimm genug gewesen, dass er ihr die Nachricht vom Tod ihrer Schwester hatte überbringen müssen. Nur zu gut erinnerte er sich noch an ihr blasses Gesicht, das Zittern ihrer Hände, den fassungslosen Blick.

Er ging in die Küche, holte sich eine Gabel aus der Schublade und setzte sich dann an den Wohnzimmertisch. Er schaufelte die gebratenen Nudeln in sich hinein. Dass sie bereits kalt waren, störte ihn nicht. Er schmeckte sowieso nichts, seine Gedanken waren ganz woanders.

Wie jeden Abend trat er ans Bücherregal und zog eine Ausgabe von Lessings *Nathan der Weise* vom obersten

Bord. Doch nicht der Klassiker interessierte ihn, sondern der Brief, der zwischen den Seiten steckte.

Obwohl er den Text schon auswendig kannte, las er ihn wieder und wieder Wort für Wort durch. Dabei verengten sich seine Augen zu schmalen Schlitzen, und er presste die Lippen fest aufeinander.

Nachdem er den Brief wieder im Buch verstaut und dieses zurück ins Regal geschoben hatte, machte er sich für die Nacht fertig. Er würde gut schlafen, dachte er, während er sich die Zähne putzte und unverwandt sein Spiegelbild anstarrte. Denn er wusste, dass er das Richtige getan hatte.

Dienstag, 19. März

Das Architekturbüro Tenstaage&Sheridan logierte in einem imposanten roten Backsteinbau mit direktem Blick auf die Trave. Ein graviertes Glasschild zeigte an, dass die Firma die oberen beiden Stockwerke des Gebäudes belegte.

Suna betrat das Büro und sah sich neugierig um. Alles wirkte edel, teuer und darauf ausgerichtet, Eindruck auf potentielle Auftraggeber zu machen. Allein die Miete für die Büroräume musste locker das Zehnfache dessen betragen, was Suna für ihre kleine Detektei zahlte.

Hier klopft bestimmt keine Heizung so laut wie ein Presslufthammer, dachte Suna amüsiert. Ihr Vermieter sparte grundsätzlich an allen Ecken und Enden. Vor allem die Heizungsanlage im Haus war ziemlich marode, und eine Isolierung war so gut wie nicht vorhanden. Daher war es in ihrem Büro es im Winter lausig kalt, während man im Sommer fast wegschmolz. Für sie hatte das immerhin den Vorteil, dass die Miete trotz der guten Lage einigermaßen bezahlbar war.

Bei Tenstaage&Sheridan dagegen war die Raumtemperatur durch ein ausgeklügeltes Klimasystem bis auf das Zehntelgrad genau reguliert. Exakte Wohlfühltemperatur, schoss es Suna durch den Kopf. Passend zum restlichen Wohlfühlambiente. Wahrscheinlich musste das so sein, dachte sie ungerührt. Hier verkaufte man in erster Linie ein Image, und zwar ein Image des perfekten Wohnens und Arbeitens.

Zu diesem Image passte auch die langmähnige Empfangsdame, die hinter einem nussbaumfarbenen Tresen saß und mit schlanken, perfekt manikürten Fingern auf eine Tastatur einhämmerte. Sie bedachte Suna mit einem ebenso perfekten, professionellen Lächeln, das keinerlei Gefühlsregung enthielt. Ein kleines Metallschildchen an ihrer Bluse wies sie als *Celina* aus.

»Guten Morgen, was kann ich für Sie tun?«, fragte sie höflich.

»Moin.« Suna versuchte, ein halbwegs entsprechendes Lächeln hinzubekommen, schaffte es aber nicht ganz. Sie würde niemals so perfekt wirken. »Mein Name ist Suna Lürssen. Ich habe in zehn Minuten einen Termin mit Herrn Sheridan«, behauptete sie dreist.

Sie hatte sich auf dem Weg zum Architekturbüro überlegt, wie sie das Gespräch mit Paul Sheridan am besten aufziehen sollte, um so viel wie möglich über seine Verbindung zu Saskia zu erfahren. Der erste Schritt dazu war, überhaupt zu ihm durchgelassen zu werden. Viele Leute wurden nervös, wenn ein Privatdetektiv etwas von ihnen wollte, selbst wenn sie eigentlich gar nichts zu verbergen hatten. Dementsprechend häufig war sie schon von diversen Vorzimmerdrachen abgewimmelt worden. Daher hatte sie beschlossen, sich ein wenig kreative Freiheit zu erlauben.

Während Celina erst ruhig, dann immer unruhiger auf ihrem Monitor herumsuchte, begann ihre professionelle Fassade kleine Risse zu bekommen. Hektische rote Flecken zeichneten sich unter ihrer Make-up-Schicht ab.

»In welcher Angelegenheit kommen Sie, sagten Sie?«, wandte sie sich an Suna.

Diese spielte ihre Rolle perfekt, auch wenn sie ein paar deutliche Gewissensbisse spürte. Sie legte eine leichte Empörung in ihren Blick.

»Ich bin von der Melchior AG«, sagte sie, als sei es völlig unmöglich, dass die Empfangsdame ihren Namen nicht kannte. »Ich komme wegen des Projekts in der Hafencity.«

Die hektischen Flecken auf Celinas Wangen wurden immer dunkler. »Ja, natürlich«, stammelte sie. »Einen Moment, ich bin sofort wieder bei Ihnen.«

Trotz ihres schlechten Gewissens beobachtete Suna amüsiert, wie Celina eilig hinter einer imposanten Tür aus zum Tresen passenden Nussbaumholz verschwand. Dass ihr Auftritt Panik bei der Sekretärin auslösen würde, hatte sie schon vorhergesehen. Immerhin war das Hamburger Hafencity-Projekt mit mehreren Bürogebäuden und dem Umbau von ehemaligen Fabrikhallen in sündhaft teure Lofts das wichtigste, an dem Sheridans Firma jemals beteiligt gewesen war.

Um ihren Auftritt perfekt zu machen und nicht sofort aufzufliegen, hatte sie sogar ihr Business-Outfit aus dem Schrank geholt, das sie sich einmal für einen Fall von Wirtschaftsspionage angeschafft hatte. Statt ihrer üblichen Jeans trug sie nun ein dunkelgraues Kostüm mit schmalem Rock, eine weiße Bluse und halbhohe Pumps.

Hinter der Tür ertönten laute Stimmen. Ein Mann polterte los. Seine durch die schwere Tür gedämpften Worte waren zwar nicht zu verstehen, aber es war deutlich zu hören, wie aufgebracht er war. Offensichtlich bekam die Empfangsdame gerade ordentlich einen auf den Deckel, weil sie den wichtigen Termin nicht eingetragen hatte.

Suna nahm sich im Stillen vor, ihr demnächst als Entschädigung eine Schachtel Pralinen zukommen zu lassen. Ihrer Meinung nach war Schokolade das einzige Mittel, das wirklich gegen Stress half, abgesehen natürlich von Eiscreme mit Sahne.

Die Tür öffnete sich wieder einen Spaltbreit, aber noch kam niemand aus dem Büro.

»Was kann ich denn dafür, wenn hier alles drunter und drüber geht?« Celinas Stimme klang jetzt weinerlich. »Ich mache das jedenfalls nicht mehr lange mit. Wenn das so weitergeht, kündige ich.«

Die gebrummelte Antwort der männlichen Stimme im Raum konnte Suna zwar nicht verstehen, sie klang aber nicht gerade freundlich.

Celina wandte sich wieder der Privatdetektivin zu. Ihre kunstvolle Fassade war nun endgültig am bröckeln. Mit den geröteten Augen und dem hektischen Blick wirkte das einstudierte Lächeln einfach nur noch lächerlich. Trotzdem machte sie eine einladende, weit ausholende Geste in die Richtung, aus der sie gerade kam.

»Bitte entschuldigen Sie das Durcheinander, Herr Sheridan erwartet Sie jetzt.«

»Danke.«

Suna bemühte sich, diesmal wirklich freundlich zu klingen. Sie hatte zwar mit ein wenig Hektik gerechnet, aber dass ihr kleines Spielchen einen solchen Aufruhr verursachte, hatte sie doch überrascht. Sie hatte auf keinen Fall vorgehabt, die Empfangsdame in Schwierigkeiten zu bringen. Während sie auf die Tür zu Sheridans Büro zuging und somit Celina den Rücken zudrehte, biss sie sich betreten auf die Unterlippe. Die Pralinenschachtel würde wirklich riesig ausfallen müssen, geradezu gigantisch.

Sie schaffte es nicht ganz bis zur Tür, ehe diese von innen geöffnet wurde. Ein schlanker Mann mit dunklen, an den Schläfen leicht ergrauten Haaren kam auf sie zugestürmt. Er streckte ihr beide Hände entgegen und ergriff damit ihre rechte Hand. Seine Finger waren auffallend lang und feingliedrig. Chirurgenhände, dachte Suna unpassenderweise.

»Frau Lürssen, wie schön, dass Sie kommen konnten«, sagte er ein wenig zu laut, während er Suna in sein Büro schob. »Wir hatten ja bisher noch nicht das Vergnügen, uns kennenzulernen, aber mein Partner, Herr Tenstaage, hat mir schon viel von Ihnen erzählt. Nur das Beste, selbstverständlich.«

Suna zog die Augenbrauen hoch. »So, hat er das?«

»Ja, ja, natürlich«, versicherte Sheridan nachdrücklich. Er dirigierte Suna in die Richtung eines Besprechungstisches mit vier weich gepolsterten, lederbezogenen Designerstühlen, bevor er endlich ihre Hand losließ.

Suna setzte sich. Der Stuhl war erstaunlich bequem. Sie wippte leicht vor und zurück.

So einen hätte ich auch gern für mein Büro, dachte sie mit einem Anflug von Neid. Aber vermutlich würden die Kosten dafür die Einnahmen von mindestens sechs Wochen verschlingen.

Sheridan nahm ihr gegenüber Platz. Nicht nur seine Hände waren schmal, auch das Gesicht war eher länglich und wies fein gemeißelte Züge auf. Er sah gut aus, fast wie ein etwas in die Jahre gekommener Hollywoodstar, auch wenn sein Lächeln etwas zu breit und seine Zähne vom

Bleaching etwas zu weiß waren. Anscheinend war er sehr bedacht auf ein attraktives Äußeres.

»Darf ich Ihnen etwas anbieten? Einen Kaffee vielleicht oder ein Glas Wasser?«, begann er förmlich, doch Suna winkte sofort ab.

»Danke, nein. Ich würde lieber sofort zur Sache kommen.«

Sheridan hob beide Hände, die Handflächen zur Decke gedreht. Eine Geste, die wohl Offenheit signalisieren sollte. »Gern. Schießen Sie los.«

Er blickte Suna fragend an.

Die Privatdetektivin lehnte sich ein Stück auf ihrem Stuhl nach vorn und fixierte ihn genau, als sie ihn ansprach. Er hielt ihrem Blick stand.

»Herr Sheridan, ich muss Ihnen etwas gestehen«, begann sie mit einem entschuldigenden Lächeln. »Ich war nicht ganz aufrichtig zu Ihnen. Mein Name ist zwar wirklich Suna Lürssen, aber ich bin nicht bei der Melchior AG, und wir hatten auch keinen Termin vereinbart. Es tut mir leid, dass ich Sie und Ihre Sekretärin aufs Glatteis geführt habe, aber ich muss dringend mit Ihnen sprechen. Es ist wirklich sehr wichtig.«

»Okay«, erwiderte Sheridan gedehnt. Ihm war die Verwirrung klar anzusehen, gepaart mit einem Anflug von Wut. Doch die Erleichterung, dass sie nicht von der Melchior AG kam, überwog deutlich. Einen Termin mit dem wichtigsten Kunden der Firma zu verpassen, war ein Fauxpas, den man sich in keiner Branche leisten sollte.

»Worüber wollen Sie denn mit mir sprechen?«, erkundigte er sich vorsichtig.

Suna probierte noch einmal, das professionelle Lächeln aufzusetzen. Diesmal klappte es besser.

»Können Sie sich das nicht denken?«, gab sie geheimnisvoll zurück. Als er stumm den Kopf schüttelte, fügte sie hinzu: »Über Saskia Christensen.«

Sofort war die Erleichterung aus Sheridans Miene verschwunden. Er schluckte und starrte Suna an. Wartete, dass sie ihm eine Frage stellen würde.

Doch Suna schwieg. In ihrem Lächeln lag keinerlei Freundlichkeit mehr. Sie sah ihn nur weiter an und ließ die Zeit für sich arbeiten. Keine Fragen zu stellen war manchmal eine ausgesprochen erfolgreiche Verhörmethode. Ließ man den anderen zappeln, wurde ihm das Schweigen so unangenehm, dass er von sich aus zu reden begann. Auf diese Weise war sie schon an manche Information gekommen, nach der sie niemals gefragt hätte.

Abgesehen davon hatte sie auch keine Ahnung, wonach sie fragen sollte. Sie wusste ja nicht einmal, ob Saskia Sheridan privat getroffen oder beruflich mit ihm zu tun gehabt hatte. Möglicherweise war alles ganz harmlos.

Sheridans Reaktion sagte allerdings etwas ganz anderes. Sein Blick begann hin und her zu jagen, als suche er einen Halt, fand aber keinen. Und als er sich aus einer Karaffe ein Glas Wasser eingoss, wirkten seine Bewegungen fahrig. Diesmal bot er Suna nichts an.

»Es ist schrecklich, was mit Saskia passiert ist«, stammelte er nach einer Weile. »Als ich davon gehört habe, war ich natürlich völlig schockiert. Ich weiß gar nicht, was ich dazu sagen soll.« Er brach ab und sah Suna an. Dabei spielten seine Finger nervös mit dem Flaschenöffner herum.

Die Detektivin war noch nicht bereit, ihr Schweigen zu brechen. Sie wusste jetzt immerhin, dass es sich bei dem Kürzel PS in Saskias Terminkalender wirklich um Paul Sheridan handelte. Aber was verband die beiden? Eine Affäre? Irgendwelche Geschäfte? Oder steckte etwas ganz anderes dahinter?

Um Sheridan zum Weiterreden zu animieren, zog sie skeptisch eine Augenbraue nach oben.

Er reagierte prompt darauf. »Bitte glauben Sie mir, es tut mir wirklich leid, aber ich konnte ja nicht ahnen, dass sie so etwas machen würde. Wenn ich auch nur im entferntesten auf die Idee gekommen wäre, sie könnte sich das Leben nehmen, hätte ich doch etwas unternommen.«

Er wollte noch weitersprechen, überlegte es sich aber plötzlich anders. Misstrauisch kniff er die Augen zusammen. »Woher wissen Sie eigentlich von mir und Saskia?«

Suna versuchte, sich nicht anmerken zu lassen, dass sie ertappt worden war. »Wir beide hatten keine Geheimnisse voreinander«, log sie dreist.

»Verstehe.« Sheridans Blick schweifte zum Fenster hinüber, von dem man eine fantastische Aussicht auf die Trave hatte. Aber die schien er momentan nicht wahrzunehmen. Plötzlich lachte er freudlos auf. »Sie hat mir geschworen, niemandem etwas zu erzählen. Aber es war ja klar, dass sie das nicht konnte. Dabei hat sie von sich selbst doch kaum etwas preisgegeben. Ganz geheimnisvoll hat sie immer getan, also dachte ich, sie könnte wirklich schweigen. Aber ihr Frauen habt doch immer eine beste Freundin, der ihr alles anvertraut, oder?«

Suna überlegte schnell. Nach einer geschäftlichen Beziehung hörten sich Sheridans Äußerungen absolut nicht an, eher privat. Extrem privat sogar. Sie wagte einen Schuss ins Blaue.

»Saskia meinte, sie wäre vielleicht schwanger.«

Sheridan sah aus, als hätte man ihn geohrfeigt.

»Schwanger?«, wiederholte er heiser. »Von mir? Oder von ihrem Mann?«

»Keine Angst, sie war es nicht«, beruhigte ihn Suna schnell. Vielleicht war sie doch etwas zu weit gegangen. Aber immerhin hatte sich ihr Täuschungsmanöver gelohnt. Sie wusste jetzt nicht nur, dass Saskia mit Sheridan eine Affäre gehabt hatte, sondern auch, dass er darüber im Bilde war, dass sie verheiratet gewesen war.

»Oh mein Gott.« Sheridan stand auf und begann, unruhig im Raum auf und ab zu laufen. »Meinen Sie, sie hat sich deswegen ...« Er vollendete den Satz nicht.

Suna schüttelte den Kopf. »Ich denke nicht. Aber ich habe keine Ahnung, weswegen sie nicht mehr weiterleben wollte. Das versuche ich ja gerade herauszufinden.«

Sie beobachtete Sheridan, der völlig in seine Gedanken versunken weiter herumlief. Plötzlich blieb er jedoch stehen, stützte sich mit beiden Händen auf den Tisch und sah Suna nachdenklich an.

»Ich fürchte, ich kann Ihnen dabei nicht weiterhelfen«, sagte er schließlich. »Das mit uns war eine ganz kurze Sache. Wir waren nicht einmal vier Wochen zusammen. Es war schon vorbei, bevor es richtig angefangen hat. Und wie gesagt hat sie kaum etwas von sich selbst erzählt. Es ging bei uns wohl eher um« – er räusperte sich – »die rein körperliche Anziehung.«

»Vielleicht hat Saskia die Trennung von Ihnen nicht verkraftet.«

Sheridan blickte überrascht auf. »Wieso sollte sie das?«, fragte er verwirrt. »Sie war doch diejenige, die das Ganze beendet hat. Sie wollte nicht mehr zweigleisig fahren.«

Suna runzelte die Stirn. »Wann?«

»Etwa eine Woche vor ihrem Tod«, erwiderte Sheridan niedergeschlagen. »Und jetzt fragen Sie mich bitte nicht, ob ich etwas mit ihrem Sprung von der Brücke zu tun hatte. Nein, das hatte ich nicht. Natürlich war ich eifersüchtig. Und selbstverständlich war ich auch gekränkt. Wer wird schon gern verlassen? Schmeichelhaft für das eigene Ego ist das mit Sicherheit nicht. Aber ich wollte ihr bestimmt nichts Böses. Im Gegenteil, ich hätte eine Menge getan, um sie zurückzugewinnen. Doch sie wollte ihre Ehe ja auf keinen Fall aufgeben.«

»Wusste Saskias Mann eigentlich von Ihrer Affäre?«, hakte Suna nach.

»Ich denke nicht.«

»Aber Sie sind sich nicht ganz sicher?«

Wieder lachte Sheridan ohne jede Spur von Humor auf.

»Sagen wir mal so: Ich bin davon ausgegangen, nein, ich war sogar fest davon überzeugt, dass nur Saskia und ich davon wissen, aber Ihnen hat sie ja auch davon erzählt. Wieso also sollte ich glauben, dass sie das Geheimnis nicht irgendwann auch ihm gegenüber ausgeplaudert hat?«

Plötzlich schien er sich der Lage bewusst zu werden, in der er sich befand. Er beugte sich ein Stück nach vorn und sah Suna eindringlich an. »Hören Sie, ich gehe davon aus, dass alles, was wir hier besprechen, unter uns bleibt. Ich möchte Sie dringend bitten, das Ganze vertraulich zu behandeln. Es sollte nicht unbedingt an die Öffentlichkeit gelangen dass ich ...«

Suna zog die Augenbrauen hoch. »Dass Sie Ihrer Frau untreu waren?«

Sheridan schüttelte den Kopf. »Nein, darum geht es nicht. Ich bin nicht verheiratet. Überzeugter Junggeselle sozusagen. Aber es könnte dem Ruf der Firma schaden, wenn meine kleine Liebelei mit Saskia bekannt wird. Tote junge Frauen passen nie gut ins Bild, auch wenn es eigentlich gar keinen Zusammenhang zu unseren Geschäften gibt. Und gerade jetzt ...«

Wieder stockte er.

»Ja?«

Suna sah ihn fragend an, aber Sheridan machte nur eine abwehrende Handbewegung. »Nichts, lassen wir das«, meinte er. Sein Tonfall klang resigniert.

Kurz darauf verließ Suna sein Büro. Trotz ihrer Bemühungen hatte sie keine nützlichen Informationen mehr aus Sheridan herausbekommen. Als sie am Tresen vorbeilief, hinter dem Celina saß und wie gebannt auf den Monitor starrte, blieb sie stehen. Sie wartete so lange, bis die Empfangsdame sich nicht mehr hinter ihrer Arbeit verschanzen konnte und zu ihr aufblickte. Das professionelle Lächeln war verschwunden. Celina wirkte einfach nur noch müde.

»Entschuldigung«, sagte Suna mit einem bittenden Lächeln. »Es tut mir wirklich leid.«

Und noch während sie aus dem durchgestylten Büro in den nicht minder edlen Korridor lief, spürte sie Celinas irritierte Blicke in ihrem Rücken.

*

In ihrem Büro nahm sich Suna noch einmal Saskias Laptop vor, den Linda ihr gegeben hatte. Ihre Klientin hatte ihr gestanden, dass sie den Computer heimlich aus der Wohnung ihrer Schwester geholt hatte, als ihr Schwager bei der Arbeit gewesen war.

Suna wusste, dass Saskias Ehemann nicht gerade begeistert davon war, dass sie in den privaten Sachen seiner Frau herumschnüffelte. Er hatte Linda mehrfach zu überzeugen versucht, den Auftrag an Suna wieder zurückzuziehen und sich mit der Einstellung der Ermittlungen durch die Staatsanwaltschaft abzufinden.

Suna hatte Verständnis dafür. Auch ihr war nicht ganz wohl dabei, in die Privatsphäre einer Toten einzudringen. Doch je länger sie sich mit dem Fall beschäftigte, desto häufiger fragte sie sich, ob Jörn Christensen nicht vielleicht doch etwas zu verbergen hatte.

Sie rief noch einmal den Ordner mit den Fotos auf, den sie schon ein paar Tage zuvor durchgesehen hatte. Damals war ihr nichts Besonderes aufgefallen, aber vielleicht fand sie jetzt, mit den neuen Informationen, die sie zusammengetragen hatte, doch noch einen Hinweis, den sie vorher übersehen hatte.

Die meisten der Bilder zeigten Saskia und Jörn. Es waren Szenen eines Strandspaziergangs an der Ostsee. Laut der Datumsangabe mussten sie vor etwa einem Jahr aufgenommen worden sein, also in der Anfangszeit ihrer Ehe. Wahrscheinlich hatte Linda sie gemacht, denn es gab auch ein paar Bilder, die beide Schwestern gemeinsam vor derselben Kulisse zeigten.

Das Erste, was Suna bemerkte, war, wie verliebt die beiden aussahen. Die Blicke, die sie tauschten, zeugten von Harmonie und Glück. Sie konnten unmöglich gespielt sein.

Wie konnte es sein, fragte sie sich, dass dieses Glück so schnell zu Ende gegangen war? Nicht einmal ein Jahr später hatte Saskia eine Affäre mit Paul Sheridan angefangen, und es war durchaus möglich, dass es nicht das erste Mal gewesen war, dass sie ihren Mann betrogen hatte. Für Christensen musste es ein harter Schlag gewesen sein, falls er davon erfahren hatte. Und Eifersucht war als Mordmotiv durchaus denkbar.

Wie Suna es auch drehte und wendete, bisher gab es kaum jemand, der sonst noch als Verdächtiger infrage kam. Saskias Mann war eindeutig derjenige gewesen, der das stärkste Motiv hatte, ihr etwas anzutun.

Als die Privatdetektivin beim letzten Foto angekommen war, schloss sie den Ordner enttäuscht. Sie hatte nichts entdeckt, absolut nichts, was sie auch nur einen winzigen Schritt weitergebracht hätte. Dabei hatte sie so viel Hoffnung in die Durchsuchung des Laptops gesetzt. Doch außer den Fotos schien sich auf dem gesamten Computer nichts Persönliches von Saskia zu befinden. Suna hatte sämtliche gespeicherten Dateien durchgesehen, sich die erhaltenen und gesendeten E-Mails angeschaut, sogar den Verlauf des Internet-Browsers durchsucht, ob Saskia auffällige Internetseiten besucht hatte. Nicht einmal das war der Fall gewesen. Eine Wetter-Seite, die sie immer wieder aufgerufen hatte, eine Seite mit lokalen und überregionalen Nachrichten, ein paar Shopping-Seiten, mehr war nicht zu finden gewesen.

Entweder, dachte Suna enttäuscht, war Saskias Leben wirklich stinklangweilig gewesen, oder jemand hatte sich an dem Laptop nach ihrem Tod zu schaffen gemacht und alle Dateien und Mails, die irgendeinen Hinweis hätten enthalten können, gelöscht. Und dafür kam eigentlich wieder nur ihr Mann infrage. Er war der Einzige gewesen, der nach Saskias Tod uneingeschränkten Zugang zu dem Computer gehabt hatte.

Suna überlegte, ob sie den Laptop zu Kobo bringen sollte.

Kobo hieß eigentlich Goran Kobosevic und war im Umgang mit Computern der versierteste Mensch, den Suna kannte. Sie hatte ihn kennengelernt, als sie einige Jahre zuvor für eine große Hamburger Detektei gegen eine Bande kriminelle Hacker ermittelt hatte. Dank Suna war Kobo damals mit einer wesentlich geringeren Strafe davongekommen, als er eigentlich verdient gehabt hatte, und seitdem arbeitete er ab und zu für sie. Für ihn wäre es wahrscheinlich eine leichte Aufgabe, vor Kurzem gelöschte Dateien aufzuspüren und wiederherzustellen.

Sie würde mit Linda darüber reden, beschloss Suna. Ihre Auftraggeberin musste schließlich auch die zusätzlichen Kosten übernehmen, wenn sie mit der genaueren Untersuchung des Laptops einverstanden war.

Vorher wollte Suna aber noch die Fotos auf ihren eigenen Computer übertragen. Vielleicht ergaben sich in den nächsten Tagen doch noch neue Hinweise, aufgrund derer sie die Bilder später noch einmal durchgehen wollte.

Sie zog ihre Schublade auf und kramte nach ihrem USB-Stick, mit dem sie normalerweise Daten übertrug, fand ihn aber nicht. Als ihr einfiel, dass sie ihn vor ein paar Tagen mit in ihre Wohnung genommen hatte, stieß sie einen leisen Fluch aus. Wenn sie sich richtig erinnerte, lag er jetzt auf der Küchentheke, direkt neben der Kaffeemaschine.

Na gut, es würde auch anders gehen.

Sie rief Saskias Mailprogramm auf. In der Hoffnung, dass Jörn noch nicht dazu gekommen war, den Account seiner Frau sperren oder gar löschen zu lassen, klickte sie auf den *Neue Mail*-Button und begann, ihre eigene E-Mail-Adresse in das dafür vorgesehene Feld zu schreiben. Sie hatte gerade erst das S und das U getippt, als sie plötzlich abrupt innehielt. Sprachlos starrte sie auf den Bildschirm.

*

Er konnte nicht sagen, was ihm mehr zusetzte: das ständig eingeschaltete Licht aus der Neonröhre über ihm oder die Kälte, die in seinem Verlies herrschte.

Tenstaage fühlte sich müde und erschöpft. An erholsamen Schlaf war in seiner Zelle nicht zu denken, und das lag nicht einmal an seiner Schlafstätte auf dem harten, kalten Fliesenboden. Vielmehr war es das blendende Licht, das ihm durchgängig von der niedrigen Decke entgegenstrahlte. Die unnatürliche Intensität und Farbe ließ seinen Schlaf unruhig werden. Immer wieder wachte er auf, selbst wenn er versuchte, sein Gesicht mit dem dicken Stoff seines Mantels abzuschirmen. Mehr als einmal war er schon in Versuchung gewesen, die verdammte Leuchtstoffröhre einfach einzuschlagen, so sehr störte ihn das Licht manchmal. Doch dass seine Entführer ihm eine neue Lichtquelle zugestehen würden, bezweifelte er. Und ständige, vollkommene Dunkelheit wäre noch viel schwerer auszuhalten. Also ertrug er die Beleuchtung so gut es eben ging. Er wusste allerdings nie, ob es gerade Tag oder Nacht war, ein Umstand, der ihn mehr verwirrte, als er es jemals für möglich gehalten hätte.

Zudem ließ ihn das kalte Licht die Kälte im Raum noch deutlicher spüren.

Tenstaage starrte auf die kleine Öffnung direkt unterhalb der niedrigen Decke, aus der ständig Luft in die Kammer strömte. Kalte, feuchte Luft. Wie Hohn wirkten die schmalen Streifen aus metallisierter Folie, die jemand an den Lüftungsschlitzen angebracht hatte. Sie bewegten und drehten sich im stetigen Luftstrom. Andererseits musste er froh sein, dass sein Gefängnis überhaupt belüftet wurde. Er wollte sich gar nicht vorstellen, wie lange er sonst in dem winzigen Raum durchgehalten hätte, ohne zu ersticken.

Trotzdem spürte er in sich eine irrationale Wut auf den kalten Luftstrom aufsteigen, der seinen Körper immer weiter auskühlte. Er hatte gehofft, dass er sich nach einiger Zeit daran gewöhnen würde, doch das Gegenteil war der Fall. Alles in dem Raum fühlte sich kalt an, der Boden, die Wände, die Luft. Und je länger er der Kälte ausgesetzt war, umso mehr schien sie ihm bis in die Knochen zu kriechen.

Schlimmer noch, er spürte die ersten Anzeichen einer Erkältung. Sein Kopf dröhnte stärker als in den ersten Tagen seiner Gefangenschaft, der Hals kratzte und jeder Atemzug brannte in seinen Bronchien. Er wusste, dass eine Lungenentzündung in dieser Umgebung, ohne Wärme und ohne Medikamente, seinen sicheren Tod bedeuten konnte.

Er schlang seinen wärmenden Wollmantel enger um sich. Trotz allem musste er seinen Entführern ja regelrecht dankbar sein, dass sie ihm den Mantel gelassen hatten, ebenso wie die Schuhe, aus denen sie allerdings die Schnürsenkel entfernt hatten.

Er lachte spöttisch auf. Als wenn er sich damit etwas hätte antun können. Selbst wenn er es wollte, hätte er keine Möglichkeit gehabt, die Schnürsenkel irgendwo festzubinden, um sich daran zu erhängen. Das Gitter vor der Lüftung war mit Sicherheit nicht stabil genug, und ansonsten gab es nur noch die Halterung der Leuchtstoffröhre, die sein Gewicht nie hätte tragen können.

Doch anscheinend hatten seine Entführer extreme Vorsicht walten lassen. Auch den Kugelschreiber, den einzigen spitzen Gegenstand, den er bei sich getragen hatte, hatten sie aus der Innentasche seines Jacketts entfernt.

»Immerhin wollen sie, dass ich am Leben bleibe«, murmelte Tenstaage.

Aber wozu? Was wollten sie überhaupt von ihm?

In der ersten Zeit hatte er geglaubt, dass es um irgendetwas Geschäftliches ging, dass ihn die ganze Aktion einfach einschüchtern sollte oder er irgendeinem Mafiaboss auf die Füße getreten war, ohne es zu merken.

Vielleicht hatte sogar Paul Sheridan damit zu tun. Er hatte sich in letzter Zeit ziemlich seltsam verhalten, war immer wieder unter fadenscheinigen Vorwänden aus dem Büro verschwunden.

Aber je länger seine Gefangenschaft angedauert hatte, umso unsicherer war Tenstaage geworden. Sicher, in seiner Branche wurde manchmal mit extrem harten Bandagen gekämpft, aber was im Moment passierte, ging einfach viel zu weit.

Doch was wollten sie dann? War er einem psychopathischen Irren in die Hände gefallen, der Spaß daran hatte, andere zu quälen? War er einfach ein zufällig ausgewähltes Opfer geworden, als er damals die Tiefgarage betreten hatte?

Er schüttelte den Kopf. Daran glaubte er nicht. Die Blondine hatte auf ihn gewartet, und sie hatte Bescheid gewusst, wann und wo sie ihn am besten abpassen konnte. Es war eine perfekt geplante Aktion gewesen. Und auch sein Verlies musste in einem guten Versteck liegen, sonst hätte die Polizei schon längst seine Spur aufgenommen und ihn befreit.

Und Lucia? War sie vielleicht in die Geschichte verwickelt?

Auch das konnte er sich nicht vorstellen. Seine Ehe lief zwar nicht besonders gut, aber dass seine Ehefrau sich einen so perfiden Plan ausdachte, um ihn loszuwerden, war mehr als unwahrscheinlich. Dafür war sie erstens viel zu gutmütig und zweitens viel zu blöd.

Nein, es musste etwas anderes sein. Er zweifelte nicht daran, dass er es irgendwann erfahren würde.

Vielleicht früher, als ihm lieb war.

*

Ungläubig starrte Suna auf den Monitor von Saskias Laptop. Als sie die ersten beiden Buchstaben ihres Namens getippt hatte, hatte sich automatisch ein Fenster geöffnet, das ihr Vorschläge unterbreitete, welche bereits verwendeten E-Mail-Adressen zu ihren eingegebenen Buchstaben passen könnten. Mit *Su* am Anfang gab es nur eine Adresse, und diese enthielt einen vollständigen Namen: *Susanne Baudelhoff*.

Mit immer noch vor Erstaunen leicht geöffnetem Mund lehnte sich Suna zurück und überlegte. Sie hatte keinerlei Verbindung zwischen der toten Saskia und Susanne Baudelhoff, deren Leiche man am Ufer der Trave entdeckt hatte, gefunden, wäre nicht einmal auf die Idee gekommen, danach zu suchen. Aber anscheinend gab es irgendetwas, was die beiden Frauen miteinander verband. Zumindest hatten sie sich gekannt, wenn auch nicht unbedingt persönlich.

Suna beugte sich vor und rief die von Saskia gesendeten E-Mails auf. Dass die Ausfüllhilfe ihr Susanne Baudelhoffs Adresse vorschlug, konnte nur bedeuten, dass Saskia ihr von diesem Computer schon einmal etwas geschickt hatte. Sie oder jemand anders.

Eilig ging Suna die gesendeten Objekte durch. Als sie keine Mail an die angegebene Adresse fand, begann sie noch einmal von vorn, diesmal langsamer. Wieder nichts. Sicherheitshalber prüfte sie auch noch den Ordner mit den gelöschten Mails, aber der war wie erwartet leer.

»Verdammter Mist«, fluchte sie leise. Dann griff sie zum Telefon und wählte eine Nummer.

Das muss gar nichts bedeuten, versuchte sie sich selbst zu beruhigen. Lübeck war keine Millionenstadt, da kam es schon mal vor, dass man auf Verbindungen stieß, die gar nichts mit dem Fall zu tun hatten, Menschen, die rein zufällig außerhalb der untersuchten Angelegenheit miteinander zu tun hatten.

Schwierig war nur, dass diese Zufälle sehr selten auftraten. Viel wahrscheinlicher war, dass es für den Fall eine Bedeutung hatte, sie musste sie nur finden.

Als am anderen Ende abgehoben wurde, ertönte nur ein leises Grunzen. Suna ließ sich dadurch nicht irritieren. Wenn Kobo es nicht einmal schaffte, seinen Namen zu sagen, war er entweder aus dem Tiefschlaf hochgeschreckt oder mit seinem Computer beschäftigt. Meistens war Letzteres der Fall.

»Hi Kobo, ich bin's, Suna. Ich habe einen Auftrag für dich«, flötete sie ins Telefon.

Wieder kam ein Grunzen durch die Leitung, diesmal etwas lauter und eindeutig missbilligend.

Suna lachte. »Ich habe schon verstanden, du bist mal wieder schwer beschäftigt. Aber ich brauche dich wirklich ganz dringend. Du musst mir ein paar Dateien wiederherstellen, die jemand von einem Laptop gelöscht hat. Für dich müsste das doch ein Klacks sein. Wenn du in der nächsten Zeit zuhause bist, bringe ich dir das Ding gleich vorbei.«

»Verdammt, Suna, ich hab echt zu tun«, schaffte es Kobo diesmal tatsächlich, sich menschlich zu artikulieren. »Ich hab das neue Spiel von XATA hier zum Testen. Das soll nächsten Monat auf den Markt kommen, und es sind noch unglaublich viele Bugs drin.«

»Von wem?« Suna grinste. Natürlich kannte sie den Spiele-Hersteller, für den Kobo gelegentlich arbeitete, doch trotz ihrer Aufregung wegen der gefundenen Adresse konnte sie es sich nicht verkneifen, ihren Kumpel ein bisschen auf den Arm zu nehmen.

»Oh Mann, Suna, du lebst echt auf dem Mond«, kam es erwartungsgemäß genervt aus dem Telefon. »Und zwar auf der erdabgewandten Seite. Wenn du dem Mann im Mond begegnest, bestelle ihm schöne Grüße von mir, ja?«

»Kein Problem, aber erst komme ich bei dir vorbei. Bis gleich.«

Suna beendete das Gespräch, bevor Kobo weitere Einwände erheben konnte. Sie schnappte sich ihre Jacke, klemmte Saskias Laptop unter den Arm und verließ ihr Büro.

Wieder einmal war sie froh darüber, dass sie Kobo nach der Geschichte in Hamburg dazu überredet hatte, in die Nähe von Lübeck zu ziehen. Damals hatte sie vor allem bezweckt, dass er den Kontakt zu seinen alten Kumpeln abbrach, die in allerlei kriminelle Aktivitäten verstrickt waren. Aber inzwischen hatte es sich schon ein paar Mal als sehr praktisch erwiesen, dass seine Wohnung schnell mit dem Auto zu erreichen war.

Innerhalb einer Viertelstunde erreichte sie Stockelsdorf, wo Kobo in einer kleinen Einliegerwohnung im Dachgeschoss eines Einfamilienhauses wohnte. Sie stellte ihren Wagen ab, lief durch den gepflegten kleinen Vorgarten und drückte auf den unteren Klingelknopf, der mit *U. Edelmann* beschriftet war. Dass es sinnlos war, in Kobos Zustand bei ihm direkt zu klingen, wusste sie aus Erfahrung. Wenn er in seinen Software-Test vertieft war, konnte das Haus rings um ihn herum zusammenbrechen, ohne dass er es bemerkte. Wenn man Glück hatte, ging er immerhin ans Telefon, aber selbst das war nicht sicher.

Es dauerte nicht lange, bis im Inneren des Hauses schwerfällige Schritte ertönten und die Haustür langsam geöffnet wurde.

»Frau Lürssen, das ist aber schön, dass sie mal vorbeikommen«, polterte eine tiefe Frauenstimme. Sie war so laut, dass wahrscheinlich im Umkreis von achtzig Kilometern sämtliche Wildtiere die Flucht ergriffen.

Suna schreckte kurz zurück, lächelte dann aber. Inzwischen sollte sie sich eigentlich an das gewaltige Organ ihrer ehemaligen Klientin gewöhnt haben. Als einen ihrer ersten Fälle hatte sie Uta Edelmanns verschwundenen Hund Rocco suchen sollen. Sie hatte ihn schließlich gerade noch rechtzeitig gefunden, bevor er elendig verendet wäre, von einem missgünstigen Nachbarn in einen Schuppen gesperrt, der sich in der Sommerhitze ordentlich aufgeheizt hatte. Die Witwe war überglücklich gewesen und hatte Suna sofort in ihr Herz geschlossen.

Dass ihre Einliegerwohnung gerade frei gewesen war, als Suna für Kobo eine Unterkunft gesucht hatte, war für alle besonderes Glück gewesen. Suna war die Sorge um Kobo los, Frau Edelmann hatte jemanden, den sie bemuttern konnte, und Kobo drohte weder zu verhungern noch völlig zu verwahrlosen, solange die Witwe sich um ihn kümmerte.

»Hallo Frau Edelmann.« Suna strahlte die stämmige Frau an und streichelte Rocco zur Begrüßung über den Kopf. Nachdem er sich seine Streicheleinheiten abgeholt hatte, drehte sich der betagte Rüde um und watschelte mit wedelnder Rute wieder langsam ins Haus zurück.

»Sie wollen sicher zu Goran«, vermutete die Witwe. Sie war die Einzige, die Kobo mit seinem richtigen Vornamen ansprach. »Er ist oben. Ich muss Sie aber warnen. Ich glaube, er ist nicht wirklich ansprechbar. Ich habe ihm vorhin etwas zu essen hochgebracht, das hat er glaube ich gar nicht bemerkt, obwohl ich den Teller direkt vor ihm auf den Tisch gestellt habe. Sie können ihn ja noch mal daran erinnern, dass er etwas essen soll, ja? Der arme Junge verhungert sonst noch.«

Eigentlich sollte der arme Junge mit Mitte zwanzig in der Lage sein, sich selbst zu versorgen, dachte Suna amüsiert, versprach aber, sich darum zu kümmern. Dann lief sie die Treppe zu seinen Räumen hoch. Die Wohnungstür stand wie immer offen. Ohne anzuklopfen, betrat Suna Kobos Wohnzimmer. Höflichkeiten oder Etikette hatte sie sich in seiner Gegenwart völlig abgewöhnt. Sie störten nur.

Kobo hing mit dem Rücken zu ihr in seinem Ledersessel vor dem Schreibtisch und hämmerte auf die Tastatur ein, die er vor sich auf den Oberschenkeln liegen hatte. Über den riesigen Monitor rannten und sprangen Figuren, die direkt einem Fantasyfilm entsprungen zu sein schienen. Sie kämpften mit absonderlichen Waffen gegeneinander und stießen dabei an rammelnde Meerschweinchen erinnernde Geräusche aus.

Kobos Füße lehnten auf der Schreibtischplatte zwischen Chipstüten, leeren Kaffeetassen und Donutpackungen. Daneben stand ein Teller mit Hühnerfrikassee, der immerhin teilweise leer gegessen war.

»Wenn Frau Edelmann dich nicht ab und zu mit vernünftigem Essen versorgen würde, würdest du irgendwann einen Zucker- oder Koffeinflash kriegen«, bemerkte Suna, nachdem sie neben ihn getreten war.

Kobo grunzte. »Is' halt alles drin, was man braucht, um wach zu bleiben«, gab er zurück, ohne den Blick auch nur für den Bruchteil einer Sekunde vom Bildschirm abzuwenden.

Suna schob seine Füße vom Schreibtisch und legte Saskias Laptop auf die frei gewordene Stelle.

»Ich brauche hiervon alle Dateien, die in der letzten Zeit gelöscht worden sind, vor allem die E-Mails«, erklärte sie. »Kriegst du das hin?«

Mit dieser Frage brachte sie ihn sogar dazu, kurz zu ihr aufzublicken. Nebenbei schob er sich eine Gabel mit kaltem Hühnerfrikassee in den Mund.

»Soll das ein Witz sein?«, grummelte er kauend. »Für was hältst du mich, für einen Amateur?«

Suna lachte. »Bestimmt nicht. Ich wollte nur sichergehen, dass ich deine ungeteilte Aufmerksamkeit habe.«

»Jaja, hast du.« Kobo wandte sich wieder seinem Spiel zu.

Einen Moment lang betrachtete Suna ihn. Mit seinen dichten dunklen Haaren, den ebenmäßigen Gesichtszügen und Wimpern, für die manche Frau einen Mord begangen hätte, war er einer der bestaussehenden Menschen, die sie kannte. Zumindest solange, bis er den Mund aufmachte und zwei Reihen unglaublich schiefe Zähne entblößte. Trotzdem war er sehr charmant, wenn man ihn mal vor seinem Computer weglocken konnte. Kein Wunder, dass seine Vermieterin ihn sofort gefühlsmäßig adoptiert hatte, als er bei ihr eingezogen war.

»Ich brauche die Dateien so schnell wie möglich, am besten heute noch. Ruf mich an, wenn du was gefunden hast, okay?«, erinnerte sie ihn noch einmal, doch sie bekam keine Antwort. Kobo hatte sich wieder völlig in sein Spiel vertieft.

»Oh shit, nein!«, hörte sie ihn noch murmeln, während sie das Zimmer verließ und die Treppe hinunterlief. Unten wartete schon Frau Edelmann auf sie.

»Hat er denn wenigstens etwas gegessen?«, erkundigte sie sich besorgt.

Suna nickte. »Hat er. Und er ist immer noch dabei. Sie wissen doch, Ihrem Hühnerfrikassee kann keiner widerstehen.« Als die Witwe über das ganze Gesicht strahlte, fügte sie hinzu: »Ich hätte noch eine Bitte an Sie. Könnten Sie Kobo daran erinnern, die Dateien für mich wiederherzustellen? Ich weiß, es wird schwierig, ihn von seinem Spiel loszueisen. Aber wenn alles nicht hilft, könnten Sie ja für kurze Zeit den Strom abstellen und behaupten, es gäbe einen Stromausfall. Der Laptop, den ich mitgebracht habe, läuft über Akku.«

»Das ist eine sehr gute Idee.« Frau Edelmanns Miene hellte sich deutlich auf. »Das könnte ich ja auch mal machen, wenn er mal wieder zu beschäftigt ist, um etwas zu essen.«

»Warum nicht?«, lachte Suna. »Allerdings sollten Sie den Trick nicht zu häufig anwenden, sonst kommt Kobo noch auf die Idee, einen Notstromgenerator anzuschaffen!«

*

Wieder in ihrem Büro angekommen, versuchte Suna als Erstes, ihre ehemalige Schwägerin Rebecca bei der Staatsanwaltschaft zu erreichen, aber dort ging niemand ans Telefon. Dasselbe Ergebnis erzielte sie bei einem erneuten Versuch, Saskias Freundin Tamara in London zu erreichen. Dort meldete sich immerhin die Mailbox, doch Suna hinterließ keine Nachricht. Auch ein zweiter Versuch bei Rebecca schlug fehl.

Na toll, heute scheint wirklich keiner mit mir reden zu wollen, dachte sie frustriert.

Bewaffnet mit einer großen Tasse Milchkaffee, machte sie sich über den Stapel Zeitungen her, den sie unterwegs an einem Kiosk gekauft hatte. Jede davon berichtete ausführlich über den Mord an Susanne Baudelhoff.

Artikel für Artikel ging Suna die Nachrichten durch und notierte jede Information, die sie für relevant hielt. Jedes Mal wurden es weniger. Anscheinend hatten alle Zeitungen auf dieselbe Presseerklärung zurückgegriffen.

Demnach war Susanne Baudelhoff dreiundfünfzig Jahre alt gewesen, als sie ermordet worden war. Sie war studierte Sozialpädagogin und hatte in der Lübecker JVA mit Suchtkranken gearbeitet. In der Nacht von Sonntag auf Montag war sie ihrem Mörder begegnet, der sie mit ihrem eigenen Schal erdrosselt und anschließend in die Trave geworfen hatte. Es gab weder Hinweise auf ein Sexualverbrechen, noch fehlten Geld, Handy oder Schmuck. Deshalb ging die Polizei davon aus, dass es sich auch nicht um einen Raub handelte. Das Motiv war noch völlig unklar.

Suna sah von ihren Notizen auf und runzelte nachdenklich die Stirn. Saskia war nicht vorbestraft gewesen, das wusste sie ganz sicher. Im Gefängnis hatte sie Susanne Baudelhoff also nicht begegnen können, es sei denn, sie hatte jemanden dort besucht. Soweit sie wusste, hatte Saskia auch keine Drogen genommen, aber ihr Freund Pavel Svoboda hatte damit zu tun gehabt. Rebecca hatte zumindest berichtet, dass er eine Vorstrafe wegen Verstoß gegen das BTM, also das Betäubungsmittelgesetz hatte. Das bedeutete, dass er beim Verkauf oder Konsum illegaler Drogen erwischt worden war. Vielleicht bestand darin ja die Verbindung zwischen Saskia und der Baudelhoff.

Plötzlich hatte Suna eine Idee. Sie griff wieder zum Telefon und drückte die Wahlwiederholungstaste. Diesmal hatte sie mehr Glück. Rebecca meldete sich gleich beim zweiten Klingeln.

»Ich habe da was ganz Interessantes gefunden«, sprudelte Suna ohne weitere Begrüßung los. »Es geht um meinen Fall und eure Leiche aus der Trave. Ich habe entdeckt, dass die beiden Frauen in Verbindung standen.«

»Hey, jetzt mal ganz langsam.« Rebecca lachte. »Wenn du so ein Tempo vorlegst, verstehe ich kein Wort.«

»Ich habe eine Verbindung zwischen Saskia Christensen, der Frau, die von der Fehmarnsundbrücke gestürzt ist, und Susanne Baudelhoff gefunden«, wiederholte Suna.

Sie zwang sich, trotz ihrer Aufregung langsam und ruhig zu sprechen. Ausführlich berichtete sie von ihren Untersuchungen. »Die Mail auf Saskias Computer war zwar gelöscht, aber vielleicht könnt ihr ja auf dem Computer von Susanne Baudelhoff nachsehen, was sie ihr geschrieben hat. Zwei Frauen, die innerhalb von so kurzer Zeit eines gewaltsamen Todes sterben und sich Mails schreiben, das kann doch kaum ein Zufall sein.«

»Wow, das ist jetzt echt mal eine Neuigkeit.« Rebecca pfiff leise durch die Zähne. »Allerdings hatte Susanne Baudelhoff mit so vielen Leuten in Lübeck zu tun, da wirst du es eher schwer haben, jemanden zu finden, der nicht mit ihr in Verbindung stand. Außerdem gibt es da ein Problem. Wir haben das nicht an die Presse gegeben, aber ihr Laptop ist verschwunden. Einen festen PC hatte sie nicht. Wir vermuten, dass der Mörder ihr nach der Tat die Wohnungsschlüssel abgenommen hat und damit zu ihr nach Hause gegangen oder gefahren ist und den Computer geholt hat. Wahrscheinlich war also irgendetwas darauf, das ihn belasten könnte.«

»Okay«, sagte Suna gedehnt, »das ist natürlich blöd. Ich hatte gehofft, dass ich so schneller weiterkommen würde. Na ja, immerhin ist damit zumindest klar, dass die Baudelhoff kein zufälliges Opfer war. Aber momentan hilft mir das leider nicht wirklich weiter. Ob das für meinen Fall eine Bedeutung haben könnte, das muss ich mir erst durch den Kopf gehen lassen.«

Rebecca holte tief Luft. »Tu das. Und gib mir Bescheid, wenn du zu einem Ergebnis kommst, ja? Wir tappen nämlich immer noch ziemlich im Dunkeln. Ich melde mich dafür, wenn die Polizei irgendeine Verbindung zu Saskia

Christensen findet. Das Ganze wird immer merkwürdiger.«

»Das kannst du laut sagen«, stimmte Suna zu. »Ich hoffe, dass mir Kobo bald mitteilen kann, was in der Mail stand. Wer weiß, vielleicht war alles ganz harmlos und die ganze Aufregung war umsonst.« Sie lachte ohne eine Spur von Heiterkeit auf. »Vielleicht war es nur eine Verabredung zum Häkelabend.«

*

Eine halbe Stunde später war Suna gerade dabei, noch einmal alle Fakten zu dem Fall auf kleine Zettelchen zu schreiben und an ihre Magnetwand zu heften, als das Telefon klingelte. Sie legte den Stift beiseite und nahm ab.

»Hallo, hier ist Tamara Steffens«, meldete sich eine jung klingende Stimme. Suna wusste sofort, mit wem sie sprach: Saskias beste Freundin in London.

»Ich habe gesehen, dass Sie ein paar Mal versucht haben, mich anzurufen, also dachte ich mir, ich melde mich einfach mal bei Ihnen.«

»Das ist nett von Ihnen, das erspart mir eine Menge Arbeit.« Suna bemühte sich um einen ausgesucht freundlichen Tonfall. »Mein Name ist Suna Lürssen. Ich bin Privatermittlerin und untersuche den Tod von Saskia Christensen. Ihre Schwester Linda hat mich damit beauftragt. Und in diesem Zusammenhang würde ich Ihnen gern ein paar Fragen stellen. Wie ich gehört habe, waren Sie Saskias beste Freundin.«

Einen Moment herrschte Stille.

»Ja, das ist richtig«, erwiderte Tamara leise. »Ich war schon seit der Schulzeit mit ihr befreundet, aber in den letzten zwei Jahren haben wir uns natürlich nicht so oft gesehen, weil ich ja nach England gezogen bin. Wir haben aber regelmäßig telefoniert. Als ich gehört habe, was passiert ist, konnte ich es kaum glauben.«

»Aber Sie wussten, dass Saskia wegen Depressionen in Behandlung war?«, hakte Suna nach.

»Das schon. Trotzdem hätte ich niemals damit gerechnet, dass sie ...« Sie stockte.

»Linda hat mir erzählt, dass Saskia vorher schon zweimal versucht hat, sich das Leben zu nehmen«, erinnerte sie Suna. »Da dürfte das dritte Mal doch eigentlich keine so große Überraschung gewesen sein.« Sie bemühte sich, dass ihre Stimme möglichst neutral klang und keinerlei Vorwurf oder Anklage darin mitschwang.

Tamara dachte eine Weile nach, bevor sie antwortete. »Das ist schon richtig, aber die ersten beiden Versuche sind schon so lange her, damals war Saskia ja noch ganz anders drauf. Wäre es zu dieser Zeit passiert, hätte es mich wahrscheinlich nicht so unvorbereitet getroffen wie jetzt. Saskia hatte sich so verändert, seitdem sie mit Jörn zusammen war. Sie war viel stabiler, viel lebenslustiger. Ich dachte wirklich, sie hätte es endlich aus ihrem Tief herausgeschafft.«

»Wissen Sie, was der Grund für dieses Tief war?«

»Nein, ich habe keine Ahnung«, gab Tamara bestimmt zurück. »Wir haben uns kurz vor dem Schulabschluss kennengelernt, als ich mit meinen Eltern nach Lübeck gezogen bin. Damals waren wir fünfzehn oder sechzehn, und Saskia war schon da manchmal so merkwürdig. Sie hat ab und zu angedeutet, dass ihr mal irgendwann etwas Schlimmes passiert ist, aber sie wollte mir nie sagen, was das gewesen ist. Und ich habe auch nicht nachgebohrt. Es war ganz klar, dass sie über das Thema nicht reden wollte.«

Suna dachte wieder an Irene Vossen, die sie tot in ihrer Garage gefunden hatte. »Wissen Sie, ob dieses Ereignis mit ihrer Familie zu tun hatte?«

»Nein, wie gesagt, sie wollte nicht darüber reden.«

Suna blickte auf den Zettel, den sie vorher an ihre Magnetwand geheftet hatte. Den Namen *Jörn Christensen* hatte sie darauf notiert. Nach wie vor hatte sie das Gefühl, ihn nicht einschätzen zu können. War er ein über alles liebender Ehemann oder ein eiskalter Killer? Irgendwie traute sie ihm beides zu.

»Sie haben gesagt, dass Saskia stabiler war, seitdem sie mit ihrem Mann zusammen war«, bemerkte sie daher. »Haben Sie mitbekommen, dass es in der letzten Zeit bei den beiden gekriselt hat?«

Tamara lachte kurz auf. »Bei Saskia und Jörn? Bestimmt nicht, die beiden waren so glücklich miteinander, wie ich das noch bei keinem anderen Paar erlebt habe. Man könnte fast sagen, sie waren Seelenverwandte, sie haben einfach zusammengehört. Ich kann mir nicht vorstellen, dass es irgendetwas geben könnte, worüber die beiden sich ernsthaft hätten streiten können.«

Suna runzelte die Stirn. Sie dachte an Paul Sheridan, der ihr erst am Vormittag seine mehrwöchige Affäre mit Saskia gestanden hatte. Dass er gelogen hatte, hielt sie für äußerst unwahrscheinlich. Dazu war er selbst viel zu überrumpelt gewesen. Oder hatte er sie bewusst auf eine falsche Fährte locken wollen?

Inzwischen war sie selbst nicht mehr sicher, was sie überhaupt noch glauben konnte. Aber einen wichtigen Punkt wollte sie unbedingt noch abklären.

»Frau Steffens«, begann sie vorsichtig. »Ich habe gestern mit Pavel Svoboda gesprochen, Saskias Exfreund.«

»Oh nein, mit diesem Kotzbrocken«, unterbrach sie Tamara aufgebracht.

Suna war sich nicht ganz sicher, ob sie sich vielleicht verhört hatte.

»Bitte?«

Wieder lachte Tamara leise auf. »Entschuldigen Sie, aber der Kerl verursacht mir echt einen Würgereiz. Wenn ich nur an ihn denke, könnte ich schon aggressiv werden.«

»Das kann ich Ihnen nicht verdenken«, stimmte Suna im Brustton der Überzeugung zu. »Mir ging es ganz ähnlich. Ich kann solche Typen auch nicht ausstehen, trotzdem muss ich wissen, ob er mir die Wahrheit gesagt hat. Er hat behauptet, Saskia hätte ihr Geld als Prostituierte verdient, während sie zusammen waren. Wissen Sie etwas davon?«

Ein lautes, verächtliches Schnauben drang aus dem Telefon.

»Und ob. Der Scheißkerl hat sie eiskalt auf den Strich geschickt, während er mit seinem Hintern auf dem Sofa gesessen und sich irgendwelche Schundfilme reingezogen hat. Keine Ahnung, warum sie das mit sich hat machen lassen. Eigentlich war sie doch eine intelligente junge Frau. Sie hätte so viel aus ihrem Leben machen können, stattdessen hat sie für irgendwelche ekelhaften Kerle die Beine breitgemacht. Ich habe Saskia immer wieder gesagt, sie soll den Kerl endlich abschießen, aber sie hat den Absprung einfach nicht geschafft. Sie meinte immer, sie müsse sich doch um Linda kümmern, und wenn sie bei Pavel rausfliegt und auf der Straße sitzt, könne sie das nicht.«

»Keine leichte Situation«, gab Suna zu, sparte sich aber einen weiteren Kommentar. Sie machte eine kurze Pause, bevor sie ihre nächste Frage stellte. »Können Sie mir sagen, ob Saskias Ehemann von ihrer Vergangenheit wusste?«

Ihr war es unangenehm, Saskias beste Freundin kurz nach deren Tod so auszuhorchen, aber erstaunlicherweise reagierte Tamara vollkommen gelassen darauf.

»Natürlich wusste er davon«, gab sie in lockerem Ton zurück. »Das war es ja, was die beiden zusammengebracht hat. Er war schließlich damals einer ihrer Freier.«

Mittwoch, 20. März

Das Klingeln ihres Telefons riss Suna aus dem Tiefschlaf.

Sie schreckte hoch, tastete nach der Quelle des ruhestörenden Lärms, die wie jede Nacht neben ihrem Bett lag, und hielt sie ans Ohr.

»Ja?«, meldete sie sich verschlafen, während sie mit der anderen Hand nach dem Schalter ihrer Nachttischlampe tastete. Als es hell wurde, kniff sie die Augen zusammen und versuchte die Digitalanzeige ihres Weckers abzulesen. Er zeigte 03:24 Uhr an.

Adrenalin strömte durch Sunas Körper. Das musste ein Notfall sein. Oder ...

»Hallo Suna, ich habe deine E-Mail wiederhergestellt. Das ist echt ein starkes Stück, das muss ich schon sagen. Warte, ich lese es dir vor ...«

»Verdammt noch mal, Kobo, hast du mal auf die Uhr gesehen?«, unterbrach ihn Suna gereizt. Sie musste sich von dem Schreck erst einmal erholen. Ihr Herz klopfte immer noch so heftig, dass sie meinte, Kobo müsste es sogar durchs Telefon hören können. Außerdem war sie erst vor knapp zwei Stunden eingeschlafen.

Nach dem Telefonat mit Saskias Freundin Tamara hatte sie noch lange vor ihrer Magnettafel gesessen und versucht, ihre Gedanken zu ordnen. Immer wieder hatte sie die Zettel mit den Namen der Beteiligten umgehängt und versucht, die Verbindungen zwischen ihnen zu ergründen. Aber je länger sie über den Fall nachgegrübelt hatte, umso undurchsichtiger war er ihr vorgekommen. Inzwischen hatte sie zwar die Theorie verwerfen können, dass Jörn seine Frau hatte töten lassen, weil er mit ihrer Vergangenheit nicht klarkam, aber wirklich weitergeholfen hatte ihr das nicht.

Frustriert war sie kurz nach Mitternacht ins Bett gegangen. Dass sie dann noch lange wach gelegen und weitergegrübelt hatte, war ihrer Laune auch nicht gut bekommen.

»Du reißt mich hier mitten in der Nacht aus dem Schlaf, um mir eine E-Mail vorzulesen?«, beschwerte sie sich. »Hätte das nicht bis morgen früh Zeit gehabt?«

»Ich kann doch nichts dafür, wenn du um diese Zeit schläfst, während andere Leute schwer arbeiten«, gab Kobo in unschuldigem Ton zurück.

Suna konnte sich bildlich vorstellen, wie er dabei mit seinen langen Wimpern klimperte wie ein Hollywoodstar aus den Fünfzigern – ein weiblicher, versteht sich.

»Ich hab vorhin das zehnte Level gepackt«, fuhr er fort, »und da dachte ich, ich mach mal 'ne kurze Pause und sehe mir den Laptop an, den du vorbeigebracht hast. Das Ding ist echt der letzte Mist, total lahmarschig. Dass sich die Leute immer noch so einen Scheiß kaufen, versteh ich nicht. So langsam sollten die es doch auch kapieren.«

»Kobo«, begann Suna, doch er lachte nur.

»Jaja, ich weiß, darum geht es nicht, sondern um die wiederhergestellten Dateien. Viele waren es nicht, und wenn ich das richtig beurteilen kann, war es auch nur stinklangweiliger Kram, mit Ausnahme von dieser einen E-Mail. Die ist echt der Knaller. Die Christensen hat sie vor ungefähr vier Wochen geschrieben.«

Suna ließ den Kopf wieder auf das Kissen fallen und rieb sich über die Stirn, während Kobo begann, den Text vorzulesen, den Saskia an Susanne Baudelhoff geschickt hatte. Doch schon nach Kobos ersten Worten war sie hellwach. Sie fuhr hoch, schnappte nach Luft und hörte sich atemlos den Rest der Nachricht an.

»Bringen Sie die 10.000 Euro heute Nachmittag um 15:00 zur Puppenbrücke. Wir treffen uns an der Neptun-Statue. Und zu niemandem ein Wort!

Wenn Sie nicht zahlen oder irgendwelche miesen Tricks probieren, geht alles direkt an die Presse.«

*

Für den Rest der Nacht fand Suna keinen Schlaf mehr. Sie wälzte sich in ihrem Bett hin und her und grübelte über die Bedeutung all dessen nach, was sie in den letzten Stunden erfahren hatte. Immer deutlicher begann sich herauszukristallisieren, das zwischen den Geschehnissen ein Zusammenhang bestand. Doch Suna hatte immer noch keine Ahnung, wie dieser aussehen könnte.

Gegen fünf Uhr beschloss sie, dass es keinen Sinn mehr machte, noch länger im Bett zu bleiben. Also stand sie auf und setzte sich mit einer großen Tasse Milchkaffee an den winzigen Tisch in ihrer Küche. Ganz in Ruhe blätterte sie noch einmal alle Zeitungsartikel über Susanne Baudelhoff durch, die sie am Tag zuvor aus ihrem Büro mitgebracht hatte, ohne allerdings auf interessante Neuigkeiten zu stoßen, die sie vorher übersehen hatte.

Kurz nach sieben Uhr wagte sie es schließlich, zum Telefon zu greifen und Rebeccas Handynummer zu wählen.

»Moin, Suna«, meldete sich diese gut gelaunt. »Was treibt dich denn schon so früh morgens auf die Beine?« Sie wusste, dass ihre ehemalige Schwägerin keine Probleme hatte, bis spät in die Nacht zu arbeiten, diese Tugend aber durch extreme Morgenmuffeligkeit wieder ausglich. Bei so wenig Schlaf wie in dieser Nacht wäre Suna normalerweise am Morgen mindestens eine Stunde länger im Bett geblieben, gern auch zwei oder drei.

Aber es war nun einmal kein normaler Morgen.

»Du wirst nicht glauben, was ich heute Nacht erfahren habe«, platzte sie heraus. »Kobo hat die Mail rekonstruiert, die Saskia Christensen an Susanne Baudelhoff geschrieben hat.« Immer noch aufgeregt erzählte sie von seinem Anruf in der Nacht und von dem aufschlussreichen Text der E-Mail.

»Dein Selbstmordopfer hat also mein Mordopfer erpresst?«, fragte Rebecca ungläubig, als sie mit ihrem Bericht fertig war. »Aber weswegen? Was hatte sie gegen die Baudelhoff in der Hand, das nicht an die Öffentlichkeit kommen sollte?«

Suna atmete hörbar die Luft aus. »Wenn ich das wüsste, wäre ich schon einen gewaltigen Schritt weiter. Erstaunlich fand ich den Treffpunkt. An der Puppenbrücke ist doch immer eine Menge los. Und dass Saskia ausgerechnet die für die Geldübergabe ausgesucht hat, zeigt, dass sie keinerlei Bedenken hatte, mit der Baudelhoff in aller Öffentlichkeit gesehen zu werden. Sie schien sich also ganz sicher zu sein, dass die Frau zahlt und den Mund hält. Und ich denke, dass sie damit recht hatte. Ich bin mir ziemlich sicher, dass die Baudelhoff die zehntausend Euro gezahlt hat, worum auch immer es ging. Sie wollte nicht, dass bekannt wird, was Saskia wusste.«

»Aber wo ist das Geld dann abgeblieben?«, fragte Rebecca. »Meinst du, ihr Ehemann hat es?«

Suna hatte schon mit dieser Frage gerechnet. »Ich denke nicht. Ich habe heute die ganze Nacht darüber nachgegrübelt, und da ist mir wieder eingefallen, was dieser Pavel Svoboda mir erzählt hat. Er hat zehntausend Euro von Saskia gefordert, sozusagen als Ablöse, weil sie ja in Zukunft nicht mehr für ihn anschaffen wollte.«

»Mistkerl«, ereiferte sich Rebecca.

Suna grinste. »Genau meine Meinung. Aber was in diesem Augenblick noch wichtiger ist: Er hat mir gesagt, dass sie gezahlt hat, und zwar ziemlich genau zu dem Zeitpunkt, als sie die gleiche Summe von der Baudelhoff erpresst hat.«

»Du meinst, sie hat das Geld kassiert und direkt weitergereicht, um sich freizukaufen?«

»Klingt doch ganz plausibel, findest du nicht?«

Rebecca schwieg eine Weile, um ihre Gedanken zu sortieren. »Jedenfalls wirft es plötzlich ein ganz anderes Licht auf den Fall«, stimmte sie schließlich zu. »Danke, dass du mich gleich angerufen hast. Ich werde die neuen Informationen sofort weitergeben. Die Jungs von der Mordkommission sind für jeden Hinweis dankbar. Wenn es dir recht ist, holt einer von denen auch Saskias Computer bei Kobo ab, damit sie ihn noch mal eingehend untersuchen können. Ich glaube zwar nicht, dass deren Experten noch etwas finden, das ihm entgangen ist, aber man weiß ja nie. Außerdem wird es wohl Zeit, diesen

Svoboda mal ordentlich in die Mangel zu nehmen. Ich könnte wetten, dass er mit der Sache zu tun hat.«

Suna nickte. Der Verdacht lag nahe.

»Gib mir Bescheid, wenn sich bei euch was Neues ergibt, das für meinen Fall von Bedeutung sein könnte, ja?«, bat sie noch, bevor sie sich von Rebecca verabschiedete.

*

Rüdiger Tenstaage zog die Beine noch ein Stück enger an sich heran und umklammerte mit beiden Armen seine Knie. Das Fieber hatte ihn mittlerweile fest im Griff. Er zitterte so stark, dass seine Zähne aufeinanderschlugen. Sein Atem ging rasselnd und jeder Atemzug brannte in seiner Brust, als hätte er Säure getrunken. Es konnte nur noch eine Frage der Zeit sein, bis er an dieser verdammten Lungenentzündung krepieren würde.

Am liebsten hätte er hemmungslos angefangen zu schluchzen, doch diese Genugtuung gönnte er seinen Entführern nicht. Soviel Selbstwertgefühl war ihm noch geblieben, dass er nicht völlig zusammenbrechen würde. Er hätte wetten können, dass ihn die Mistkerle jederzeit über die Videokamera im Blick hatten, aber vielleicht täuschte er sich auch. Vielleicht war es ihnen ganz egal, was mit ihm passierte, und sie versorgten ihn zwar hin und wieder mit dem Nötigsten, aber ansonsten überließen sie ihn einfach seinem Schicksal. Vielleicht lebten sie ihr Leben einfach so weiter, als wäre überhaupt nichts passiert.

Inzwischen war seine Wut vollkommen verschwunden. Er hatte einfach keine Kraft mehr dafür, genauso wie er aufgehört hatte, nach dem Warum zu fragen. Sein einziges Ziel war es jetzt noch, irgendwie zu überleben, die Qualen so lange zu überstehen, bis sie ihn wieder freiließen oder er von irgendjemandem gefunden wurde. Irgendjemanden musste es doch geben, der ihn vermisste, der veranlasste, dass die Polizei nach ihm suchte.

Er dachte an Lucia. Ob sie ihn vermisste? Vermutlich nicht. Dabei hatten sie sich doch am Anfang mal geliebt. Zumindest hatte er das geglaubt. Wenn er sie nur ein bisschen besser behandelt hätte während ihrer Ehe, wäre vielleicht alles ganz anders gelaufen. Wenn er erst endlich wieder draußen war, schwor er sich, würde er einiges wieder in Ordnung bringen, was in seinem Leben schiefgelaufen war.

Nicht wenn, falls, schoss es ihm durch den Kopf. *Falls* die Entführer ihn jemals wieder freiließen. *Falls* er das hier überlebte.

Er presste die Hand auf den Mund, um nicht doch noch laut aufzuschluchzen. Er konnte nicht mehr. Er hatte einfach keine Kraft mehr.

Er hatte immer gedacht, die Kälte wäre das Schlimmste an seiner Gefangenschaft, oder das verdammte Neonlicht. Doch das stimmte nicht. Das Schlimmste an allem war das Gefühl der Hilflosigkeit, das er empfand.

Vor seiner Gefangennahme war stets er derjenige gewesen, der das Sagen gehabt hatte, egal ob es um das Geschäft oder um private Angelegenheiten ging. Er hatte niemals nach anderer Leute Pfeife getanzt. Dass er jetzt plötzlich sein Leben nicht mehr selbst in der Hand hatte, war völlig neu für ihn, und es erschreckte ihn mehr als alles, was er jemals erlebt hatte. Er fühlte sich allein gelassen, machtlos.

Ausgeliefert.

Das beschrieb es am besten. Er war seinen Entführern ausgeliefert. Nur von ihrer Willkür hing es ab, ob er überlebte oder starb.

Hätte er eine Waffe gehabt oder irgendeine andere Möglichkeit, seinem Leben selbst ein Ende zu setzen, wäre er vielleicht schwach geworden. Immerhin hätte er noch selbst bestimmen können, wann und vor allem wie es mit ihm zu Ende ging. Aber selbst diese Wahl hatte er nicht. Ihm blieb nichts anderes übrig, als zu warten – und langsam zu verrecken.

Mit der Zunge fuhr er über seine rissigen, aufgesprungenen Lippen. Er hatte Durst, das Fieber forderte seinen Tribut. Doch seine Wasserration für den Tag hatte er schon vor Stunden aufgebraucht.

Trotzdem griff er noch einmal zu der Mineralwasserflasche, die neben ihm auf dem Boden stand, drehte mühsam den Verschluss auf und hielt sie an den Mund. Gierig leckte er die letzten Tropfen auf, die aus der Flasche rannen. Dann wiederholte er alles mit der zweiten Flasche.

Anschließend schob er sich zur Metallklappe vor, kniete sich hin und legte beide Flaschen in die Schiebevorrichtung. Er wusste, dass er kein frisches Wasser bekommen würde, wenn er die Flaschen nicht zurückgab. Er hatte es bereits in den ersten Tagen, die er diesem Verlies verbracht hatte, ausprobiert. Niemand, der es noch nicht erlebt hatte, konnte sich vorstellen, wie es sich anfühlte, wirklich Durst zu haben. Es war, als ob man innerlich vertrocknete.

Im blanken Metall vor sich konnte er ganz gut sein Spiegelbild erkennen. Er sah elend aus, richtig schlecht. Sein Bartwuchs war schon immer recht üppig gewesen. Häufig hatte er sich nicht nur morgens rasiert, sondern auch abends, wenn er einen wichtigen Termin hatte, eine Besprechung mit zahlungskräftigen Kunden oder ein Geschäftsessen – oder wenn er mal wieder vorhatte, eine Frau aus einer Bar abzuschleppen.

Jetzt verdeckte ein Vollbart einen großen Teil seines hager gewordenen Gesichts. Die grauen Barthaare ließen ihn älter wirken, als er war, und sein elendes Aussehen verstärkte diesen Eindruck noch. Am hervorstechendsten jedoch waren seine Augen. Eingefallen und fiebrig glänzend starrten sie ihm entgegen.

In diesem Moment war er ganz froh darüber, dass die Metallplatte – anders als ein richtiger Spiegel – die Wahrheit ein wenig schönte. Der Anblick seines Spiegelbilds war auch so schon schwer genug zu ertragen.

Schwerfällig ließ er sich wieder auf den Boden fallen, lehnte sich neben der Schiebevorrichtung gegen die Wand und wartete. Wenn sein Zeitgefühl ihn nicht vollkommen im Stich ließ, musste bald Nachschub kommen. Das Essen war ihm ziemlich egal. Er hatte keinerlei Appetit. In den letzten zwei Tagen hatte er sich regelrecht zwingen müssen, ein paar Bissen zu sich zu nehmen, um nicht noch schwächer zu werden. Nein, ihm ging es nur um das Wasser. Wieder leckte er sich über die Lippen, obwohl ihm bewusst war, dass er sie damit nur noch mehr austrocknete.

Plötzlich hielt er inne und lauschte angestrengt. War da eben ein Geräusch gewesen? Kamen seine Entführer zurück?

Er wagte es kaum, zu atmen. Und tatsächlich – vor der Metallklappe außerhalb seines Verlieses ertönte ein Scharren und leises Klappern. Das vertraute Geräusch der Schiebevorrichtung, die auf die andere Seite gezogen wurde, beruhigte ihn etwas. Gleich würde er endlich das ersehnte Wasser bekommen.

Wieder wurde die Schiebevorrichtung in Gang gesetzt. Tenstaage kniete sich auf den Boden und nahm sofort eine der Wasserflaschen heraus. Aber sie war leer.

Verzweifelt griff er nach der zweiten Flasche, aber noch bevor er sie anhob, wusste er, dass auch sie nicht ausgetauscht worden war. Er hatte den Teller gesehen, den sie ihm hingeschoben hatten. Den Teller, auf dem sonst immer das Essen für den Tag gelegen hatte. Er war ebenfalls leer. Nur ein Zettel lag darauf, ein Computerausdruck. Auf ihm stand nur ein einziges Wort, ausgedruckt in Großbuchstaben aus schwarzer Tinte:

ZAHLTAG!

Tenstaage blickte auf. Er spürte die Panik, die in ihm aufstieg.

»Hey!«, brüllte er mit heiserer Stimme. »Was soll das? Gebt mir was zu trinken!«

Doch plötzlich stutzte er. Etwas anderes machte ihm noch viel mehr Angst. Das leise Rauschen, das ihn seit dem ersten Tag seiner Gefangenschaft begleitet hatte, war verstummt.

Panisch blickte er zu dem schmalen Gitter unterhalb der Decke. Seine schlimmste Befürchtung wurde bestätigt.

Die Streifen aus glänzender Metallfolie, die sonst immer im Luftstrom getanzt hatten, hingen jetzt schlaff herunter.

Ein hysterisches Lachen stieg in seiner Kehle auf, als ihm klar wurde, was das bedeutete. Die Entführer hatten ihm die Luftzufuhr abgedreht.

*

Gegen acht Uhr morgens betrat Suna ihr kleines Detektivbüro in der Lübecker Altstadt. Sie hatte noch nicht einmal ihre Jacke ausgezogen, als schon das Telefon klingelte.

Mit einem strafenden Blick versuchte sie es zum Schweigen zu bringen, aber es klingelte einfach weiter. Also nahm sie das Gespräch an.

»Hallo Frau Lürssen, hier ist Linda Vossen«, meldete sich eine bekannte Stimme. »Es tut mir leid, dass ich sie so früh störe, aber ich dachte mir ...« Sie brach ab.

»Kein Problem, ich bin schon länger wach«, versicherte Suna ihr schnell. Sie hatte die niedergeschlagene Stimmung, in der sich ihre Klientin befand, sofort bemerkt. »Ich bin zwar nicht gerade die geborene Frühaufsteherin, aber ein Freund hat mich heute Morgen schon recht unsanft aus dem Schlaf geholt. Haben Sie Neuigkeiten für mich?«

»Das nicht direkt.« Linda atmete einmal tief durch. »Ich bin gerade im Haus meiner Mutter und räume ihre Sachen zusammen. Gestern habe ich von der Staatsanwaltschaft die Schlüssel bekommen. Es wurde alles freigegeben.«

»Das heißt, es ist inzwischen erwiesen, dass Ihre Mutter sich wirklich das Leben genommen hat«, folgerte Suna leise.

»Zumindest geht die Staatsanwaltschaft davon aus. Sie haben keine Fingerabdrücke von anderen Personen in ihrem Haus gefunden, genauso wie auf der Wodkaflasche und dem Glas, aus dem sie vorher getrunken hatte. Im Glas waren auch Rückstände eines Schlafmittels, und die Packung dazu lag neben der Spüle. So wie es aussieht, hat meine Mutter das Mittel in den Wodka gemischt, das Ganze getrunken und ist dann in die Garage gegangen, um sich mit den Autoabgasen im Schlaf zu vergiften.«

»Aber es gab keinen Abschiedsbrief?«, hakte Suna nach.

»Nein. Allerdings wundert mich das auch nicht wirklich. Saskia war tot, zu mir hatte sie keinen Kontakt mehr, und sonst gab es eigentlich auch niemanden, der ihr nahestand. Wem also hätte sie schreiben sollen?« Sie machte eine kurze Pause, bevor sie weitersprach. »Deswegen rufe ich aber gar nicht unbedingt an. Es ist nur so, dass ich einen ganzen Stapel Unterlagen gefunden habe, alles, was meine Mutter im Lauf der Zeit so angesammelt hat. Ich muss ehrlich sagen, dass ich momentan einfach nicht die Nerven habe, sämtliche Papiere akribisch durchzugehen. Ich werde mich nur um das Nötigste kümmern. Aber ich wollte Sie fragen, ob Sie vielleicht Interesse haben, sich die Sachen einmal anzusehen.«

Suna überlegte kurz. Ihr ging nicht aus dem Kopf, was Tamara in ihrem Telefonat erzählt hatte. Dass es irgendein Ereignis in Saskias Kindheit oder Jugend gegeben hatte, das mit ihren anhaltenden seelischen Tiefs zu tun hatte. Vielleicht gab es in den Unterlagen ihrer Mutter einen Hinweis darauf, was das gewesen sein könnte. Zumindest konnte sie damit die Zeit überbrücken, bis es Neuigkeiten im Fall Baudelhoff gab.

»Das würde ich wirklich gern«, erwiderte sie daher. »Im Moment stecke ich ein bisschen in einer Sackgasse mit meinen Ermittlungen. Möglicherweise finde ich in den Unterlagen einen neuen Ansatzpunkt. Sind Sie jetzt noch im Haus Ihrer Mutter?«

»Das bin ich.« Linda stöhnte auf und lachte dann leise. »Und so, wie es hier aussieht, werde ich wohl auch noch eine ganze Weile bleiben.«

*

Eine knappe halbe Stunde später erreichte Suna das Gewerbegebiet, in dem Irene Vossen gewohnt hatte. Im Gegensatz zu ihrem ersten Besuch am Sonntag hingen diesmal schwere graue Wolken am Himmel. Es regnete zwar noch nicht, aber es wirkte so, als würde es den ganzen Tag nicht richtig hell werden. In dieser Atmosphäre wirkte die Gegend noch trostloser als bei Sonnenschein.

Als Suna über den schmalen Fußweg auf das kleine Wohnhaus zuging, beschlich sie ein mulmiges Gefühl. Deutlich stand ihr noch das Bild der zierlichen, verlebt aussehenden Frau vor Augen, die zusammengesackt auf dem Fahrersitz ihres Wagens hing. Dabei waren es vor allem die seltsam entspannt wirkenden Gesichtszüge, die sie nicht mehr aus dem Kopf bekam.

Obwohl die Tür offenstand, wirkte das kleine Haus von Irene Vossen düster und wenig einladend. Im Vorgarten stapelten sich etliche Kartons. Offensichtlich war Linda Vossen schon eine ganze Weile mit der Entrümpelung beschäftigt.

Den Blick zur Garage versuchte Suna zu vermeiden. Die Erinnerung an den Sonntagvormittag war ohnehin fast noch zu präsent.

Sie trat in die offene Tür und blieb stehen. Linda wusste zwar, dass sie kommen wollte, aber trotzdem widerstrebte es ihr, einfach hineinzugehen. Also klopfte sie an die Holztür.

»Hallo, Frau Vossen? Sind sie da?«, rief sie.

»Ich bin hier hinten«, kam Lindas Stimme aus dem einzigen Raum im hinteren Teil des Gebäudes. »Kommen Sie einfach durch.«

Suna folgte der Anweisung und betrat ein kleines Wohnzimmer. Es war spärlich möbliert, noch dazu hatten die wenigen Möbel höchstens noch Sperrmüllqualität. Suna fiel auf, dass das Haus von innen beinahe noch kleiner und beengter wirkte als von außen. Es konnte kaum größer sein als die direkt angebaute Garage.

Im Wohnzimmer standen ein kleiner Holztisch mit vier nicht dazu passenden Stühlen, ein Fernseher und davor ein Zweisitzer-Sofa. Der einzige Schrank im Raum war eine halbhohe Kommode, die allerdings bis obenhin vollgestopft war, wie Suna durch eine offenstehende Tür erkennen konnte.

Ihre Klientin saß am Esstisch und hatte mehrere Fotoalben vor sich ausgebreitet. »Ich schwelge gerade in Erinnerungen«, meinte sie in sarkastischem Tonfall, als sie Suna erkannte.

Sie wies auf eines der Bilder, das ein anscheinend harmonisches Paar zeigte. Der große, schlanke Mann hatte ein Mädchen mit strohblonden Zöpfen an der Hand, die zierliche Frau an seiner Seite hielt ein in eine rosafarbene Decke gehülltes Baby im Arm. Beide lächelten glücklich.

»Ein Bild aus besseren Zeiten«, kommentierte Linda spöttisch. »Nur schade, dass ich mich nicht mehr an die Heile-Welt-Familie erinnern kann. Solange ich denken kann, waren meine Eltern getrennt und meine Mutter ein seelisches Wrack.«

»Was war eigentlich mit Ihrem Vater?«, fragte Suna behutsam. Sie hätte das Thema nicht angesprochen, weil Linda ohnehin so verletzt und niedergeschlagen wirkte. Aber da sie jetzt selbst angefangen hatte, von ihrer Familie zu sprechen, wagte sie sich etwas vor. »Sie haben mir erzählt, dass Saskia ihn kurz vor seinem Tod mehrmals getroffen hat. Bei Ihnen hat er sich doch bestimmt auch gemeldet.«

Linda nahm das Fotoalbum in die Hand und starrte lange auf das Bild, bevor sie antwortete.

»Allerdings, das hat er. Es ging ihm schon ziemlich schlecht, als er Kontakt mit uns beiden aufgenommen hat. Es war bereits klar, dass die Therapie nicht anschlägt und der Krebs schon überall Metastasen gebildet hatte. Er wusste also, dass er bald sterben würde, daher wollte er alles »ins Reine bringen«, wie er uns gesagt hat. Saskia ist daraufhin ins Krankenhaus gefahren und hat ihn besucht.

Sie hat nie über ihre Treffen mit ihm gesprochen, doch ich hatte den Eindruck, dass es ihr gutgetan hat, sich mit ihm zu versöhnen.«

Sie brach ab und starrte weiter auf das Bild ihrer Familie. An ihrer Miene war keine Gefühlsregung abzulesen.

»Aber Sie wollten das nicht?«, hakte Suna nach.

»Ich habe schon überlegt, mit ihm zu sprechen, aber ich konnte nicht.« Linda verzog ihr Gesicht zu einem Lächeln, das viel Schmerz enthielt. »Es kam mir so« – wiederum stockte sie – »unaufrichtig vor, irgendwie heuchlerisch. Solange es ihm gutging, hat für ihn nur seine neue Familie gezählt. Nicht einmal zu Weihnachten oder zu unseren Geburtstagen hat er sich bei uns gemeldet. Als ich dreizehn oder vierzehn war, habe ich versucht, zu ihm Kontakt aufzunehmen. Ich habe ihm geschrieben, aber er hat keinen meiner Briefe beantwortet. Also habe ich mich irgendwann einfach auf mein Fahrrad gesetzt und bin zu ihm hingefahren. Aber er hat sofort versucht, mich abzuwimmeln, hat gesagt, er hätte jetzt gerade keine Zeit, und wir könnten ja vielleicht irgendwann mal telefonieren. Ich hatte den Eindruck, dass es ihm unglaublich peinlich war, dass ich aufgetaucht bin, können Sie sich das vorstellen?« Sie schüttelte den Kopf, immer noch fassungslos über das Verhalten ihres Vaters. »Und plötzlich, als er weiß, dass er nicht mehr lange zu leben hat, sollen wir das alles vergessen und verzeihen und so tun, als sei er unser liebender Vater gewesen?« Sie schnaubte verächtlich. »Vielleicht werde ich es eines Tages noch bereuen, aber ich konnte das nicht.«

Suna nickte. Sie hatte volles Verständnis für das Verhalten ihrer Klientin. Als sie sah, dass Linda Tränen in den Augen hatte, beschloss sie, erst einmal keine weiteren Fragen zu stellen, die zu persönlich waren. Es war deutlich zu erkennen, dass Linda keineswegs so hart und abgebrüht war, wie sie das gern nach außen vermittelte.

»Um welche Unterlagen geht es denn?«, wechselte Suna das Thema.

Linda stöhnte kurz auf und erhob sich dann. »Richtig, die Unterlagen. Die hatte ich schon fast wieder vergessen.«

Sie nahm einen der Umzugskartons, die auf dem Fußboden standen, und schob ihn zu Suna hin. »Hier habe ich schon alles reingepackt, was ich gefunden habe. Allerdings habe ich nichts aussortiert, sondern einfach die gesamten Stapel reingeschmissen.«

Suna lächelte. »Kein Problem, ich wühle mich schon durch. Haben Sie etwas dagegen, wenn ich das hier erledige? Ich werde bestimmt einige Fragen haben, und dann müsste ich Sie nicht jedes Mal anrufen.«

»Gern.« Linda wies auf den Tisch, an dem sie gerade noch gesessen hatte. »Das wird wohl der beste Platz dafür sein. Ich wollte sowieso erst mal in der Küche weitermachen. Da komme ich vielleicht auf andere Gedanken.«

Die nächsten zwei Stunden verbrachte Suna damit, Unterlagen aus dem Karton zu holen, die Papiere durchzulesen und auf verschiedene Stapel zu sortieren. Irene Vossen hatte anscheinend fast alles aufbewahrt, was sie in den letzten Jahren bekommen hatte, allerdings weder nach Datum noch nach irgendeinem anderen System geordnet. Rechnungen und Mahnungen lagen zwischen

Briefen der Bank, Versicherungsunterlagen und Schreiben von verschiedenen Behörden.

Suna wurde schnell klar, dass Irene Vossen – ähnlich wie ihre Tochter Saskia – sehr zurückgezogen gelebt hatte. Sie fand kaum private Briefe oder Postkarten. Aus den letzten zwei Jahren war gar nichts Privates zu finden.

Wieder musste Suna an die glückliche junge Frau denken, die sie vorhin in dem Fotoalbum gesehen hatte. Wie konnte es sein, dass ein Leben einfach so scheiterte, das so glücklich begonnen zu haben schien?

Sie hoffte, eine Antwort darauf in den restlichen Unterlagen zu finden, genauso wie einen Hinweis darauf, was Saskia erlebt hatte. Aber alle Papiere, die sie durchsah, kamen ihr völlig belang- und aussagelos vor.

»Frau Lürssen?« Linda war unbemerkt ins Zimmer getreten. »Ich habe gerade gesehen, dass es schon recht spät ist. Ich habe noch einen Termin und muss leider gleich weg, aber wenn Sie wollen, können Sie gern noch hierbleiben und weiter die Papiere durchgehen.« Sie wies auf die vollgestopfte Kommode. »Und da können Sie sich auch umsehen, wenn Sie glauben, dass dort vielleicht noch etwas Interessantes sein könnte.«

»Ich denke, das ist nicht nötig.« Suna schüttelte lächelnd den Kopf und stand von ihrem Stuhl auf. Sie wies auf einen der Stapel, den sie ganz vorn an die Tischkante geschoben hatte. »Aber die Papiere hier würde ich mir gern noch einmal genauer durchlesen. Außerdem liegen da noch einige alte Briefe, die ich mir gern noch in Ruhe ansehen würde. Wenn es Ihnen recht ist, nehme ich sie mit zu mir ins Büro.«

Linda nickte gedankenabwesend. »Ja, klar, warum nicht?«

»Und ich würde auch ganz gern das Handy Ihrer Schwester noch eine Weile behalten. Ich habe da eine Idee.«

Dieses Mal zögerte Linda kurz, bevor sie antwortete. »Ja, sicher. Aber bitte löschen Sie nichts.«

»Das hatte ich nicht vor«, versicherte ihr Suna ehrlich. Eigentlich hatte sie sogar genau das Gegenteil geplant.

*

Auf ihr Klingeln hin öffnete Frau Edelmann die Tür.

»Frau Lürssen, ach, das ist ja schön dass wir uns schon wieder sehen!«, rief sie, während Rocco Suna zur Begrüßung mehrfach umrundete und ihr verstohlen über die Hand leckte. »Wollen Sie zu Goran?«

»Ist er da?«

Kobos Vermieterin nickte. »Er ist oben. Aber ich fürchte, er ist mal wieder kaum ansprechbar. Ich habe jedenfalls den ganzen Tag noch nichts von ihm gehört. Und heute Morgen, als ich ihm das Frühstück gebracht habe, hat er gar nicht bemerkt, dass ich im Zimmer war.«

Suna verdrehte die Augen. »Das sieht ihm ähnlich. Dann werde ich wohl mal versuchen, ob ich seine Aufmerksamkeit irgendwie auf mich lenken kann.«

Sie lief die Treppe hoch und steuerte Kobos Wohnzimmer an, aus dem ihr laute Musik in einer Endlosschleife entgegen drang. Es hörte sich an, als würde ein

Teenager seine Lieblingsstelle aus einem Song wieder und wieder zurückspulen.

Als sie Kobo entdeckte, musste sie an sich halten, um nicht laut loszulachen. Gegenüber dem Vortag hatte er seine Körperstellung kaum verändert. Er lag immer noch mehr in seinem Stuhl, als dass er darauf saß, und seine Füße ruhten auf dem Schreibtisch. Nur den Kopf hatte er jetzt weit in den Nacken gelegt. Mit weit geöffnetem Mund schlief er tief und fest.

Suna blickte auf den Monitor. Hüpfende Buchstaben darauf verkündeten einen *New Highscore*. Jedes Mal, wenn der dazugehörige Jingle endete, zerplatzen sie, nur um Sekundenbruchteile später wieder aufzutauchen und aufs Neue loszuhüpfen.

Als Kobo kurz aufschnarchte, verbiss Suna sich das Lachen erneut. Leise trat sie an ihn heran, nahm ein zusammengeknülltes Stück Papier vom Schreibtisch und steckte es Kobo vorsichtig in den Mund.

Der Erfolg war verblüffend. Kobo schreckte hoch und riss die Augen auf. Gleichzeitig griff er sich mit beiden Händen an den Mund. Dabei verlor er das Gleichgewicht, begann wild mit den Armen zu rudern und fiel wie in Zeitlupe von seinem Stuhl.

»Suna, bist du völlig verrückt geworden?«, beschwerte er sich, während er sich mühsam wieder hochrappelte. »Du hättest mich umbringen können.«

»Ich wollte dich nur mal wieder auf den harten Boden der Realität zurückbringen«, lachte Suna. »Ich hatte ja keine Ahnung, dass du mich dermaßen umwerfend findest.«

»Haha! Sehr witzig. Ich lache dann morgen drüber.« Kobo stierte sie finster an. »Du kannst froh sein, wenn ich dich nicht anzeige.«

Sunas Grinsen wurde immer breiter. »Weswegen? Wegen nicht einvernehmlichen Einführens eines leblosen Gegenstands in eine Körperöffnung? Da wäre ich zu gern dabei, wenn du das der Polizei erzählst.«

Bei der Vorstellung verzog sich auch Kobos Gesicht zu einem kleinen Lächeln, das seine schiefen Zähne entblößte. »Vielleicht lieber doch nicht«, stimmte er zu. »Also, was gibt es diesmal?«

»Eigentlich das Gleiche wie gestern, nur in etwas kleinerer Ausführung.« Sie hielt ihm Saskias Handy hin und probierte einen besänftigenden Augenaufschlag, um seine folgende Reaktion gleich ein bisschen abzumildern. Erstaunlicherweise fiel diese aber lange nicht so schroff aus wie erwartet. Kobo zog lediglich missbilligend die Augenbrauen zusammen, während er auf das kleine Gerät in Sunas Hand blickte.

»Du willst sehen, ob darauf irgendetwas gelöscht worden ist?«

Suna nickte. »Genau. Wenn Saskia – oder jemand anders – versucht hat, die Spuren der Erpressung auf ihrem Laptop zu verwischen, hat sie – oder er – das vielleicht auch bei dem Handy gemacht.«

»Gut möglich.« Kobo zögerte einen Augenblick, dann wies er mit einem Kopfnicken auf das breite Ledersofa, das an der einen Wand seines Wohnzimmers stand. »Setz dich, ich sehe gleich mal nach.«

Suna wunderte sich über seine plötzliche Hilfsbereitschaft. Normalerweise hatte er immer unglaublich viel zu tun – oder behauptete das zumindest – und verschob alle ihre Arbeitsaufträge auf später. Da sie ihm aber auf keinen Fall den Eifer nehmen wollte, sagte sie nichts und machte es sich folgsam auf dem Sofa bequem.

Während sie geduldig wartete, schloss Kobo das Handy an seinen Computer an, startete eine Software und begann, in einer beinahe wahnwitzigen Geschwindigkeit auf seiner Tastatur zu tippen. Suna war froh, dass die nervtötende Musik des Spiels endlich verstummt war.

»Wie läuft's mit deinem Spieletest?«, erkundigte sie sich beiläufig.

»Beschissen«, knurrte Kobo. »Am Anfang war's ja noch ganz lustig, aber inzwischen geht mir der Scheiß total auf die Nerven. Ich bin froh, wenn ich endlich durch bin und das Teil nicht mehr sehen muss.«

Das erklärte natürlich auch seinen plötzlichen Eifer, ihr bei Saskias Handy zu helfen. Um ihn nicht von der Arbeit abzuhalten, schwieg Suna, während er weitertippte.

Nicht einmal zwei Minuten später meldete Kobo den ersten Erfolg. »Bilder«, teilte er nüchtern mit. »Der gesamte Ordner mit den Bildern ist gelöscht worden. Warte, ich versuche sie mal aufzurufen.«

Suna trat neben seinen Stuhl an den Schreibtisch heran und sah neugierig auf den Monitor. Als das erste Bild erschien, runzelte sie die Stirn. Es zeigte einen schlanken Mann mittleren Alters, der gerade die Tür eines Wagens öffnete. Er sah nach Geschäftsmann aus. Seine Kleidung, ein dunkelbrauner Anzug und ein dazu passender Mantel aus Wollstoff, wirkte teuer. Seine schwarzen Haare waren von grauen Strähnen durchzogen. Aus der Art, wie er die Kamera ignorierte, schloss Suna, dass er keine Ahnung gehabt hatte, dass er fotografiert worden war.

»Kennst du den Kerl?«, erkundigte sich Kobo.

Suna schüttelte den Kopf. »Nie gesehen. Gibt es noch mehr Bilder?«

»Einige.« Kobo rief das nächste Foto auf. Es zeigte denselben Mann, diesmal allerdings beim Kauf einer Zeitung.

Wieder blätterte Kobo weiter. Es folgte eine ganze Serie von Bildern, die alle den schwarzhaarigen Mann in verschiedenen Situationen zeigten. Es sah aus, als wäre Saskia ihm über längere Zeit gefolgt.

»Stopp!«, rief Suna plötzlich. »Blätter noch mal zurück, ja?«

Als das vorige Bild wieder auf dem Monitor erschien, sog sie scharf die Luft ein.

»Was ist? Erkennst du irgendetwas?«, fragte Kobo verwirrt.

»Allerdings.« Suna atmete hörbar aus. »Ich erkenne die Tür wieder, die der Typ gerade öffnet. Ich bin vor Kurzem erst dort gewesen. Die Tür gehört zu einem Architekturbüro. Und das wiederum gehört Paul Sheridan, dem Mann, mit dem Saskia kurz vor ihrem Tod eine Affäre hatte.«

*

Suna hatte nicht unbedingt mit Wellen der Begeisterung gerechnet, aber der feindselige Blick, mit dem Paul Sheridans Sekretärin Celina die Privatdetektivin bei ihrem Eintreten musterte, grenzte schon ans Groteske. Weder vom professionellen Lächeln noch von der eleganten Distanziertheit der Empfangsdame des Architekturbüros Tenstaage&Sheridan war etwas übrig geblieben.

Trotzdem bemühte Suna sich, ausgesprochen freundlich zu bleiben, als sie ihr Anliegen vortrug. Sie hatte vorher schon versucht, Paul Sheridan auf seinem Handy zu erreichen, aber es war immer nur die automatische Ansage der Mailbox angesprungen. Ihn persönlich in seinem Büro aufzusuchen, schien ihr daher die einzige Möglichkeit zu sein, herauszufinden, wer der Mann auf den Fotos war, die Kobo auf Saskias Handy gefunden hatte.

»Moin, Celina, ich möchte gern mit Paul Sheridan sprechen«, sagte sie lächelnd.

Die Sekretärin starrte sie biestig an. »Ach, von wem kommen Sie denn diesmal, Frau Lürssen? Von der Bauaufsicht oder vom Finanzamt vielleicht?«

»Nein, ich bin ganz privat hier«, behauptete Suna. Wenn sie jetzt noch erzählte, dass sie Privatdetektivin war und in einem Fall ermittelte, würde sie wahrscheinlich sofort hochkant rausgeschmissen werden. »Aber das mit dem Finanzamt muss ich mir merken. Am besten die Steuerfahndung. Das hört sich gut an.«

Celina presste die Lippen zu einem schmalen Strich zusammen. Offenbar war sie nicht unbedingt empfänglich für Sunas Humor. »Herr Sheridan ist nicht da«, stieß sie zwischen zusammengebissenen Zähnen hervor.

»Das ist schlecht.« Suna gab sich bewusst enttäuscht. »Wann kommt er denn wieder?«

»Weiß ich nicht«, knurrte Celina. »Und ich bin mir auch nicht sicher, ob ich es Ihnen sagen würde, wenn ich es wüsste.«

Das war deutlich gewesen, doch Suna versuchte, die letzte Bemerkung zu ignorieren.

»Oh nein, das ist jetzt echt blöd«, meinte sie mit unglücklicher Miene. »Dabei müsste ich so dringend mit ihm sprechen. Ich fürchte, er ist der Einzige, der mir helfen kann. Ich weiß gar nicht, was ich jetzt machen soll.«

Suna wusste, dass sie ziemlich dick auftrug, aber es schien zu wirken. Celina machte inzwischen einen viel weniger feindseligen Eindruck. Stattdessen schien ihre Neugier geweckt zu sein.

»Wissen Sie, es geht um einen Mann«, fuhr Suna in verschwörerischen Ton fort. »Ich glaube, dass er hier herumspioniert oder so etwas. Möglicherweise will er Baupläne kopieren oder an andere Geschäftsgeheimnisse kommen. Ich wollte Herrn Sheridan unbedingt warnen, aber ...« Sie brach ab und schüttelte mit resigniertem Gesichtsausdruck den Kopf.

»Ich weiß zwar nicht, ob er heute noch mal ins Büro kommt, aber wenn, kann ich ihm ja Bescheid sagen, dass er Sie anrufen soll«, gab sich Celina plötzlich hilfsbereit. »Wissen Sie denn den Namen von diesem Mann? Dann könnte ich den ja schon mal weitergeben.«

»Nein, leider nicht. Ich habe nur ein Foto von ihm.« Suna zog ihr Handy aus der Tasche und rief eines der Bilder auf, die Kobo auf ihr Handy geschickt hatte. Darauf war das Gesicht des schwarzhaarigen Manns recht gut zu erkennen.

Celina warf nur einen kurzen Blick auf das Display, dann lachte sie auf.

»Na, da müssen Sie sich jetzt aber wirklich keine Sorgen machen, wenn es um den Mann auf dem Bild da geht. Der spioniert hier bestimmt nicht herum. Das ist mein Chef!«

»Paul Sheridan? Nein, der sieht doch ganz anders aus.« Suna sah verständnislos auf ihr Handy.

Wieder lachte Celina. »Nein, nicht der, der andere. Das ist Rüdiger Tenstaage, mein anderer Chef. Die beiden haben zusammen die Firma hier gegründet.«

»Entschuldigung, jetzt stand ich wirklich auf dem Schlauch«, meinte Suna mit erleichtertem Gesichtsausdruck. »Kann ich denn Herrn Tenstaage sprechen? Ist der da?«

Celinas Miene drückte Bedauern aus. »Leider auch nicht. Er ist schon eine ganze Weile weg, musste wohl plötzlich nach Argentinien, wegen einer Familienangelegenheit. Seine Frau ist Argentinierin, müssen Sie wissen. Momentan können wir ihn nur über E-Mail erreichen. Wenn es dringend ist, könnte ich Ihnen seine E-Mail-Adresse geben.«

Suna zögerte kurz, winkte dann aber ab. »Ich denke, das wird nicht nötig sein. Wenn ich doch noch eine Frage habe, würde ich einfach bei Ihnen anrufen, in Ordnung?«

»Na gut.«

»Danke.« Suna lächelte über den stillschweigend geschlossenen Waffenstillstand. »Ach ja, können Sie mir sagen, seit wann Herr Tenstaage weg ist?«

»Allerdings«, seufzte Celina. »Und dazu brauche ich nicht einmal in den Kalender zu sehen. Seitdem geht hier nämlich alles drunter und drüber, selbst wenn nicht gerade irgendwelche Frauen auftauchen und behaupten, Termine ausgemacht zu haben, die es gar nicht gibt. Er war am 27. Februar das letzte Mal hier im Büro.«

*

Es war nicht schwierig, mehr über Rüdiger Tenstaage herauszufinden. Suna hatte sich sofort, nachdem sie wieder zurück in ihr Büro gekommen war, an den Computer gesetzt und im Internet recherchiert. Dank verschiedener Adressverzeichnisse, Online-Archive und sozialer Netzwerke konnte man fast über jeden etwas erfahren.

So wusste sie inzwischen, dass Tenstaage ursprünglich aus Köln stammte und an der dortigen Fachhochschule studiert hatte. Nach dem erfolgreichen Abschluss hatte er bei einem Lübecker Architekturbüro angefangen, wo er auch Paul Sheridan kennengelernt hatte. Einige Jahre später hatten die beiden ihre eigene Firma gegründet, die inzwischen recht erfolgreich arbeitete.

Tenstaage war zweiundfünfzig und in zweiter Ehe verheiratet.

Suna fragte sich, was er mit Saskia zu tun haben könnte, während sie zu seiner Adresse fuhr. Sie wollte sich selbst davon überzeugen, ob Tenstaage wirklich nach Argentinien geflogen war. Einer der Nachbarn würde bestimmt davon wissen. Celina hatte gesagt, dass er am 27. Februar zum letzten Mal im Büro gewesen war. Saskias Todestag lag fast eine Woche später. Sollte Tenstaage da schon in Argentinien gewesen sein, konnte er sie zumindest nicht von der Brücke gestoßen haben.

Abgesehen davon weckte es grundsätzlich Sunas Aufmerksamkeit, wenn Beteiligte in einem Fall plötzlich für mehrere Wochen verschwanden, noch dazu angeblich ins Ausland.

Laut Adressregister wohnte Tenstaage mit seiner Frau in einem der sogenannten Sommerhäuser am Ufer der Wakenitz. Das Haus wirkte sehr repräsentativ und war anscheinend erst vor kurzer Zeit frisch gestrichen worden. Die weiße Fassade zeigte keinerlei Grau--schimmer. Auch der Garten war in bemerkenswert gutem Zustand. Eine große, gepflegte Rasenfläche wurde von sorgfältig beschnittenen Sträuchern und Bäumen eingerahmt, zwischen denen Gruppen von Frühlingsblühern leuchteten.

Eine junge Frau in Jeanslatzhose und weitem Pullover war gerade damit beschäftigt, die üppigen Rosensträucher zu schneiden, als Suna auf das Haus zulief. Die Frau hatte ihre langen, tiefschwarzen Haare zu einem Pferdeschwanz zusammengebunden. Suna erinnerte sich, dass Tenstaage laut Celina inzwischen mit einer Argentinierin verheiratet war. Konnte die junge Frau im Garten vielleicht seine Tochter sein?

»Hallo, ich möchte gern zu Herrn Tenstaage, ist er da?«, sprach Suna sie an.

Die Frau blickte auf und musterte die Privatdetektivin misstrauisch. »Nein«, gab sie vorsichtig zurück.

»Sie sind sicher seine Tochter?«, mutmaßte Suna. Damit entlockte sie der Frau ein helles Lachen.

»Das denken viele, aber ich bin seine Ehefrau. Mein Mann ist ein wenig älter als ich.« Sie sprach mit deutlichem Akzent.

Suna lächelte. Sie war mal wieder ins Fettnäpfchen getreten, aber glücklicherweise schien die Frau es ihr nicht übelzunehmen. Sie sah höchstens aus wie Anfang zwanzig.

»Bitte entschuldigen Sie, ich wollte nicht unhöflich sein. Mein Name ist Suna Lürssen, ich bin private Ermittlerin.« Sie hielt der Frau die Hand hin, die diese vorsichtig schüttelte. Dass Suna sich als Ermittlerin vorgestellt hatte, schien sie ein wenig eingeschüchtert zu haben.

»Lucia Tenstaage«, erwiderte sie leise.

»Freut mich. Ich würde gern mit Ihrem Mann sprechen, ist er zuhause?«

»Er ist nicht da«, erwiderte die junge Frau schnell. Ein wenig zu schnell für Sunas Geschmack. »Er ist nach Argentinien geflogen, wegen einer Familienangelegenheit«, fügte sie noch hinzu.

Suna runzelte die Stirn. »Kann ich ihn dort telefonisch erreichen?«

»Das geht leider nicht. Unsere Familie wohnt ziemlich weit draußen auf dem Land. Dort gibt es noch kein Telefon. Und auch kein Handynetz.«

»Aha.« Suna bemühte sich nicht, vor der jungen Frau zu verbergen, dass sie wenig überzeugt von ihrer Antwort war. »Können Sie mir dann wenigstens sagen, wann er wiederkommt?«

Lucia Tenstaage reagierte ziemlich nervös auf diese einfache Frage. Ihr Blick begann zu flackern.

»Ich weiß es nicht«, stieß sie hervor, »aber wenn Sie ihm eine E-Mail schreiben wollen ...« Sie stockte, als sie Sunas skeptischen Blick sah.

»Frau Tenstaage«, begann Suna in eindringlichem Tonfall. »Wollen Sie mir nicht die Wahrheit sagen? Sie wissen so gut wie ich, dass ihr Mann nicht in Argentinien ist. Also, wo steckt er wirklich?«

»Nein, ich sagte doch ...«

»Frau Tenstaage«, unterbrach Suna sie sofort. Sie sprach ruhig, aber bestimmt. »Wenn es wirklich um eine Familienangelegenheit in Argentinien ginge, wären Sie doch mit Sicherheit mitgeflogen, anstatt hier die Rosen zu schneiden, oder? Es ist doch Ihre Familie, die dort wohnt, nicht seine. Außerdem ist es nicht gerade logisch, dass er zwar E-Mails beantworten kann, aber telefonisch nicht erreichbar ist. Sprechen Sie mit mir, sonst muss ich mich an die Polizei wenden.«

Plötzlich stand deutlich die Angst in Lucias Miene. Sie sah sich nach allen Seiten um, ob sie eventuell von Nachbarn beobachtet wurden. »Bitte, kommen Sie mit mir ins Haus«, sagte sie leise, nachdem sie sich versichert hatte, dass niemand zuhörte.

Sie führte Suna nach drinnen ins Wohnzimmer und deutete auf einen Stuhl am großen Esstisch. »Bitte«, sagte sie und setzte sich Suna gegenüber.

Der Raum war vollkommen durchgestylt. Alle Möbel passten perfekt zueinander und wirkten wie eine

Werbeanzeige in einem Design-Katalog. Sehr modern, sehr edel und sehr ungemütlich, dachte Suna bei sich.

»Also, bitte erzählen Sie mir von Ihrem Mann. Was ist mit ihm passiert?«, fragte sie noch einmal betont freundlich. Mit ihren großen dunklen Augen in dem hübschen Gesicht erinnerte Lucia sie an das sprichwörtliche Kaninchen, das auf die Schlange starrt.

»Er ist verschwunden!«, brach es aus der jungen Frau heraus. »Schon seit beinahe einem Monat. Ich habe keine Ahnung, wo er steckt.«

Suna starrte sie erstaunt an. Mit einer solchen Offenbarung hatte sie nicht gerechnet. Sie überlegte kurz. »Ihr Mann war am 27. Februar das letzte Mal im Büro, hat mir Celina erzählt. Ist er seit diesem Tag weg?«

Lucia nickte unglücklich. »Am Abend hatte er noch einen wichtigen Termin bei einer Anwaltskanzlei in Hamburg. Dort war er auch, aber anschließend ist er nicht mehr nach Hause gekommen.«

»Und Sie haben seitdem nichts mehr von ihm gehört? Gar nichts?«, erkundigte sich Suna erstaunt.

»Nein.« Lucia schüttelte den Kopf. »Am Anfang dachte ich, er wäre vielleicht bei einem Freund und würde bald wiederkommen, aber nach ein paar Tagen war mir klar, dass es das nicht sein konnte. Dann dachte ich, er wäre entführt worden und die Entführer würden sich bei mir melden, um Lösegeld zu erpressen. Aber es passierte einfach nichts.«

Suna überlegte einen Augenblick. »War Ihr Mann mit dem Auto in Hamburg?«, fragte sie dann.

»Ja, aber das ist auch verschwunden. Ich habe unter einem Vorwand in der Kanzlei angerufen und die Sekretärin gebeten, dass sie in der Tiefgarage nachsehen soll, ob der Wagen dort noch steht, doch er war weg.«

»Warum haben Sie Ihren Mann denn nicht als vermisst gemeldet?«, wollte Suna wissen. »Ich meine, nicht direkt nach seinem Verschwinden. Aber als er nach ein paar Tagen nicht wiedergekommen ist, wäre es doch naheliegend, zur Polizei zu gehen.«

»Ich weiß«. Lucia senkte den Kopf und begann, auf ihrer Unterlippe herumzunagen. »Ich dachte, es ist am besten, wenn niemand etwas bemerkt«, gab sie beschämt zu. »Rüdiger und Paul haben gerade einen sehr wichtigen Vertrag ausgehandelt. Ich dachte, wenn jemand bemerkt, dass mein Mann nicht mehr da ist, löst die andere Firma ihn vielleicht wieder auf.«

»Und da haben Sie die Geschichte mit der dringenden Reise nach Argentinien erfunden«, folgerte Suna. »Und die E-Mails an Ihren Mann, haben Sie die beantwortet?«

Die junge Frau nickte. »Ich komme ja hier an seinen Computer. Zuerst habe ich nur nachsehen wollen, ob er vielleicht etwas von seinem Handy aus geschickt hat. Eine Nachricht, wo er ist oder wann er zurückkommt. Und ich dachte, dass die Entführer sich auf diesem Weg gemeldet haben könnten. Aber als da auch nichts war, habe ich beschlossen, einfach so zu tun, als ob er verreist ist. Ich dachte, wenn es so aussieht, als wenn alles normal ist, läuft es vielleicht einfach so weiter, bis er zurückkommt.«

»Frau Tenstaage«, Suna lehnte sich vor und legte ihre Hand auf den Unterarm der Frau, während sie ihr direkt in die Augen sah. »Ich weiß, dass Sie sich Sorgen machen, große Sorgen. Das ist nur zu verständlich. Aber Sie müssen zur Polizei gehen, und zwar so schnell wie möglich. Geben Sie eine Vermisstenanzeige auf, am besten noch heute. Ihr Mann ist jetzt seit vier Wochen verschwunden. Sollte ihm etwas zugestoßen sein, bekommen Sie sonst große Probleme.«

»Aber ich ...«, Lucia schlug beide Hände vor das Gesicht und begann zu schluchzen. »Ich ...«

»Ich weiß, dass Sie Angst haben«, versuchte Suna ihr zu helfen. »Das wird jeder verstehen, auch die Polizei.«

Erst nach ein paar Minuten blickte Lucia auf. Ihre Augen waren vom Weinen gerötet, ihre Miene wirkte verzweifelt.

»Nein, Sie verstehen nicht«, schluchzte sie. »Ich habe keine Angst davor, dass mein Mann nicht zurückkommt. Ich habe Angst, *dass* er zurückkommt.«

*

Dilek Cengiz warf einen entsetzten Blick auf das Display ihres Handys.

»Oh nein«, schnaufte sie. »Ich komme schon wieder zu spät. Diesmal bekomme ich bestimmt richtig Ärger. Dieser verdammte Bus!«

Seit einem Dreivierteljahr war sie jetzt als Haushaltshilfe bei den Kannhausens angestellt. Zwei Mal pro Woche fuhr sie mit dem Bus raus nach Travemünde, wo das ältere Ehepaar in einem netten Einfamilienhaus wohnte. Es war der erste richtige Job, den sie ergattert hatte, mit festen Arbeitszeiten, einer Unfallversicherung und Anspruch auf Urlaub. Sogar wenn sie krank wurde, bekam sie ihr Geld ausgezahlt, das war bei keinem ihrer bisherigen Putzjobs so gewesen. Sie dankte es ihren Arbeitgebern, indem sie noch kein einziges Mal gefehlt hatte. Doch leider hatte immer wieder der Bus, der sie an ihren Arbeitsplatz brachte, Verspätung. Einmal, im Januar, war sie fast eine Stunde zu spät gekommen, weil zwei Busse hintereinander ausgefallen waren. Frau Kannhausen hatte damals mächtig getobt, deshalb bemühte sich Dilek seitdem besonders um Pünktlichkeit.

Sie brauchte den Job unbedingt. In der Schule war sie nie besonders gut gewesen. Jungs, Klamotten und Musik hatten sie interessiert, nicht Englisch und Mathe. Dementsprechend miserabel war ihr Abschluss gewesen, als sie vor vier Jahren die Hauptschule verlassen hatte.

Doch inzwischen hatte sie sich verändert. Sie wollte etwas aus ihrem Leben machen, beruflich weiterkommen. Ihre Eltern verstanden das nicht, doch sie wollte selbst für sich sorgen können, ohne auf die Großzügigkeit eines Ehemanns angewiesen zu sein. Deshalb machte sie gerade den Realschulabschluss nach. Dass sie auch währenddessen ihr eigenes Geld verdiente, war für sie eine Frage der Ehre.

Zum Glück war ihre Arbeit nicht nur ein lästiges Übel. Ihr machte sie sogar Spaß, meistens jedenfalls.

Sie mochte die Kannhausens eigentlich ganz gern, vor allem der Mann war immer unheimlich nett zu ihr. Wenn sie mal etwas falsch machte, wies er sie ganz freundlich und diplomatisch darauf hin. Seine Frau war da etwas aufbrausender. Sie duldete weder Unpünktlichkeit noch Schlamperei. Wenn sie entdeckte, dass Dilek vergessen hatte, unter einem der Sessel staubzusaugen, rief sie sie zu sich heran. Mit erhobenem Zeigefinger wurde Dilek getadelt, wobei sie sich wie ein kleines Schulmädchen vorkam. Hinterher steckte ihr Herr Kannhausen dann meistens mit einem verschwörerischen Augenzwinkern einen Fünf-Euro-Schein zu, als kleine Wiedergutmachung. Dabei legte er den Zeigefinger an die Lippen, als Zeichen, dass Dilek seiner Frau nichts davon sagen sollte. Das war ihr kleines Geheimnis.

Einen besonderen Vertrauensbeweis hatten die Kannhausens ihr vor sechs Wochen erbracht, als sie ihr einen eigenen Schlüssel für das Haus ausgehändigt hatten. So konnte sie auch zum Saubermachen kommen, wenn die Eigentümer im Urlaub oder einfach nur zum Einkaufen unterwegs waren.

Meistens waren die beiden allerdings zuhause. Herr Kannhausen war Richter gewesen, befand sich inzwischen aber seit ein paar Jahren im Ruhestand. Seine Frau hatte sich um den Haushalt und die Kinder gekümmert, die jetzt aber schon lange erwachsen waren und ihre eigenen Wohnungen hatten.

Beide verbrachten viel Zeit mit ihren Hobbys. Herr Kannhausen hielt sich meistens in dem großen Raum unter dem Dach auf, hörte über Kopfhörer klassische Musik und malte, während seine Frau unten im Büro saß und sich um den Verein kümmerte, bei dem sie ehrenamtlich arbeitete. Soweit Dilek wusste, ging es darum, Leuten, die im Gefängnis gesessen hatten, Wohnungen und Jobs zu beschaffen.

Manchmal wunderte sich Dilek darüber, dass die Kannhausens sie eingestellt hatten, anstatt den Job irgendeinem ehemaligen Gefängnisinsassen zu geben, der von Frau Kannhausens Verein betreut wurde. Aber so weit, dass man sich die Kriminellen ins eigene Haus holte, ging die Hilfsbereitschaft wohl dann doch nicht. Dilek konnte da nur zustimmen. Sie selbst wäre niemals auf die Idee gekommen, so einen Kerl in ihre Wohnung zu lassen.

Während sie auf das Haus der Kannhausens zueilte, suchte sie in ihrer großen Umhängetasche nach ihrem Schlüssel. Wie immer war er ganz nach unten gerutscht. Als sie ihn endlich fand und ins Schloss der schweren Holztür stecken wollte, hielt sie plötzlich erstaunt inne. Die Tür war zwar angelehnt, aber nicht vollständig zugezogen worden, sodass sie nicht eingerastet war.

Ein ungutes Gefühl überkam sie. Was passierte, wenn man in ein nicht abgeschlossenes Haus hineinging, hatte sie oft genug in Filmen gesehen. Einen Moment überlegte sie, den Notruf zu wählen, aber was sollte sie der Polizei wohl erzählen? Hallo, ich brauche Hilfe, jemand hat seine Tür nicht richtig zugemacht? Na, damit würde sie die Lacher garantiert auf ihrer Seite haben, die spöttischen, wohlgemerkt.

»Jetzt hör auf, dich hier verrückt zu machen. Es ist bestimmt alles ganz harmlos«, murmelte sie, um sich selbst Mut zu machen.

Wahrscheinlich hatte Frau Kannhausen einfach vergessen, die Tür richtig hinter sich zuzuziehen, als sie den Müll rausgebracht hatte. Die alte Dame wurde halt so langsam doch ein bisschen tüddelig.

Dilek ignorierte eine innere Stimme, die ihr zuschrie, dass das Rausbringen des Mülls zu ihren Aufgaben gehörte. Vorsichtig drückte sie die Tür auf. Fast erwartete sie ein Quietschen, wie man es im Film auch immer hörte, doch die Tür schwang leicht und geräuschlos auf.

»Frau Kannhausen, Herr Kannhausen, sind Sie da?«, rief sie mit zitternder Stimme.

Nichts rührte sich.

»Hallo, ist jemand hier?«

Stille. Das Ehepaar schien nicht zuhause zu sein.

Vorsichtig trat Dilek in den kleinen Flur. Obwohl sie einen eigenen Schlüssel für das Haus besaß und mit den Eigentümern verabredet hatte, heute herzukommen, kam sie sich wie ein Eindringling vor.

Sie drehte sich vorsichtshalber zur Straße um. Gelegentlich stellten die Kannhausens ihr Auto in die Garage, aber meistens parkten sie einfach vorn an der Straße. Erleichtert stellte sie fest, dass das Auto nicht da war. Also waren die beiden doch noch unterwegs, wahrscheinlich zum Einkaufen. Es würde wohl nicht lange dauern, bis sie zurückkamen.

Beruhigt atmete Dilek einmal tief durch und betrat dann mit wesentlich sichereren Schritten als vorher die Küche, die von dem kleinen Flur abging. Sie holte die Putzsachen aus dem Wandschrank, streifte die Gummihandschuhe über und füllte einen Eimer mit heißem Wasser. Wie immer wollte sie mit dem Bad im Erdgeschoss beginnen. Das war grundsätzlich mit Abstand der schlimmste Raum im Haus. Herr Kannhausen war zwar komplett kahlköpfig, aber er hatte eine Körperbehaarung wie ein Biber, und dementsprechend viele Haare fanden sich immer in der Dusche, im Waschbecken und auf dem Boden.

Dilek steckte sich die Ohrhörer ihres MP3-Players in die Ohren und schaltete die Musik ein. Mit einem guten Rhythmus ging die Arbeit viel leichter. Da niemand sie hören konnte, sang sie voller Inbrunst mit Lady Gaga mit, während sie wieder in den Flur und weiter in Richtung Bad lief.

Doch plötzlich stutzte sie. Gerade war sie an der einen Spaltbreit offenstehenden Tür zu Frau Kannhausens Arbeitszimmer vorbeigekommen, und irgendetwas stimmte dort nicht. Sie meinte, einen Schatten gesehen zu haben, irgendetwas, das dort mit Sicherheit nicht hingehörte.

Sofort war die Angst wieder da.

Dilek schluckte einmal schwer, dann trat sie zur Tür des Arbeitszimmers und begann vorsichtig, sie aufzudrücken.

»Hallo? Frau Kannhausen, sind Sie da?«, fragte sie ängstlich. Wieder bekam sie keine Antwort, aber sie hatte auch nicht damit gerechnet.

Sie nahm allen Mut zusammen und stieß die Tür auf.

Der Anblick, der sich ihr bot, war ein Schock. Die Kannhausens saßen nebeneinander, Frau Kannhausen auf ihrem Schreibtischstuhl, ihr Mann auf dem Besucherstuhl, der sonst immer in der Zimmerecke stand. Beide waren an ihren Stuhl gefesselt, sogar um ihre Hälse lag ein dicker Strick. Beide hatten den Kopf nach vorn gesenkt, sodass man ihre Gesichter nicht sehen konnte, und beide hatten ein blutiges Loch in der Brust.

Dilek öffnete den Mund. Sie wollte schreien, doch es kam nur ein heiseres Röcheln heraus. Gleichzeitig schien sie ihre Hände nicht mehr unter Kontrolle zu haben. Der schwere Wischeimer rutschte ihr aus der Hand, und das heiße Seifenwasser ergoss sich über das Eichenholzparkett. Doch sie merkte gar nicht, dass ihre Füße nass wurden.

»Oh mein Gott! Nein!« Sie schlug beide Hände vor den Mund, unfähig, ihren Blick von der schrecklichen Szene zu lösen. Ihre Augen füllten sich mit Tränen.

»Oh mein Gott«, krächzte sie noch einmal, dann gelang es ihr endlich, aus dem Haus zu rennen. Sie schaffte es bis fast an die Straße, ehe ihr Magen rebellierte und sie sich übergeben musste.

*

Noch im Vorgarten der Tenstaages holte Suna ihr Telefon aus ihrer Tasche und wählte Rebeccas Handynummer.

Unter Tränen hatte Lucia Tenstaage ihr geschildert, wie sie unter ihrem Mann gelitten hatte. Seinetwegen hatte sie ihre Familie in Argentinien verlassen. Sie hatte ihr gesamtes Leben in Buenos Aires aufgegeben und war mit ihm nach Deutschland gegangen, nachdem sie sich in seinem Südamerika-Urlaub kennengelernt hatten. Doch schon bald nach der Hochzeit hatte er sich verändert. Dass er ihr immer öfter mit der flachen Hand ins Gesicht geschlagen hatte, war für sie nicht einmal das Schlimmste gewesen. Viel mehr hatte sie unter der psychischen Gewalt gelitten, die er ausgeübt hatte. Er hatte sie unter Druck gesetzt, dass er sie jederzeit nach Argentinien zurückschicken konnte, wenn er wollte. Ein paar Mal hatte er sogar gedroht, sie einfach umzubringen und irgendwo zu verscharren. Niemand würde nach ihr suchen, wenn er erzählte, sie wäre wieder nach Südamerika zurückgegangen, hatte er mit einem grausamen

Lächeln erklärt. Also hatte sie alles getan, was er von ihr verlangt hatte. Und so fertig, wie sie gewesen war, wollte Suna sich lieber gar nicht vorstellen, was das alles gewesen war.

Bevor sie gegangen war, hatte sie sich von Lucia versprechen lassen, dass sie möglichst bald zur Polizei gehen würde, um eine Vermisstenanzeige aufzugeben. Trotzdem machte sie sich Sorgen um die junge Frau.

»Moin, Rebecca, hier ist Suna«, sagte sie, nachdem sich ihre ehemalige Schwägerin gemeldet hatte. »Kannst du mir noch mal ein Gefallen tun und nachsehen, ob ihr etwas über einen gewissen Rüdiger Tenstaage habt? Könnte sein, dass er schon mal wegen häuslicher Gewalt oder etwas Ähnlichem aufgefallen ist.«

Rebecca zögerte kurz. »Ja schon, ich höre mich mal um, aber es kann eine Weile dauern. Bei uns ist momentan absoluter Ausnahmezustand.«

»Geht es immer noch um den Fall Baudelhoff? Seid ihr da weitergekommen?«

»Noch nicht wirklich. Die Polizei durchleuchtet gerade Pavel Svoboda. Es hat sich herausgestellt, dass er tatsächlich schon mal mit der Baudelhoff zu tun hatte, wegen irgendeiner Drogengeschichte. Aber bisher gibt es leider noch keine Hinweise, dass er mit der Erpressung zu tun hatte – geschweige denn mit dem Mord. Ich hoffe, da geht es bald weiter. Aber das ist nicht das Einzige, warum hier im Augenblick völliges Chaos herrscht.«

Suna ahnte Schlimmes. »Noch ein Leichenfund?«, mutmaßte sie.

»Genau. Oder besser gesagt sogar zwei. Ein Richter im Ruhestand, Gerhard Kannhausen, und seine Frau. Die beiden sind in ihrem Haus erschossen worden. Der Täter hat sie gefesselt, ihnen den Mund mit Klebeband zugeklebt, sodass sie nicht um Hilfe schreien konnten, und ihnen in die Brust geschossen. Es sieht aus wie eine geplante Hinrichtung. Kein schöner Anblick, das kann ich dir sagen. Die Haushaltshilfe hat sie gefunden, als sie im Haus sauber machen wollte. Die Arme ist aus dem Haus gerannt und hat sich erst einmal die Seele aus dem Leib gekotzt. Ich bin gerade vor Ort. Sie ist immer noch ganz fertig. Sie sieht aus wie ein Gespenst, leichenblass und mit roten Augen.«

»Oh mein Gott«, murmelte Suna erschüttert. »Das gibt es doch nicht. Wir sind hier doch in Lübeck und nicht in New York oder Chicago, wo Mord und Totschlag an der Tagesordnung sind.«

Dann durchzuckte sie ein Gedanke.

»Meinst du, es gibt einen Zusammenhang zum Fall Baudelhoff?«

»Keine Ahnung. Die Ermittlungen stehen ja noch ganz am Anfang, genaugenommen haben sie eigentlich noch nicht einmal begonnen. Wir haben die Nachricht vom Fund der Toten gerade selbst erst bekommen und sind hingefahren. Noch gibt es absolut keinen Hinweis auf ein Motiv. Ein Einbruch war es jedenfalls nicht. Soweit wir das feststellen können, sind alle Wertsachen noch da. Aber ob der Richter oder seine Frau etwas mit Susanne Baudelhoff zu tun hatten, wird sich wohl erst in der nächsten Zeit zeigen, wenn die Polizei allen Verbindungen nachgeht.« Rebecca holte tief Luft. »Ich muss zugeben, allein bei der Vorstellung, dass hier ein Serientäter am Werk sein könnte, wird mir ganz schlecht.«

Suna überlegte kurz. »Erst wird eine Sozialarbeiterin ermordet, die im Gefängnis gearbeitet hat, und dann ein Richter. Für mich sieht das ganz danach aus, als wäre da jemand auf einem Rachefeldzug, oder?«

»Ja, das haben wir auch zuerst gedacht«, drang Rebeccas Stimme durchs Telefon, »aber Kannhausen war kein Strafrichter, sondern hat damals am Familiengericht gearbeitet. Wahrscheinlich hat er sich auch da nicht nur Freunde gemacht, aber er hatte zumindest nicht ständig mit Kriminellen zu tun. Allerdings hat seine Frau sich für einen Verein engagiert, der sich für die Wiedereingliederung ehemaliger Straftäter in die Gesellschaft einsetzt. Ich vermute, dass es eher da irgendwelche Verbindungen gibt.«

»Klingt nach einer Menge Arbeit, das alles auseinanderzuklamüsern«, kommentierte Suna nüchtern. »Ehrlich gesagt beneide ich euch nicht gerade darum, aber ich bin schon sehr neugierig, was dabei herauskommt. Bitte gib mir sofort Bescheid, wenn in dem Zusammenhang irgendwo der Name Saskia Christensen oder Saskia Vossen auftaucht, ja?«

Rebecca klang beinahe schon resigniert, als sie zurückgab: »Ist in Ordnung, aber halte du mich auch auf dem Laufenden, was deinen Fall angeht. Ich werde das Gefühl nicht los, dass alles miteinander zu tun hat. Ach ja, und wenn ich dazu komme, höre ich mich auch mal nach diesem Rüdiger Tenstaage um.«

Donnerstag, 21. März

»Das ist doch viel besser als zwei Stunden Mathe bei der beschissenen Schmidtke, oder?« Ole Jennsen stieß seinem Kumpel Janne den Ellbogen in die Rippen, um ihn zum Zustimmen zu bewegen. Mit dem Kopf wies er auf den unheilvoll wirkenden, klobigen Bau, der sich nur schemenhaft vom dunkelgrauen Morgenhimmel abhob.

Janne dagegen machte ein ziemlich unglückliches Gesicht. »Ich weiß nicht, Ole, sollen wir da wirklich reingehen? Ich finde das echt unheimlich. Da drin ist es bestimmt saudreckig. Und mein Bruder hat mir sogar erzählt, dass da drinnen schon mal einer gestorben sein soll, der da reingeklettert war. Der soll dann Wochen da gelegen haben, bis ihn jemand gefunden hat.«

»Genau.« Ole wedelte mit den Armen herum und heulte dabei wie ein Wolf bei Vollmond. Dann senkte er die Stimme. »Und da drinnen spuken die ganzen verlorenen Seelen herum, die sie zu Leberwurst und Hundefutter verarbeitet haben.«

Wütend stieß Janne ihm den Ellbogen in die Seite. »Ach, hör auf, ich finde das gar nicht lustig. Lass uns lieber ins Sportzentrum fahren und eine Runde Tischkicker spielen.«

Die beiden Dreizehnjährigen standen vor der alten Konservenfabrik außerhalb von Lübeck, die schon vor mehr als zwei Jahrzehnten stillgelegt worden war, nachdem der Betrieb unrentabel geworden war. Es hatte sich kein Käufer für die Fabrik gefunden, weder vor noch nach dem Tod des alten Besitzers. Jetzt schien sich keiner der Erben dafür zuständig zu fühlen, was mit dem Gebäude passierte, und so war es dem langsamen, aber stetigen Verfall preisgegeben.

Es war ein hässlicher, wuchtiger Backsteinbau, der unter dem wolkenverhangenen Himmel noch düsterer wirkte als sonst. Zahlreiche Gerüchte rankten sich um die ehemalige Fabrik, und so war sie ein beliebter Ort für die verschiedensten Mutproben geworden. Die Stadt hatte versucht, das Gebäude weitgehend einbruchsicher zu machen, wodurch der Reiz für die Jugendlichen aber nur noch verstärkt wurde.

»Freddie hat erzählt, dass irgendwo auf der Rückseite ein paar Bretter vor einem Fenster lose sind. Da kann man rein, wenn man ein bisschen gelenkig ist«, berichtete Ole. »Für uns sollte das also kein Problem sein.«

Janne grunzte nur missbilligend. Freddie war mit Abstand das schlimmste Großmaul der Klasse, ein totaler Angeber. Freddie wusste alles, konnte alles und war in allem stärker und schneller. Zumindest behauptete er das. Aber Janne war davon überzeugt, dass nichts davon stimmte, genauso wie er ziemlich sicher war, dass Freddie noch nicht einmal einen Fuß in die Nähe der Konservenfabrik gesetzt hatte.

Allerdings, probieren konnten sie es ja mal. Insgeheim hoffte Janne sowieso, dass sie keinen Weg in die alte Fabrik hinein fanden und unverrichteter Dinge wieder abziehen konnten, ohne als Feiglinge zu gelten. Natürlich hatte Ole gestern den anderen Jungs erzählen müssen, dass sie heute die Schule schwänzten und sich stattdessen die gruselige Fabrik ansehen würden. Schön doof von ihm!

Die beiden Jungen stellten ihre Fahrräder an einen kleinen Schuppen, der mit zum Firmengelände gehörte, schlossen sie ab und machten sich auf den Weg. Sie schlüpften durch ein großes Loch im Maschendrahtzaun und liefen um das Gebäude herum.

Überall waren gelbe Warnschilder aufgestellt worden, die in dicker schwarzer Schrift darauf hinwiesen, dass das Betreten des Geländes strengstens verboten war. Ole schnappte sich eine alte Plastiktüte, die im Dreck lag, und stülpte sie über eines der Schilder. »So, jetzt ist das Betreten erlaubt«, feixte er.

Von hinten sah die stillgelegte Fabrik nicht einladender aus als von vorn. Die wuchtige Backsteinfassade war im Lauf der Zeit dunkel geworden und wirkte beinahe bedrohlich. Viele der Fensterscheiben im oberen Teil der großen Fabrikhalle waren zerbrochen. Scharfkantige Glassplitter steckten in den Rahmen und ragten in die leeren, dunklen Löcher. Die wenigen noch intakten Scheiben waren blind vom Schmutz. Im unteren Teil waren alle Fenster mit schweren Holzbrettern vernagelt worden, um Eindringlinge abzuwehren.

»Ey, Alter, die glauben wirklich, damit können die uns davon abhalten, da reinzugehen. Das ist echt idiotisch«, grinste Ole und zeigte auf die Stelle, an der anscheinend schon jemand versucht hatte, die Bretter aufzuhebeln. Tiefe Kerben waren dort zu sehen.

Janne war nicht so gut gelaunt. »Ole, ich glaube, wir sollten lieber von hier verschwinden. Die wollen anscheinend wirklich nicht, dass hier jemand reinkommt. Wenn wir es doch versuchen und dabei erwischt werden, kriegen wir garantiert richtig Ärger. Die meinen das echt ernst. Guck dir mal das Schloss an. Das ist bestimmt richtig teuer und total neu.«

Er wies auf eine der breiten Türen. Das alte Vorhängeschloss, das die Tür lange Zeit gesichert hatte, war aufgeschnitten worden, wahrscheinlich mit einem Bolzenschneider durchtrennt. Es lag immer noch auf dem Boden. Stattdessen hing ein neues, sehr stabil wirkendes Schloss aus Edelstahl an der Tür.

Ole sah es genauer an. Dann verzog er das Gesicht zu einer Grimasse. »Ich fürchte, hier kommen wir wirklich nicht rein. Aber lass uns mal die Fenster da drüben ansehen. Da gibt es bestimmt eine Möglichkeit.«

Ohne auf die Einwände seines Kumpels zu hören, lief er auf das erste Fenster zu und begann, an den Brettern zu rütteln.

Janne folgte ihm murrend, machte aber keinerlei Anstalten, seinem Freund zu helfen.

Als seine Aktion keinen Erfolg zeigte, wandte sich Ole dem nächsten Fenster zu. Das Ergebnis war das Gleiche, und auch alle anderen Bretter saßen absolut fest. Ohne Spezialwerkzeug gab es keine Möglichkeit, durch die Fenster einzusteigen.

»Komm, Alter, lass uns nach Hause gehen«, drängte Janne. »Ich bin sowieso nicht besonders scharf drauf, in das alte Gemäuer reinzukommen. Den anderen sagen wir einfach, dass vor der Tür ein neues Schloss ist und die Fenster absolut dicht sind. Stimmt ja auch.«

Ole schüttelte den Kopf. »Noch nicht. Irgendwie muss man doch da reinkommen. Das gibt's doch gar nicht.« Er lief noch einmal die gesamte Rückseite des Gebäudes ab. Plötzlich blieb er stehen.

»He, Janne, komm hier rüber. Hier ist so 'ne kleine Tür in der Wand.« Er zeigte mit der Hand nach unten.

Neugierig näherte sich sein Freund, doch als er die winzige Metalltür sah, die in Bodennähe in die Wand eingelassen war, wich er erschreckt zurück. »Nee, das ist doch voll gruselig. Da will ich bestimmt nicht durch!«

»Gruselig, klar«, lachte Ole. Dann rief er mit tiefer Stimme: »Da haben sie früher die Toten durchgeschoben, die sie dann in der Konservenfabrik verarbeitet haben.« Er lachte noch einmal laut auf und begann, auf den Holzriegel einzutreten, der die Tür verschloss. Der schmale, faulige Balken hielt den Tritten nicht lange stand. Mit einem Knacken splitterten erst einige Stücke ab, dann brach er in der Mitte durch. Ole beugte sich nach unten und zog beide Flügel der Tür auf.

»Ha, siehst du, ich hab dir doch gesagt, dass wir da reinkommen!«, brüllte er triumphierend.

»Ole, hey, lass den Scheiß«, begann Janne noch einmal, aber Ole hatte sich schon auf den Bauch gelegt und robbte durch die schmale Öffnung.

»Hey, das ist echt krass hier drin, komm rein«, rief er von innen.

Janne wollte es nicht tun. Alles in ihm wehrte sich dagegen, durch die kleine Luke zu kriechen. Aber andererseits wollte er auch nicht als Feigling dastehen, und wenn Ole allen in der Schule erzählte, dass er in die Konservenfabrik eingestiegen war und Janne draußen gewartet und sich vor Angst fast in die Hose gemacht hatte, würden alle über ihn lachen.

Augen zu und durch, dachte er sich. Er holte einmal tief Luft, dann ließ er sich auf die Knie sinken und folgte seinem Freund.

Im Inneren der alten Fabrik herrschte dämmriges Licht. Obwohl durch die zerborstenen Fensterscheiben im Obergeschoss ständig eine frische Brise hereinkam, lag ein leichter Modergeruch in der Luft. Die Maschinen, die früher in der Fabrikhalle gestanden hatten, waren abmontiert und verkauft worden. Jetzt lag nur noch Schutt auf dem staubigen Boden. Wie Knochen in einem Skelett ragten die ebenfalls aus Backstein gemauerten Säulen empor, die der Halle Stabilität gaben.

Nachdem auch Janne sich durch die schmale Öffnung ins Innere geschoben hatte, stand er auf und drehte sich langsam um die eigene Achse, um alles in Ruhe begutachten zu können. Erstaunlicherweise fand er die Umgebung eher abstoßend als Angst einflößend.

»Und was machen wir jetzt?«, fragte er, nachdem er alles angesehen hatte.

Ole verzog sein Gesicht zu einem breiten Grinsen. »Ich würde vorschlagen, jetzt feiern wir, dass wir reingekommen sind.« Er kramte in seiner Jackentasche und zog eine Schachtel Zigaretten hervor.

»Komm lass den Scheiß«, wehrte Janne ab. Er hatte zwar keine Angst mehr, fühlte sich in dem alten Bau aber trotzdem unwohl und wollte so schnell es ging wieder raus.

Ole schwenkte das Zigarettenpäckchen lachend hin und her. »Eine muss schon sein. Ey, die hab' ich extra meinem Bruder geklaut. Für den Ärger, den ich dafür kriege, sollten wir uns auch was gönnen.«

»Jetzt reicht es mir langsam mit dem Schwachsinn«, fuhr Janne auf. »Ich will jetzt hier raus und nach Hause. Weißt du was, ich gehe jetzt. Und du hörst auch auf mit dem Scheiß.« Er griff nach dem Päckchen, entwand es Ole mit einer geschickten Handbewegung und schleuderte es mit aller Kraft in eine Ecke der Halle.

»Ey, spinnst du, Alter? Die sind teuer.« Mit einem empörten Schnauben machte sich Ole auf den Weg, um die Zigaretten zurückzuholen. Er lief in die Ecke, in der es etwas dunkler war als im Rest der Halle, und verschwand hinter einer Säule.

»Hier geht eine Treppe nach unten«, teilte er Janne mit. Noch bevor dieser dem Freund sagen konnte, dass er sofort zurückkommen solle, verschwand Ole in der Öffnung nach unten.

»Ey, krass! Hier steht ein Monitor. Das Ding ist brandneu, das gehört bestimmt nicht hierher«, drang kurz darauf seine Stimme nach oben zu Janne. »Das hat bestimmt einer geklaut.«

Janne zögerte einen Moment, doch inzwischen war auch seine Neugier geweckt. Vorsichtig folgte er seinem Kumpel die Treppe hinunter.

Der Monitor stand auf einem klapprigen alten Campingtisch. Er war nicht besonders groß, aber auch Janne sah sofort, dass er erst seit Kurzem hier stehen konnte. Es schien ein sehr neues Modell zu sein.

Ole dagegen hatte das Interesse an seinem Fund schon wieder verloren. Er beschäftigte sich gerade mit einigen Schaltern, die laienhaft in die Wand neben einer kleinen Metalltür eingelassen waren. Darüber schlängelten sich kunststoffummantelte Drähte zu einer größeren, über dem Putz verlegten Leitung. Die Tür ähnelte der Klappe, durch die sie in die Fabrik gelangt waren, war aber ungefähr doppelt so groß und besaß nur einen Flügel.

Ole betätigte die Schalter. Ein leises Rauschen ertönte, doch sonst passierte nichts.

»Hört sich wie 'ne Lüftung an«, bemerkte er mit leicht enttäuschter Miene. »Ist vielleicht für den Raum hinter der Tür.«

Er begann, den schweren Riegel aufzuschieben. Im Gegensatz zu der anderen Tür war dieser nicht aus Holz, sondern aus Metall. Ein kreischendes Geräusch ertönte, als sich der Riegel langsam hob.

Janne sah seinem Freund schweigend zu. Er wusste, dass es sinnlos wäre, ihn von seinem Vorhaben abhalten zu wollen. Ole machte ohnehin immer, worauf er gerade Lust hatte. Und in diesem Augenblick hatte er offensichtlich Lust, den Raum hinter der Tür genauer zu inspizieren.

Als Ole die Tür aufzog, schimmerte dahinter Licht. Janne zog erstaunt die Augenbrauen zusammen, doch dann fielen ihm die beiden Schalter ein, die sein Freund vorher betätigt hatte. Einer davon musste das Licht angemacht haben.

In dem Moment, als Ole die Tür noch weiter öffnete, schlug den Jungen plötzlich ein widerwärtiger, beißender Gestank entgegen.

»Boah, ist das heftig«, brüllte Ole. Während sein Kumpel angewidert ein paar Schritte zurückwich, versteckte er Mund und Nase in seiner Armbeuge, bückte sich aber ein Stück weiter runter, um besser in den Raum hineinspähen zu können.

»Da steht ein Campingklo, das stinkt so«, teilte er seinem Freund mit. Dann lachte er auf. »Mann, das muss total vollgeschissen sein.« Er beugte sich noch ein bisschen weiter nach unten, doch plötzlich erstarrte er.

»Oh scheiße!«, stammelte er. »Scheiße, nein!«

Schlagartig richtete er sich auf, drehte sich um und rannte die Treppe hinauf.

Janne trat nicht an die Tür heran, ging jedoch in die Hocke, um zu sehen, was seinen Freund so erschreckt hatte. Er wusste, dass es besser für ihn wäre, Ole sofort nachzulaufen, doch irgendetwas zwang ihn, in den Raum hineinzusehen. Er machte sich auf einen grausigen Anblick gefasst, aber was er dann sah, überstieg seine schlimmsten Erwartungen.

In einer Ecke des kleinen, gekachelten Raumes lag ein Mann auf dem Fliesenboden. Er war auf die Seite gedreht und hatte einen dicken Wollmantel um sich geschlungen. Sein bärtiges Gesicht war seltsam bleich. Es sah beinahe aus wie aus Wachs geformt. Eine dicke Zunge ragte aus dem leicht geöffneten Mund, und die offenen Augen starrten reglos zu Boden.

»Oh Gott«, murmelte Janne beinahe apathisch. Er spürte, dass Übelkeit in ihm aufstieg und schluckte ein paar Mal schwer.

Langsam erhob er sich und ging wie ferngesteuert die Treppe hoch, zurück in die große Halle. Sein Freund Ole war nirgends zu sehen. Er musste schon durch die kleine Öffnung nach draußen gekrochen sein, doch Janne verschwendete nicht einen Gedanken daran.

Wie in Zeitlupe holte er sein Handy aus seiner Hosentasche, entsperrte es und wählte den Notruf.

*

Unschlüssig blieb Lucia Tenstaage vor dem Eingang des Polizeireviers stehen. Schon den ganzen Weg hierher war sie unsicher gewesen, ob sie ihr Vorhaben wirklich in die Tat umsetzen sollte, doch inzwischen hatte sie einfach nur noch Angst.

Sie hatte alles falsch gemacht, das hatte die Privatdetektivin ihr klargemacht. Und Frau Lürssen war es auch gewesen, die ihr am Tag zuvor geraten hatte, sofort zur Polizei zu gehen. Doch sie hatte es nicht geschafft. Sie wusste nicht, wie sie alles erklären sollte, deshalb hatte sie erst einmal eine Nacht gebraucht, um überhaupt den Mut für diesen Schritt aufzubringen. Nur leider schien genau dieser Mut sie gerade wieder zu verlassen.

Sie hatte fast die ganze Nacht wachgelegen und gegrübelt. Sie hatte überlegt, ob sie es ihrem Mann schuldig war, nach ihm zu suchen. Oder ob sie es ihm schuldig war, ihn überhaupt bei der Polizei als vermisst zu melden. Das Ergebnis war eindeutig: Sie war ihm gar nichts schuldig. Er hatte sie behandelt wie den letzten Dreck, ohne jede Spur von Respekt, von Liebe ganz zu schweigen.

Trotzdem hatte sie sich vorgenommen, zur Polizei zu gehen, nicht seinetwegen, sondern ganz allein ihretwegen. Sie war es sich selbst schuldig, endlich Gewissheit zu bekommen. Seitdem Rüdiger verschwunden war, hatte sie einfach nur von einem Tag zum anderen gelebt, ständig in der Hoffnung, er würde für immer wegbleiben. Aber so konnte es auf Dauer nicht weitergehen.

Eigentlich war es ihr egal, was mit ihm passiert war. Ihretwegen konnte er ruhig in der Weltgeschichte herumreisen oder zu einer anderen Frau ziehen oder was immer er tun wollte. Nur sollte er sie damit in Ruhe lassen. Und wäre ihm tatsächlich etwas zugestoßen, wäre das natürlich ein Schock für sie, doch ihre Trauer würde sich in ziemlich überschaubaren Grenzen halten.

Einen Augenblick lang erlaubte sie sich darüber zu sinnieren, was er wohl getan hätte, wäre sie eines Tages plötzlich und ohne eine Spur zu hinterlassen verschwunden. Die Antwort lag klar auf der Hand: gar nichts. Er hätte sie nicht gesucht oder eine Vermisstenanzeige erstattet. Auch Sorgen hätte er sich wohl keine gemacht.

Sie lachte kurz auf vor Bitterkeit. Wahrscheinlich, dachte sie, hätte er sogar seine Freiheit genutzt und die Nacht mit einer anderen Frau verbracht. Sie wusste, dass er schon einige Affären gehabt hatte. Vermutlich war er niemals treu gewesen. Am Anfang hatte es sie verrückt gemacht, wenn sie mitbekam, dass er sich mit einer anderen Frau traf. Sie war sich minderwertig vorgekommen, irgendwie beschmutzt. Doch inzwischen war ihr klar geworden, dass all das zu seiner Persönlichkeit gehörte. Und sie war froh gewesen über jede Nacht, die er nicht in ihrem Bett verbracht hatte.

»Alles in Ordnung mit Ihnen, können wir Ihnen helfen?«, ertönte plötzlich eine tiefe Stimme hinter ihr und riss sie abrupt aus ihren Gedanken.

Zwei Polizisten in Uniform waren auf dem Weg von ihrem Streifenwagen an ihr vorbeigekommen. Der Ältere der beiden lächelte sie freundlich an.

»Alles – alles okay«, stammelte Lucia. Sie bemühte sich, ebenfalls zu lächeln. Es gelang ihr nicht ganz. »Ich warte nur auf jemanden.«

»Gut.« Der Polizist blickte sie an, wobei sie sich des Eindrucks nicht erwehren konnte, dass er genau wusste, welcher Kampf in ihrem Inneren tobte. Dann deutete er auf das Gebäude, in dem sich die Wache befand. »Sollten Sie doch etwas brauchen, kommen Sie einfach rein.«

Lucia nickte. »Ja. Danke.«

Sie wartete, bis die beiden Uniformierten im Gebäude verschwunden waren, dann atmete sie ein paar Mal tief durch und nahm allen Mut zusammen. Obwohl sie sich am liebsten auf der Stelle umgedreht hätte und geflüchtet wäre, zwang sie sich, das Polizeirevier zu betreten.

Innen war es relativ ruhig. Offenbar waren die meisten der Beamten, die dort arbeiteten, unterwegs. Nur zwei saßen an einem Schreibtisch. Einer tippte auf seiner Tastatur herum, der andere telefonierte. Vorn war eine Art Tresen, der den Eingangsbereich vom Rest des Raums trennte.

Unsicher blieb Lucia davor stehen. Sie hatte keine Ahnung, was sie jetzt tun sollte. Keiner der beiden Polizisten schien sie zu bemerken. Sollte sie rufen? Oder besser stehen bleiben und warten, bis einer auf sie aufmerksam wurde?

Die Entscheidung wurde ihr abgenommen, als einer der Polizisten, denen sie draußen vor der Tür begegnet war, aus einem der hinteren Räume trat und auf sie zukam. Es war der jüngere der beiden, nicht derjenige, der sie angesprochen hatte. Trotzdem lächelte er sie genauso freundlich an, wie sein Kollege das getan hatte.

Das Namensschild an seinem Hemd wies ihn schlicht als *Meyer* aus.

»Moin, kann ich Ihnen helfen?«, fragte er.

Lucia spürte, wie sich ihr Herzschlag beschleunigte. Noch war Zeit, einfach zu gehen. Wenn sie als Vorwand nur nach dem Weg zu irgendeiner Adresse oder sogar nur nach der Uhrzeit fragte, konnte alles so bleiben, wie es in den letzten Wochen gelaufen war.

Für einen winzigen Sekundenbruchteil war sie in Versuchung, genau das zu tun, doch dann siegte die Vernunft.

»Ich – ich möchte meinen Mann melden – als vermisst, meine ich«, begann Sie stockend.

Der Polizist lehnte sich etwas nach vorn und stützte sich mit beiden Händen am Tresen ab. Seine Miene wirkte immer noch freundlich, aber deutlich ernster als vorher.

»Seit wann ist Ihr Mann denn verschwunden, Frau ...?«, erkundigte er sich.

Erst da fiel es Lucia auf, dass sie ihren Namen nicht genannt hatte. »Tenstaage, Lucia Tenstaage«, beeilte sie sich zu sagen. Seit Mittwochabend ist er weg.«

»Gut, Frau Tenstaage, mein Name ist Thomas Meyer.« Er lächelte milde, beinahe herablassend. »Wenn Ihr Mann erst seit gestern Abend verschwunden ist, sollten Sie vielleicht noch etwas abwarten. Vielleicht hat er bei einem Freund übernachtet ...«

»Nein!«, unterbrach ihn Lucia. Ihre Stimme hatte energischer geklungen, als sie eigentlich gewollt hatte. »Ich meine nicht diesen Mittwoch, sondern einen anderen. Den 27. Februar. Seitdem ist er weg.« Ihr Atem ging schnell, und sie versuchte, sich ein wenig zu beruhigen. »Bitte entschuldigen Sie, ich bin ein bisschen aufgeregt«, fügte sie nach einer kleinen Pause hinzu.

Der Polizist sah sie erstaunt an. »Seit dem 27. Februar?«, wiederholte er. »Das ist drei Wochen her. Und da kommen Sie erst jetzt?«

»Ja, ich dachte, er wollte vielleicht nur etwas allein sein und würde einfach irgendwann wiederkommen ...«

Lucia sah ihn unglücklich an. Sie wusste selbst nicht, wie sie ihr Verhalten erklären sollte. Dass sie mit der Vermisstenmeldung so lange gewartete hatte, war die eine Sache, aber wie sollte sie jemandem verständlich machen, dass sie Rüdigers E-Mails in seinem Namen beantwortet hatte? Vor allem konnte sie ja schlecht zugeben, dass sie hoffte, er würde für immer wegbleiben.

Sie sah schon jetzt die deutliche Skepsis im Gesicht des Beamten.

»Hatten Sie Streit? Oder haben Sie eine Trennung auf Zeit verabredet?«, fragte er vorsichtig.

»Nein«, schluchzte Lucia. Sie schaffte es plötzlich nicht mehr, ihre Gefühle unter Kontrolle zu halten. »Bitte entschuldigen Sie«, wiederholte sie noch einmal.

»Schon gut.« Die Miene des Polizisten wirkte jetzt deutlich milder. Er griff unter den Tresen und holte ein Papiertaschentuch hervor, das er ihr reichte. Sie bedankte sich mit einem leichten Kopfnicken und presste sich das Tuch vor Mund und Nase.

»Ich denke, ich nehme jetzt erst einmal schriftlich Ihre Anzeige auf. Dann sehen wir weiter«, schlug er in sanftem Ton vor. »In Ordnung?«

Als Lucia nickte, wies er auf einen freien Schreibtisch an der Seite des Raumes. »Kommen Sie mit, da haben wir etwas mehr Ruhe.«

Nachdem sie sich gesetzt hatten, begann er, die persönlichen Daten von Rüdiger Tenstaage abzufragen. Lucia beantwortete alles geduldig und wahrheitsgemäß. Sie war inzwischen schon wesentlich ruhiger geworden.

Während sie redete, kam der ältere Polizist, der sie vor der Wache angesprochen hatte, zu ihnen an den Schreibtisch. Er lächelte ihr freundlich zu, dann warf er einen kurzen Blick über die Schulter seines jüngeren Kollegen auf das Formular, das dieser gerade ausfüllte. Plötzlich stutzte er. Unverwandt starrte er auf das Papier. Dann beugte er sich vor und sagte seinem Kollegen leise etwas ins Ohr.

Dieser blickte erstaunt auf.

»Bitte entschuldigen Sie mich einen Augenblick«, sagte er zu Lucia, stand auf und verschwand zusammen mit dem Älteren im Nebenzimmer.

Es dauerte nicht lange. Schon ein paar Minuten später kehrte er zurück. Er setzte sich wieder Lucia gegenüber an den Schreibtisch.

Sie musterte ihn nervös. Ihr war sein veränderter Gesichtsausdruck ebenso wenig entgangen wie sein tiefes Luftholen, bevor er anfing, mit ihr zu sprechen. Auch dass seine Finger unablässig mit einem Kugelschreiber herumspielten, trug nicht gerade zu ihrer Beruhigung bei.

»Frau Tenstaage«, begann er in ernstem Tonfall. »Ich habe gerade erfahren, dass wir Ihren Mann gefunden haben. Und ich muss Ihnen leider mitteilen, dass er nicht mehr lebt.«

Lucia starrte ihn an, unfähig, auch nur ein Wort herauszubringen.

Er hielt ihrem Blick stand, dann versuchte er ein entschuldigendes Lächeln. »Es tut mir leid, aber ich fürchte, Sie müssen noch eine Weile bei uns bleiben.«

*

Zum dritten Mal drückte Suna auf den Klingelknopf, doch es änderte nichts. Niemand schien zuhause zu sein. Sie überlegte, ob sie zu einem der Fenster gehen und ins Haus sehen sollte, entschied sich aber dagegen. Das ginge dann doch zu weit. Also lief sie zu ihrem Wagen zurück, der an der Straße parkte.

Sie war noch einmal zum Haus der Tenstaages gefahren, um nach Lucia zu sehen. Sie machte sich Sorgen um die Frau, die ihr am Tag zuvor so verzweifelt von den Grausamkeiten ihres Mannes erzählt hatte. Sie hoffte wirklich, dass sie noch gestern zur Polizei gegangen war, wie sie es ihr geraten hatte.

Suna befürchtete, dass Rüdiger Tenstaage tatsächlich etwas zugestoßen war. Er war erfolgreicher Architekt, hatte ein schönes Haus und eine Frau, die ihn zwar nicht liebte, aber immerhin fürchtete. So ein Mann verschwand nicht einfach, um sich woanders ein neues Leben aufzubauen, zumindest nicht freiwillig.

Dass Lucia nichts mit dem Verschwinden ihres Mannes zu tun hatte, davon war sie überzeugt. Sie meinte genug Menschenkenntnis zu besitzen, um die Frau gut einschätzen zu können. Und sie war sich sicher, dass Lucia die Wahrheit gesagt hatte.

Ob die Polizei das allerdings genauso sehen würde, das wagte sie zu bezweifeln. Tatsächlich würde es keinen guten Eindruck machen, dass Lucia das Verschwinden ihres Mannes nicht nur nicht angezeigt, sondern auch noch zu vertuschen versucht hatte. Besonders die gefälschten E-Mails würden sie in ziemliche Erklärungsnot bringen. Umso wichtiger war, dass Lucia die Wahrheit sagte, *bevor* man ihren Mann fand.

Suna war gerade an ihrem Auto angekommen, als ihr Handy klingelte. Sofort holte sie es aus ihrer Jackentasche. Sie hoffte, dass es Lucia war, die sie anrief. Sie hatte ihr am Tag vorher noch ihre Karte gegeben, bevor sie gegangen war.

Doch das Display zeigte Rebeccas Namen an.

»Hallo Lieblingsschwägerin, was gibt's?«, meldete Suna sich. Sie bemühte sich um einen einigermaßen gut gelaunten Tonfall.

Rebeccas Stimme klang weniger fröhlich. »Hallo Suna, du hast dich doch gestern nach einem Rüdiger Tenstaage erkundigt. Kannst du mir sagen, aus welchem Grund?«

Suna ahnte Böses. »Habt ihr ihn gefunden?«, erkundigte sie sich vorsichtig.

»Wir nicht.« Rebecca atmete einmal tief durch. »Aber zwei Jungs, die die Schule geschwänzt und stattdessen einen kleinen Ausflug vor die Stadt unternommen haben. Er lag in einer Art Verlies in der alten Konservenfabrik. Der Gerichtsmediziner konnte nach den ersten Untersuchungen noch nicht genau sagen, woran er gestorben ist. Eventuell ist er erstickt, aber auf jeden Fall sah er ziemlich übel aus. Und er ist wohl mit einer Elektroschockpistole außer Gefecht gesetzt worden, so einer, die über mehrere Meter Entfernung eingesetzt werden kann. Jedenfalls hatte er entsprechende Brandmale am Rücken. Er muss eine ganze Weile in der Fabrik gefangen gehalten worden sein. Das Versteck, in dem er eingesperrt war, hatte jemand ziemlich professionell vorbereitet. Es muss also alles von langer Hand geplant worden sein und war gut durchdacht. Wenn die beiden Jungs sich da nicht rumgetrieben hätten, hätte er dort noch Tage oder sogar Wochen liegen können, ohne entdeckt zu werden.«

Sie machte eine kleine Pause, bevor sie fragte: »Du wusstest von seinem Verschwinden?«

»Ja«, gab Suna zu. »Allerdings erst seit gestern. Seine Frau hat es mir erzählt. Ich habe ihr geraten, sofort zur Polizei zu gehen.« Sie erzählte ihr ausführlich, wie Kobo die Bilder von Tenstaage auf Saskias Handy wiederhergestellt und wie sie Tenstaage identifiziert hatte. Auch von ihrem Gespräch mit Lucia berichtete sie.

»Mit Tenstaage hatte Saskia Christensen also auch zu tun?«, fragte Rebecca ungläubig.

»Richtig.« Suna nickte. »Sie scheint ihn eine ganze Weile beobachtet zu haben. Heimlich, so wie es aussieht.«

Rebecca stieß hörbar den Atem aus. »Das wird ja immer verzwickter. Ich werde die Info auf jeden Fall gleich weitergeben. Ich bin übrigens gerade auf dem Weg zur Mordkommission. Pavel Svoboda soll verhört werden. Ich bin gespannt, ob die Polizei etwas aus ihm rausbekommt.«

»Du hältst mich doch weiter auf dem Laufenden ja?«, bat Suna.

»Das mache ich. Und Suna, bitte sei extrem vorsichtig und gib mir sofort Bescheid, wenn du etwas Neues herausfindest, okay? Für meinen Geschmack gibt es momentan eindeutig zu viele Tote in deiner Umgebung.«

*

Pavel Svoboda saß in demonstrativ entspannter Haltung auf dem Stuhl im Verhörzimmer, als Rebecca eintrat. Er hatte sich zurückgelehnt und die gespreizten Beine weit ausgestreckt. Ein überlegenes, fast schon arrogantes Lächeln lag auf seinem Gesicht.

Rebecca nickte den beiden anwesenden Kriminalbeamten zur Begrüßung leicht zu.

Oberkommissar Torben Wehrkamp war ein gut gepolsterter Enddreißiger. Sein Gürtel spannte über dem ansehnlichen Bauch und aus dem Kragen seines Hemdes quoll eine kleine Speckrolle. Mit seinen roten Haaren, der hellen Haut und den Sommersprossen im teigigen Gesicht wirkte er wie ein verweichlichter Buchhalter, aber Rebecca wusste, dass er manchmal eher einem Pitbull glich. Hatte er sich erst einmal in einen Fall verbissen, ließ er nicht mehr locker, bis er ihn gelöst hatte. Grundsätzlich keine schlechte Eigenschaft. Schwierig wurde es nur, wenn er sich auf der falschen Fährte befand, aber nicht bereit war, auch nur einen Zentimeter davon abzurücken.

Jetzt saß er Svoboda gegenüber, nur ein schmaler Tisch trennte die beiden voneinander. Er hatte sich weit vornübergebeugt und stierte ihn eindringlich an, während er seine Fragen stellte.

Seine direkte Vorgesetzte, Carla Rodejahn, sah sich scheinbar gelangweilt im Raum um. Sie hatte ihren Stuhl ein Stückchen nach hinten gerückt und sich zurückgelehnt, als ginge sie die ganze Sache überhaupt nichts an. Rebecca wusste, dass sie vielleicht zehn oder zwölf Jahre älter war als Wehrkamp, doch durch ihr faltiges Gesicht hätte sie auch locker als zwanzig Jahre älter durchgehen können. Sie war extrem schlank und drahtig, und der entschlossene Zug, den sie stets um den Mund hatte, machte ihr Gesicht hart.

Wortlos stellte Rebecca sich in den hinteren Teil des Raums und lehnte sich an die Wand. Sie verfolgte ein Verhör lieber direkt im Zimmer als durch eine einseitige Spiegelglasscheibe oder über einen Videomonitor. So bekam sie alles viel besser mit, konnte auch die Atmosphäre fühlen, die sich im Raum aufbaute und in entscheidenden Momenten veränderte.

Und die war im Augenblick alles andere als angenehm.

Rebecca fühlte Svobodas Blicke auf sich, und sein anzügliches Grinsen war für sie nur schwer zu ertragen. Sie wusste, dass sie mit ihren regelmäßigen Gesichtszügen, den langen blonden Haaren und der schlanken Figur die Blicke der Männer häufig anzog wie ein Magnet. Normalerweise war das auch kein Problem für sie. Im Lauf der Zeit hatte sie gelernt, damit umzugehen, die Blicke einfach an sich abprallen zu lassen. Doch es gab Typen, bei denen fühlte sie sich regelrecht beschmutzt, wenn sie Anstalten machten, sie mit den Augen auszuziehen. Und dieser Pavel Svoboda gehörte mit Sicherheit dazu. Trotzdem versuchte sie, sich ihre Abscheu nicht anmerken zu lassen.

»Also noch mal von vorn«, sagte Wehrkamp gerade mit erstaunlich tiefer, fester Stimme. »Sie geben also zu, dass Sie Saskia Christensen, Susanne Baudelhoff und Elisabeth Kannhausen kannten. Finden Sie es nicht seltsam, dass drei Frauen, die mit Ihnen zu tun hatten, innerhalb eines Monats sterben?«

Svoboda zuckte gelangweilt die Achseln. »Zufall. Mit der Baudelhoff hatten doch viele im Bau zu tun. Und alle waren froh, wenn die ihnen nicht mit ihrem Sozialtick auf den Sack gegangen ist. Das hat echt kein Mensch gebraucht. Ich wollte die bestimmt auch nicht mehr sehen, als ich endlich wieder draußen war.« Noch im selben Augenblick merkte er, dass er einen Fehler gemacht hatte. »Das heißt aber nicht, dass ich sie umbringen wollte, klar?«, korrigierte er sich schnell.

Die beiden Polizisten warfen sich bewusst bedeutungsvolle Blicke zu, was Svoboda keinesfalls übersehen konnte.

»Hey, die Frau war echt nervig. Die wollte einem gleich ein Suchtproblem einreden, wenn man nur mal gekokst hat. Dabei macht das doch jeder.« Svobodas Blick wanderte unstet zwischen Wehrkamp und Rodejahn hin und her.

»Klar, jeder«, nickte Wehrkamp.

»Ja, ist doch nichts dabei. Und die Kannhausen war ganz ähnlich drauf. Über die habe ich meine Wohnung gekriegt, aber dann wollte sie sich ständig einmischen. Wollte mir vorschreiben, was ich zu tun und zu lassen habe. Die spinnt doch total, die Alte. Ich hab ihr gesagt, wenn sie sich nicht raushält und sich ständig einmischt, würde ihr irgendwann einer die Fresse polieren. Dann hat sie Ruhe gegeben.«

»Sie haben sie also zum Schweigen gebracht?«, mischte Rodejahn sich ein. Ihre Stimme klang beinahe freundlich, aber Rebecca kannte den kalten, lauernden Unterton.

»Schwachsinn.« Svoboda setzte sich auf und starrte die Beamtin an. Er wirkte inzwischen lange nicht mehr so selbstbewusst wie am Anfang. »Warum hätte ich das auch tun sollen? Ich meine, was hätte ich davon gehabt? Die Kannhausen hat mich ja in Ruhe gelassen, nachdem ich ihr klargemacht hatte, dass ich mir von ihr nichts vorschreiben lasse. Und die Baudelhoff, mal ganz ehrlich, die hatte echt einen an der Klatsche, aber eigentlich wollte die nur helfen. Die war halt so der Mutti-Typ. Ich kann mir nicht vorstellen, dass jemand die ernsthaft umbringen wollte. Das war bestimmt nur Zufall oder 'ne Verwechslung oder so.«

»Und was war mit Saskia Christensen? Welche Verbindung bestand zwischen ihr und Susanne Baudelhoff?«, wechselte Wehrkamp das Thema.

Svoboda runzelte die Stirn und zog die Mundwinkel nach unten. »Keine Ahnung. Woher soll ich das wissen?«

»Saskia Christensen hat Susanne Baudelhoff erpresst«, warf Rodejahn ein. »Weswegen?«

»Echt? Erpresst?« Svoboda blickte von einem zum anderen. Er schien ehrlich verblüfft zu sein. »Davon weiß ich nichts.«

Carla Rodejahn stand auf, ging auf Svoboda zu und beugte sich zu ihm herunter, sodass ihre Gesichter nahe beieinander waren. »Das sollten Sie aber«, zischte sie.

»Die zehntausend Euro, die Ihre Exfreundin erpresst hat, sind nämlich bei Ihnen gelandet, als Ablösung dafür, dass sie nicht mehr für Sie angeschafft hat.«

»Ablösung?« Svoboda riss erstaunt die Augen auf und spielte das Unschuldslamm. Dann lachte er spöttisch auf. »Ach was, Ablösung. Sie hatte noch Schulden bei mir, für Miete und Essen und so. Sogar ihre kleine Schwester haben wir meistens bei uns durchgefüttert. Das kostet ganz schön viel. Warum sollte ich das allein bezahlen? Sie hatte doch diesen reichen Kerl geheiratet. Da konnte sie ruhig ein bisschen was rüberschieben. Wie sie an die Kohle gekommen ist, weiß ich nicht. Und eigentlich ist es mir auch egal.« Er zuckte die Achseln und machte ein betont gleichmütiges Gesicht. »Wir alle haben unsere Geheimnisse. Und manche davon sind tödlich.«

Blitzschnell beugte Rodejahn sich vor. Sie musterte ihn mit eiskaltem Blick. »Wow, Svoboda, Sie sind ja ein richtiger Philosoph. Dann teilen Sie doch mal Ihre Geheimnisse mit uns.«

»Ich?« Svoboda riss demonstrativ unschuldig die Augen auf. »Ich weiß von nichts. Wenn ich etwas wüsste, würde ich Ihnen das natürlich sofort sagen.«

Rodejahn lehnte sich wieder zurück und schüttelte den Kopf. »Nicht nur Philosoph, sondern auch noch Unschuldsengel«, murmelte sie.

»Was ist mit Rüdiger Tenstaage?«, mischte sich Wehrkamp ruhig ein.

Svoboda zog die Augenbrauen zusammen. »Mit wem?«

»Rüdiger Tenstaage«, wiederholte Wehrkamp. »Kennen Sie ihn?«

»Nee, nie gehört.« Svoboda schüttelte den Kopf. »Was soll mit ihm sein?«

Rebecca beobachtete die Szenerie mit schwindender Zuversicht. Aus dem Kerl würden sie nichts Vernünftiges rausbekommen, das war ihr inzwischen klar geworden. Entweder, dachte sie, ist der Typ ein begnadeter Schauspieler, oder – was wahrscheinlicher ist – er hat tatsächlich absolut keine Ahnung, was hier abgeht.

*

Suna war gerade in ihr Büro zurückgekommen, als das Telefon klingelte. Die Nummer, die auf dem Display angezeigt wurde, sagte ihr nichts. Umso erstaunter war sie, als sich Lucia Tenstaage meldete.

»Ich komme gerade von der Polizeiwache zurück«, berichtete sie merklich aufgeregt. »Die Polizei hat mich verhört.« Sie schluchzte laut auf.

»Frau Tenstaage, ich habe gehört, was mit ihrem Mann passiert ist«, sagte Suna in sanftem Ton. »Glauben Sie mir, es tut mir leid, dass Sie in eine solche Situation hineingeraten sind, aber ich weiß nicht, wie ich Ihnen momentan helfen kann.«

»Die Polizei glaubt mir nicht«, sprudelte es aus Lucia heraus. Ihre Stimme klang schrill. »Sie haben mich zwar gehen lassen, aber ich soll nicht die Stadt verlassen, haben sie gesagt. Sie haben mich sogar gefragt, ob ich eine Affäre habe. Dabei war Rüdiger doch derjenige, der fremdgegangen ist.« Wieder schluchzte sie auf. »Frau Lürssen, ich habe solche Angst!«

Suna versuchte, die aufgeregte Frau zu beruhigen. »Ich verstehe vollkommen, dass Sie Angst haben. Ich denke, das hätte jeder in Ihrer Situation. Aber lassen Sie sich nicht verrückt machen. Sie haben nichts getan, also kann man Ihnen nichts nachweisen. Trotzdem sollten Sie sich einen Anwalt nehmen, der Ihnen beisteht und Sie über Ihre Rechte aufklären kann.«

»Das habe ich auch schon überlegt«, schniefte Lucia. »Aber der einzige Anwalt, den ich kenne, ist ein Freund von Rüdiger. Ihn werde ich garantiert nicht anrufen.«

»Das müssen Sie auch nicht. Ich kann Ihnen Robert Lürssen empfehlen. Wenn Sie möchten, kann ich Ihnen gern seine Nummer geben.«

»Lürssen?«, wiederholte Lucia unsicher. »Ist das Ihr Ehemann?«

»Mein Exmann.« Suna lachte. »Als Ehemann war er eine ziemliche Katastrophe, aber er ist ein wirklich guter Anwalt. Rufen Sie ihn ruhig an und sagen Sie ihm, dass ich Ihnen die Nummer gegeben habe.« Sie nannte sie ihr. Nachdem sie Lucia noch versprochen hatte, dass sie sie jederzeit wieder anrufen konnte, beendete sie das Gespräch.

Sie lehnte sich zurück und betrachtete die Magnettafel, auf der sie versucht hatte, den aktuellen Fall zu visualisieren.

Saskia Christensen, Irene Vossen, Susanne Baudelhoff, Elisabeth und Gerhard Kannhausen, Rüdiger Tenstaage. Sechs Tote und jede Menge Fragen.

Interessant fand Suna den zeitlichen Ablauf. Rüdiger Tenstaage war zwar als Letzter gefunden worden, aber er war der Erste gewesen, der verschwunden war. Ungefähr eine Woche danach war Saskia in den Tod gestürzt, erst nach ihr hatte es die anderen erwischt.

»Verdammt, wie hängt das alles zusammen?«, murmelte Suna ratlos. Je mehr sie darüber nachgrübelte, umso verwirrender wurde es.

Ihr Blick fiel auf die Unterlagen, die sie noch durchgehen wollte. Der große Stapel Papiere auf ihrem Schreibtisch stammte auf dem Versicherungsbetrugsfall. Ihn hatte sie in letzter Zeit ziemlich vernachlässigt, aber sie hatte deswegen kein schlechtes Gewissen.

Der Fall Saskia Christensen erschien ihr momentan wesentlich dringender zu sein. Zu ihm gehörte der wesentlich kleinere Stapel Papiere. Ganz unten lagen die Unterlagen, die Suna aus Irene Vossens Haus mitgenommen hatte, darauf die gesammelten Zeitungsartikel über Susanne Baudelhoff und die Ermittlungsakte zu Saskias Tod. Sogar die Akte zum Tod von Irene Vossen, die Rebecca ihr am Vorabend hatte zukommen lassen, war dabei. Die meisten Papiere hatte sie schon durchgesehen, manche allerdings recht flüchtig.

Sie seufzte und zog den Stapel zu sich heran. Wenn sie alles noch einmal genau durchsah, fand sie vielleicht noch eine Information, die sie endlich weiterbringen würde. Etwas, das sie bisher übersehen hatte, das jetzt aber half, Licht ins Dunkel zu bringen.

Also begann sie zu lesen. Es dauerte eine ganze Weile, bis sie tatsächlich etwas fand. Sie stolperte über einen bekannten Namen, den sie bei der ersten Durchsicht überlesen haben musste, vielleicht, weil er ihr damals einfach noch nichts sagte.

Eine Theorie begann sich in ihrem Kopf zu formen, aber sie war noch recht vage, nicht richtig greifbar. Erst als Suna weiterlas, setzte sich das ganze Puzzle Stück für Stück zusammen. Doch noch war es nicht mehr als eine reine Theorie.

Einer spontanen Eingebung folgend stand Suna auf, zog sich ihre Jacke an und verließ ihr Büro.

Mit dem Wagen fuhr sie nach Bad Schwartau zur Praxis von Dr. Christiane Zeisig. Die Uhr auf dem Armaturenbrett zeigte 20:42 an. Suna hoffte, dass die Psychologin, die Saskia wegen ihrer depressiven Störungen betreut hatte, noch dort anzutreffen war.

Die Praxis lag unter dem Dach eines mehrstöckigen Hauses, in dem sich auch noch zwei Arztpraxen und die Kanzlei eines Steuerberaters befanden. Die Tür war bereits abgeschlossen, doch als Suna klingelte, begann es in der Sprechanlage zu knistern.

»Ja bitte?«, fragte eine verzerrt klingende Stimme.

»Frau Dr. Zeisig? Hier ist Suna Lürssen. Ich war letzte Woche schon einmal bei Ihnen. Könnte ich Sie kurz sprechen?«

Einen Moment lang herrschte Stille. Dann meldete sich die Stimme wieder: »Frau Lürssen, ich würde Ihnen bei Ihrem Fall wirklich sehr gern helfen, aber ich habe Ihnen doch schon gesagt, dass ich Ihnen keinerlei Auskünfte erteilen darf, nicht einmal darüber, ob Saskia Christensen wirklich bei mir in Behandlung war. Alles, was mit meinen Klienten zu tun hat, ist absolut vertraulich. Ohne Gerichtsbeschluss darf ich Ihnen rein gar nichts erzählen.«

»Das verstehe ich natürlich«, versicherte Suna schnell. »Deswegen bin ich diesmal auch gar nicht hier. Es geht um etwas ganz anderes. Ich bräuchte nämlich dringend psychologischen Rat. Und da Sie die einzige Psychologin sind, die ich kenne, möchte ich Sie um Hilfe bitten.«

Wieder zögerte Dr. Zeisig einen Augenblick lang. Doch dann gab sie nach. »Also gut, kommen Sie hoch. Sie geben ja doch keine Ruhe.«

Suna wartete, bis der Summer ertönte, dann drückte sie die Tür auf und lief in schnellen Schritten die Treppe hoch, wobei sie immer zwei Stufen auf einmal nahm.

Dr. Zeisig erwartete sie schon an der Tür zur Praxis. Sie war eine kleine, pummelige Frau mit streichholzkurzen roten Haaren. Ihre wachsamen Augen blickten über eine schmale Lesebrille mit giftgrünem Rand.

Suna hielt ihr zur Begrüßung die Hand hin. »Hallo, Frau Dr. Zeisig. Ich danke Ihnen, dass Sie sich Zeit für mich nehmen wollen.«

Die Psychologin ergriff Sunas ausgestreckte Hand, setzte aber eine skeptische Miene auf. »Nun mal nicht so schnell«, wehrte sie ab. »Sagen Sie mir erst einmal, warum Sie mich sprechen wollen, und dann entscheiden wir, wie es weitergeht.« Trotzdem machte sie eine einladende Geste in Richtung der Praxisräume.

Suna folgte ihr. Gemeinsam nahmen sie in einer gemütlichen Sitzecke Platz, die aus einem Tisch und vier niedrigen Ledersesseln bestand.

An der Wand stand ein Schreibtisch, auf dem ein ganzer Stapel Papiere ausgebreitet war. Die Lampe brannte. Offensichtlich hatte sich die Psychologin gerade mit dem Papierkram herumgeschlagen, der in ihrer Praxis anfiel.

Dr. Zeisig lehnte entspannt in ihrem Sessel. Sie musterte Suna eine Weile forschend, dann lächelte sie. »Wie ich Ihnen schon gesagt habe, darf ich über keinen meiner Klienten ein Wort verlieren«, eröffnete sie das Gespräch. »Aber wenn ich Ihnen ansonsten behilflich sein kann, werde ich das gerne tun.«

Suna nickte. »Wissen Sie, ich trage mich mit dem Gedanken, ein Buch zu schreiben, genauer gesagt einen Roman«, behauptete sie. »Die Hauptfigur darin hatte ein schweres Schicksal. Ihre Eltern haben sich getrennt, als sie noch ein Kind war, die Mutter begann zu trinken. Zeitweise wurde es sogar so schlimm, dass sie in eine Pflegefamilie musste. Jetzt möchte ich natürlich den Charakter dieser Hauptfigur möglichst realistisch darstellen. Ich müsste wissen, welchen Einfluss solch eine Kindheit auf eine Person hat, ob sie später vielleicht an Depressionen leidet oder im Extremfall sogar selbstmordgefährdet sein könnte.«

Dr. Zeisig sah sie aus schmalen Augen an, sagte jedoch nichts.

Suna war klar, dass sie sie durchschaut hatte, und genau das war ja auch ihre Absicht gewesen. Trotzdem rechnete sie damit, sofort vor die Tür gesetzt zu werden.

Doch plötzlich spielte ein leichter, kaum wahrnehmbarer amüsierter Zug um den Mund der Psychologin. »Ich nehme an, Ihre Hauptfigur ist rein fiktional, es gibt keinen Zusammenhang zu irgendeiner realen Person?«, erkundigte sie sich in sachlichem Tonfall.

»Absolut«, bestätigte Suna ernst. Sie hatte den Verdacht, dass sich die Psychologin nur mit Mühe das Lachen verbeißen konnte über ihren billigen Trick.

»Ermitteln Sie eigentlich noch im Fall Saskia Christensen?«, fragte diese so beiläufig, als rede sie über das Wetter. »Ich meine nebenbei, während Sie Ihr Buch vorbereiten?«

Suna wog ihre Antwort genau ab. »Ein wenig. Saskias Schwester fällt es sehr schwer, mit ihrem Tod klarzukommen, solange sie nicht weiß, was wirklich passiert ist. Ich möchte ihr sehr gern helfen.«

»Das verstehe ich.« Dr. Zeisig war wieder ernst geworden. »Nun aber zu der Figur in Ihrem Buch, die ja keinerlei Bezug zu realen Personen hat, wie ich noch einmal betonen möchte. Wie kann ich Ihnen da helfen?«

Suna musterte die Psychologin forschend, dann lächelte sie. »Also, die junge Frau hat gewisse Probleme, gesunde Beziehungen zu anderen Menschen aufzubauen. Von ihrem Freund ist sie in gewisser Weise abhängig, geht sogar für ihn auf den Strich. Außerdem ist sie depressiv. Kann das an ihrer schwierigen Vergangenheit liegen?«

»Möglich.« Dr. Zeisig strich nachdenklich mit der Hand über die Armlehne ihres Sessels. Ich will es laienhaft ausdrücken, denn Ihre Leser sollen sich ja nicht mit psychologischen Fachbegriffen herumplagen müssen.« Sie lächelte. »Stellen Sie sich vor, ein kleines Mädchen bekommt mit, dass es seinen Eltern zur Last fällt. Ich meine nicht, dass diese ab und an gestresst sind, vielleicht auch überfordert. Das geht schließlich den meisten Eltern so. Sondern dass sie wirklich mit dem Kind auf Dauer nicht klarkommen. Der Vater geht, die Mutter flüchtet sich in den Alkohol. Andere Bezugspersonen sind nicht da. Das Kind lernt also, dass alle Menschen, die es liebt, es in irgendeiner Weise verlassen. Es geht sogar so weit, dass das Jugendamt einschreitet und das Kind eine Zeit lang aus der Familie nimmt und es in eine Pflegefamilie kommt, sagen Sie?«

»Genau.« Suna nickte. »In der Pflegefamilie findet es aber auch nicht die nötige Geborgenheit «, führte Suna den Gedanken weiter. »Der Pflegevater ist ziemlich unsensibel – harmlos ausgedrückt. Er tyrannisiert das Mädchen, vielleicht gibt es sogar sexuelle Übergriffe?« Sie sah die Psychologin fragend an.

Diese wägte ihre Gedanken sorgfältig ab, schüttelte dann aber den Kopf. »Es braucht nicht unbedingt sexuelle Gewalt, um eine Kinderseele zu zerstören. Körperliche oder selbst nur psychische Gewalt können große Schäden anrichten. Wobei ich das *nur* ausdrücklich in Anführungszeichen setzen möchte, denn psychische Gewalt kann extrem zerstörend wirken. Wenn eine entsprechende Veranlagung besteht, können sich tatsächlich Auswirkungen ergeben, wie Sie sie bei Ihrer Hauptfigur geschildert haben. Vor allem, wenn das Kind auch später wenig Liebe und Geborgenheit erfährt.«

Suna nickte. Bisher entsprach alles, das die Psychologin gesagt hatte, ziemlich genau ihren Erwartungen.

»Also weiter. Als das Mädchen erwachsen ist, gerät es an den besagten Freund, der es ausnutzt und für ihn anschaffen lässt. Ob sie ihn wirklich liebt, kann ich nicht sagen. Möglicherweise ist es eine reine Zweckbeziehung. Sie bringt ihm Geld ein, er lässt sie bei sich wohnen. Dann aber verliebt sich plötzlich einer ihrer Kunden in sie. Die

Zuneigung beruht auf Gegenseitigkeit. Sie steigt aus dem Gewerbe aus, verlässt ihren Freund und heiratet den ehemaligen Freier.« Sie blickte Dr. Zeisig an. »Richtig soweit?«

Die Psychologin nickte. »Keine Einwände.«

»Und da kommt der Punkt, wo ich doch etwas unsicher werde. Alles könnte wunderbar sein, die beiden lieben sich, die Welt ist plötzlich rosarot.«

»Sind Sie sicher, dass sie sich wirklich lieben?«, unterbrach sie Dr. Zeisig.

Suna stutzte. Sie zögerte einen Augenblick. »Ich denke schon«, sagte sie dann. Auf das zustimmende Nicken der Psychologin fuhr sie fort: »Aber plötzlich bekommt die heile Welt Risse. Die Frau bekommt Angst, versucht auszubrechen. Sie beginnt eine Affäre mit einem anderen Mann.«

Wieder wurde Suna von Dr. Zeisig unterbrochen. »Würde sie das wirklich?«, fragte sie. »Sie haben gesagt, dass ihr Mann und sie sich wirklich lieben. Würde sie aus Angst vor einer gemeinsamen Zukunft fremdgehen? Noch dazu nach der Hochzeit, wenn es eigentlich schon zu spät ist?«

Plötzlich stand die Psychologin auf. »Es tut mir leid«, meinte sie in entschuldigendem Ton. »Ich habe gar nicht gemerkt, wie spät es schon ist. Ich habe leider noch einen dringenden Termin.«

Suna erhob sich ebenfalls und hielt ihr die Hand hin. »Vielen Dank, dass Sie sich Zeit für mich genommen haben. Sie haben mir wirklich sehr geholfen.«

»Keine Ursache.« Dr. Zeisig verzog ihr Gesicht zu einem süffisanten Lächeln. »Und lassen Sie mir eine Ausgabe Ihres Buches zukommen, wenn es fertig ist.«

*

Nachdem Suna die Praxis von Dr. Zeisig verlassen hatte, machte sie sich sofort auf den Weg zu ihrer Auftraggeberin. Sie wollte auf jeden Fall zuerst mit ihr die neuesten Erkenntnisse besprechen, bevor sie zur Polizei ging.

Unterwegs dachte sie noch einmal über die Theorie nach, die sie entwickelt hatte, als sie die Unterlagen von Irene Vossen genauer durchgesehen hatte. Sie hatte falsch gelegen, da war sie sich inzwischen sicher, aber nur in kleinen Teilen. Das meiste konnte durchaus so passiert sein, wie sie es sich zusammengereimt hatte. Es gab allerdings noch eine Kleinigkeit, die sie bestätigt haben wollte.

Sie fuhr an den Straßenrand, hielt an und wählte die Handynummer von Paul Sheridan.

»Hallo Herr Sheridan, hier ist Suna Lürssen«, meldete sie sich, nachdem er das Gespräch angenommen hatte.

»Frau Lürssen, welche Überraschung.« Seine Stimme klang wenig begeistert. »Was gibt es denn?«

Suna bemühte sich um einen besonders freundlichen Ton, als sie sagte: »Es tut mir leid, dass ich Sie noch einmal stören muss, ich habe nur noch eine einzige Frage. Können Sie mir sagen, wie Sie Saskia damals kennengelernt haben?«

»Hat sie Ihnen das nicht erzählt? Sie hat auf dem Parkplatz des Supermarkts mein Auto mit ihrem Einkaufswagen gerammt.« Er lachte kurz auf. »Das Ganze war ihr unglaublich peinlich. Sie hat natürlich sofort angeboten, den Schaden zu bezahlen. Und als kleine Wiedergutmachung hat sie mich dann zum Essen eingeladen. Den Rest können Sie sich ja denken.«

»Allerdings. Nur noch eins: Welcher Supermarkt war das? Der im Hochschulviertel?«

»Nein, der in Bad Oldesloe, ganz in der Nähe meiner Wohnung. Dort gehe ich immer einkaufen.« Sheridan klang erstaunt. »Warum?«

»Ach, das wollte ich nur wissen«, gab Suna lapidar zurück. »Vielen Dank.«

Sie legte auf, bevor Sheridan weiter nachfragen konnte. Die Antwort bestätigte ihre Theorie. Saskia ging bestimmt nicht ohne Grund in Bad Oldesloe einkaufen, so weit von ihrer Wohnung entfernt. Das ließ darauf schließen, dass sie Sheridans Wagen bewusst ramponiert hatte, um mit ihm ins Gespräch zu kommen.

Suna unterdrückte einen Fluch. Es passte alles zusammen. Das Problem war nur, jetzt Linda das alles so schonend wie möglich beizubringen. Ihre Klientin hatte in den letzten Wochen so viel Schlimmes durchmachen müssen, dass es Suna nicht leicht fiel, sie jetzt auch noch mit ihren Schlüssen konfrontieren zu müssen. Doch sie musste die Wahrheit erfahren, so weh es auch tat.

Als sie die Wohnanlage im Hochschulviertel erreichte, in der Lindas Apartment lag, blieb sie noch einen Moment im Auto sitzen, um Rebecca anzurufen. Sie wollte wissen, ob die Ermittlungen noch etwas Neues ergeben hatten.

Etwas, das ihre Theorie bestätigte oder sie noch einmal zum Umdenken veranlasste.

Doch ihre ehemalige Schwägerin berichtete nur, dass sie Pavel Svoboda nach dem Verhör wieder hatten gehen lassen, weil sich kein konkreter Hinweis ergeben hatte, dass er an einem der Verbrechen beteiligt gewesen war.

Auch das passte ins Bild.

Suna versprach Rebecca, nach ihrem Besuch bei Linda noch mal bei ihr anzurufen und ihr ihre Vermutungen zu erklären, dann lief sie die Treppe zu Lindas Wohnung hoch.

Auf ihr Klingeln hin ertönten Schritte, die sich der Tür näherten, doch nicht Linda öffnete Suna die Tür, sondern ihr Schwager Jörn Christensen.

Suna erstarrte.

»Hallo, Frau Lürssen, kommen Sie doch rein.« Er lächelte freundlich und machte eine einladende Geste.

Suna überlegte blitzschnell.

»Hallo, Herr Christensen«, gab sie möglichst unverbindlich zurück. »Bitte entschuldigen Sie, ich wusste nicht, dass Frau Vossen Besuch hat. Ich komme vielleicht besser morgen wieder.«

»Nein, nein, das ist kein Problem.« Sein Blick war kalt geworden. Wieder wies er in Richtung Wohnzimmer. »Bitte, kommen Sie.«

Für ein paar Sekunden zögerte Suna. Wenn sie jetzt einfach ging, brachte sie Linda damit vielleicht in Gefahr. »Gut, danke«, sagte sie, während sie in ihrer Jackentasche möglichst unauffällig nach ihrem Telefon tastete. Noch im Gehen zog sie die Jacke aus und hängte sie über einen der Stühle.

Sie sah Lindas Hinterkopf. Ihre Klientin saß mit dem Rücken zu ihr im Sessel und bewegte sich nicht. Suna wusste nicht, was mit ihr passiert war. Vielleicht hatte sie das Bewusstsein verloren. Möglicherweise war sie aber auch schon tot.

Langsam ging Suna auf sie zu, dicht gefolgt von Jörn. Sie erwartete einen Schlag von hinten oder zwei Hände, die sich plötzlich um ihren Hals legten. Mental bereitete sie sich darauf vor, beides abzuwehren. Doch mit dem, was dann geschah, hatte sie nicht gerechnet.

Zwei Metallklammern schossen plötzlich von hinten auf sie zu und bohrten sich in ihren Rücken. Der Schmerz war unbeschreiblich. Er schoss durch ihren gesamten Körper, jeder Muskel begann zu zucken und sich zu verkrampfen. Suna kippte nach vorn. Sie versuchte noch, sich an einem Stuhl festzuhalten, aber sie schaffte es nicht. Stattdessen schlug sie hart mit dem Kopf auf die Sitzfläche auf und prallte anschließend auf den Fliesenboden.

*

Alles wirkte verschwommen.

Suna bemühte sich, die Augen zu öffnen, aber es fiel ihr sehr schwer. Ihr Kopf dröhnte und ihr Rücken fühlte sich an, als wäre er verbrannt.

Wahrscheinlich ist er das auch, dachte Suna mühsam. Sie hatte vorher zwar noch keine Bekanntschaft mit einem Elektroschocker geschlossen, doch sie war sich sicher, dass genau dies gerade passiert war. Sie fluchte lautlos. Eigentlich hätte sie darauf vorbereitet sein müssen. Immerhin hatte der Gerichtsmediziner bei der ersten Untersuchung von Rüdiger Tenstaage die Strommarken einer solchen Waffe festgestellt.

Und dass Jörn Christensen derjenige gewesen war, der den Architekten entführt hatte, davon war sie schon vor seinem Angriff überzeugt gewesen – er und seine Frau, Lindas Schwester Saskia.

Überrascht stellte Suna fest, dass sie nicht mehr auf dem harten, kalten Fußboden lag, sondern halb sitzend auf dem Sofa hing. Sie konnte nicht lange bewusstlos gewesen sein, vielleicht ein oder zwei Minuten. Doch diese Zeit hatte Jörn offensichtlich ausgereicht, um sie hochzuheben und zur Sitzecke zu tragen.

Sie fühlte sich extrem schwach. Um nicht vom Sofa zu rutschen, klammerte sie sich an der Armlehne fest.

Ihr gegenüber saß Linda in sich zusammengesunken immer noch in dem gleichen Sessel, in dem Suna sie schon bei ihrem Eintreten gesehen hatte. Sie war blass, und ihre Augen waren gerötet. Voller Angst starrte sie zu ihrem Schwager hinauf, der unruhig im Raum auf und ab ging. Seine Bewegungen wirkten ungelenk und fahrig. Nervös zupfte er an seiner Unterlippe herum.

Suna zweifelte nicht daran, dass Jörn ihrer Klientin die gleiche Behandlung verpasst hatte wie ihr selbst. An ihrem Hals, kurz oberhalb des Ausschnitts, meinte sie eine der typischen Verbrennungen zu erkennen, die eine solche Elektroschockpistole verursachte. Nur musste es Linda noch mehr schockiert haben, da sie sicherlich nichts von dem dunklen Geheimnis ihres Schwagers geahnt hatte.

»Was soll das, Jörn?«, fragte Linda mit brüchiger, leiser Stimme. »Warum machst du so etwas? Ich verstehe das nicht.«

Christensen antwortete nicht. Stattdessen meldete sich Suna zu Wort.

»Ihr Schwager will alle für den Tod seiner Frau bestrafen, richtig?«, sagte sie so laut sie konnte in Jörns Richtung. Dann wandte sie sich an Linda. »Saskia wurde nicht umgebracht. Sie ist freiwillig von der Brücke gesprungen.«

»Das stimmt nicht!«, brüllte Christensen plötzlich. Er blieb abrupt stehen und starrte Suna feindselig an. »Sie wurde ermordet«, zischte er, »aber nicht an diesem Abend, sondern schon früher, viel früher.«

»Von Rüdiger Tenstaage, meinen Sie?«, fragte Suna. Sie hatte Mühe, trotz ihrer Kopfschmerzen einen klaren Gedanken zu fassen, versuchte aber, sich auf das zu konzentrieren, was sie herausgefunden hatte.

Linda schien ähnlich langsam im Denken zu sein wie die Privatdetektivin. Angestrengt runzelte sie die Stirn. »Ist das nicht der Mann, den sie tot in der Konservenfabrik gefunden haben?«, fragte sie schließlich.

»Genau der«, bestätigte Suna. »Sie können sich nicht mehr daran erinnern, weil Sie damals noch zu klein waren und der Name später wohl nicht mehr erwähnt wurde, aber Rüdiger Tenstaage war Ihr Pflegevater. Er und seine Frau haben Sie und Ihre Schwester für einige Monate aufgenommen, als Ihre Eltern sich getrennt haben.«

Christensen lachte höhnisch auf. »Sie meinen wohl, er hat sie für einige Monate gequält. Saskia hat mir erzählt, war er mit ihr gemacht hat.« Er starrte aus dem Fenster.

In seinem Blick lag reiner, unverfälschter Hass. »Dass er sie stundenlang in einer dunklen Kiste eingesperrt hat und sie nicht wusste, ob sie jemals lebend wieder rauskommt, war noch eines der milderen Übel. Mitten in der Nacht hat er plötzlich an ihrem Bett gestanden, ihr ins Ohr geflüstert, dass er sie jetzt umbringt, ihr die Kehle aufschlitzt oder ihr ein Messer in den Rücken sticht, wenn sie wieder einschläft. Oder er hat gedroht, dass er ihre kleine Schwester mitnimmt und allein im Wald aussetzt, wo die wilden Tiere sie in Stücke reißen und anschließend auffressen würden. Und dann hat er sich an ihrer Angst geweidet. Er war ein mieser, armseliger Sadist.«

»Also haben Sie ausgleichende Gerechtigkeit hergestellt und ihm ebenfalls gezeigt, was es bedeutet, Todesangst zu haben«, vermutete Suna. Sie bemühte sich, möglichst deutlich zu sprechen, konnte ein leichtes Lallen in ihrer Stimme aber nicht unterdrücken. Der Schlag, den sie beim Sturz auf den Kopf bekommen hatte, musste ziemlich heftig gewesen sein. »Saskia hatte durch Sheridan von Tenstaages Termin in Hamburg erfahren. Also haben Sie beide ihm dort aufgelauert und ihn entführt«, mutmaßte sie.

Christensen schnaubte verächtlich. »Saskia brauchte sich nur einen kurzen Rock anzuziehen und eine lange blonde Perücke aufzusetzen, und schon ist er geifernd hinter ihr hergerannt.«

»Haben Sie von Anfang an geplant, ihn umzubringen?«, wollte Suna wissen.

Christensen starrte sie aus zusammengekniffenen Augen an.

»Nein«, sagte er nach einer Weile. Er ließ sich in den zweiten Sessel sinken. Als er weitersprach, wirkte er wie weggetreten, fast, als hätte er Drogen genommen. »Wir wollten nur, dass er am eigenen Leib spürt, wie es sich anfühlt, jemandem völlig ausgeliefert zu sein. Eigentlich sollte er nur zwei oder drei Tage in der Kammer verbringen. Wir wollten, dass er um sein Leben bettelt, dass er endlich mal einsieht, was er Saskia angetan hat. Und vielleicht auch noch anderen Kindern. Aber der Scheißkerl war stärker, als wir gedacht haben. Er hat rumgebrüllt und geflucht, anstatt wirklich zu leiden. Also musste er ein bisschen länger drinbleiben als geplant. Bloß musste ich dann zu dem Kongress und Saskia musste sich allein um ihn kümmern.«

»Und das hat sie nicht ausgehalten«, sagte Suna leise. »Sie ist von der Brücke gesprungen, weil sie alles nicht mehr ertragen hat.«

»Tenstaage hat sie auf dem Gewissen!«, brüllte Christensen wieder. Er war aufgesprungen und hatte die Fäuste geballt, als wollte er jeden Moment zuschlagen.

Suna blickte zu ihm auf. Es war gut, wenn er laut wurde. Nur durfte sie ihn nicht so sehr reizen, dass er total ausrastete.

»Hat Saskia deshalb mit seinem Partner Paul Sheridan eine Affäre angefangen, um Tenstaage besser ausspionieren zu können? Ist sie wirklich so weit gegangen?« Als er nicht antwortete, flüsterte sie: »Wie konnten Sie das zulassen?«

»Saskia sollte ihn leiden sehen, nur das war wichtig«, gab Christensen kalt zurück. »Ich habe es gesehen, als ihr Vater krank wurde. Er ist langsam am Krebs krepiert und je dreckiger es ihm ging, umso mehr ist Saskia aufgeblüht. Sie hat jede Sekunde genossen, die sie mit ihm verbracht hat, aber nicht, weil sie ihn so sehr mochte. Er hat einfach nur bekommen, was er verdient hat. Und Tenstaage sollte es genauso gehen.«

Suna beobachtete, dass Linda das Gespräch inzwischen aufmerksam zu verfolgen versuchte. Immer wieder flatterten zwar ihre Lider und sie zog die Augenbrauen zusammen, weil es sie so anstrengte, sich zu konzentrieren. Doch den größten Teil dessen, was gesagt wurde, schien sie zu verstehen.

Suna ließ nicht locker. Einerseits wollte sie Zeit gewinnen, aber andererseits wollte sie jetzt auch alles wissen, wollte erfahren, ob sie mit ihrer Theorie richtig lag. »Ich nehme an, Susanne Baudelhoff sollte auch leiden, als Sie sie erpresst haben? Sie arbeitete damals noch nicht in der JVA, sondern für das Jugendamt, richtig? Und sie war dafür zuständig, die Tenstaages zu kontrollieren.«

»Was sie aber nicht getan hat«, fuhr Christensen auf. »Sie hat zugegeben, dass sie die Tenstaages damals privat gut kannte. Deshalb hat sie nur nachgefragt, ob es den Kindern gut geht, anstatt sich selbst davon zu überzeugen. Sie hat völlig versagt. Die Exfrau von Tenstaage konnten wir nicht mehr zur Rechenschaft ziehen, obwohl ich mir sicher bin, dass sie davon wusste. Sie muss etwas mitbekommen haben, aber sie hat einfach den Mund gehalten. Leider hat sie sich mit ihrem neuen Lover nach Bali abgesetzt. Aber die Baudelhoff sollte zahlen.«

»Genauso wie Gerhard Kannhausen«, nickte Suna. »Ich habe seinen Namen auch in den Unterlagen gelesen. Er war damals der Richter, der die Unterbringung von Saskia und Linda in der Pflegefamilie angeordnet hat.«

»Er war genauso schuld wie die anderen«, zischte Christensen.

Suna drückte beide Hände an ihre pochenden Schläfen und presste die Lippen aufeinander. Sie dachte daran, wie sie Irene Vossen ihn ihrer Garage gefunden hatte. War das wirklich erst vier Tage her? Inzwischen war so viel passiert, dass es ihr viel länger vorkam.

»Und was war mit Saskias und Lindas Mutter?«, fragte sie mit belegter Stimme. »Hat sie sich wirklich das Leben genommen, oder waren Sie daran auch beteiligt?«

Christensen sah kurz zu Linda hinüber, die ihren Schwager aus weit aufgerissenen Augen ansah. »Jörn ...«, stammelte sie, doch er beachtete sie gar nicht weiter. Seine komplette Aufmerksamkeit galt Suna.

»Sie war doch eigentlich die Schuldige. Sie hätte einfach nur eine richtige Mutter sein müssen. Richtige Mütter kümmern sich um ihre Kinder. Sie lassen nicht zu, dass man sie ihnen wegnimmt. Aber Irene war der Alkohol ja wichtiger als ihre Familie.« Er lachte noch einmal auf, aber gleichzeitig lief ihm eine Träne über das Gesicht. Mit dem Handrücken wischte er sie weg.

Als er weitersprach, klang seine Stimme allerdings völlig kalt und gefühllos. »Der Alkohol war das wichtigste in ihrem Leben, also habe ich ihr welchen mitgebracht. Ich bin zu ihr gefahren und habe behauptet, ich wolle mit ihr über Saskia sprechen. Sie hätte untröstlich sein müssen darüber, was mit ihrer Tochter passiert ist, aber das sie mal wieder kaum interessiert. Stattdessen hat sie nur gejammert, wie schlecht es ihr doch geht. Regelrecht gebadet hat sie in ihrem Selbstmitleid. Es war widerlich. In ihrem Zustand war es nicht schwierig, sie zum Trinken zu bringen. Es hat gereicht, die Flasche auf den Tisch zu stellen und ihr ein paar Vorwürfe zu machen. Schon ist sie schwach geworden und hat zugegriffen. Und als sie erst mal angefangen hatte, war sie kaum noch zu bremsen. Sie hatte ja keine Ahnung, dass ich ihr ein Schlafmittel ins Glas gegeben hatte. Der Rest war ein Kinderspiel.«

»Nein«, stöhnte Linda. Sie war noch blasser geworden. Entsetzt starrte sie ihn an. »Ich glaube das einfach nicht.«

»Was du glaubst oder nicht, ist mir absolut scheißegal«, fuhr Christensen sie an. Er sprang auf und packte seine Schwägerin grob am Arm. »Du kommst jetzt mit mir mit.«

Mit einem heftigen Ruck zog er sie hoch.

Linda begann leise zu wimmern vor Schmerz, beschwerte sich aber nicht. Ihr Schwager schien ihr solche Angst eingejagt zu haben, dass sie es nicht wagte, sich zu widersetzen. Hilflos stolperte sie neben ihm her. Sie hatte augenscheinlich Mühe, sich überhaupt auf den Beinen zu halten.

Plötzlich jedoch zögerte er, ließ Linda einfach im Raum stehen und kam auf Suna zu.

»Ich fürchte, Sie müssen auch mitkommen«, knurrte er. »Ich kann Sie nicht hierlassen. Ich traue Ihnen nicht.« Er ergriff Sunas Hand und riss sie ebenfalls hoch.

Der Schmerz durchfuhr ihren ganzen Arm, doch er war nichts im Vergleich zu den rasenden Kopfschmerzen, die noch heftiger als zuvor aufflammten. Suna presste eine Hand an ihre Schläfe, während Christensen sie an der anderen grob zu Linda hinzog. Ihr wurde übel und sie schluckte ein paar Mal, um den Würgereiz zu unterdrücken.

Sie wusste nicht, ob es die Nachwirkungen des Elektroschocks waren oder ob der anschließende heftige Sturz auf den Kopf die Ursache war, aber ihre Knie zitterten, und sie hatte das Gefühl, keinen richtigen Gleichgewichtssinn mehr zu haben. Sie taumelte und wäre einfach umgefallen, wenn sie sich nicht mit einer gewaltigen Kraftanstrengung an der Rückenlehne eines Stuhls festgehalten hätte.

Sie fixierte ihre Jacke, die nicht weit von ihr immer noch über dem anderen Stuhl hing. In der Jacke war ihr Handy. Wenn sie es schaffte, irgendwie da dranzukommen, konnte sie es vielleicht unauffällig in ihre Hosentasche schmuggeln.

Sie tat so, als würde sie wieder das Gleichgewicht verlieren und torkelte ein Stück in die richtige Richtung, doch weiter ließ Christensen sie nicht kommen. Er ließ ihre Hand los und packte sie stattdessen am Oberarm. Brutal riss er sie zu sich heran, sodass sie gegen ihn prallte. Mit der anderen Hand packte er Linda genauso. Unnachgiebig schob er die Frauen in Richtung Wohnungstür. Er nahm einen Schlüsselbund, der neben der Tür an einem Hakenbrett hing, und ließ ihn in seine Jackentasche gleiten.

»Jetzt hört mir mal zu, ihr beiden«, zischte er. »Wir gehen jetzt da raus, und keine von euch macht auch nur einen Mucks, klar? Wenn eine von euch schreit oder irgendwelchen anderen Mist macht, bringe ich die andere um. Habt ihr verstanden?«

Suna nickte langsam, doch Linda rührte sich nicht. Sie starrte nur geistesabwesend ins Leere.

»Ich habe gefragt, ob ihr verstanden habt.« Christensen schüttelte die Frauen grob.

Diesmal reagierte auch Linda. Sie nickte zögerlich, aber dennoch deutlich erkennbar. Suna wagte es sogar, zu antworten. »Ja«, sagte sie leise.

»Gut.«

Christensen ließ Linda für einen Augenblick los, öffnete die Wohnungstür einen Spaltbreit und spähte hinaus. Als er sah, dass niemand sich im Hausflur befand, schob er die beiden Frauen hinaus und zog die Tür hinter sich zu. Anschließend drückte er auf den Rufknopf des Aufzugs.

Suna fluchte innerlich. Wenn sie nicht das Glück hatten, dass schon jemand im Aufzug war, wenn sie einstiegen, oder dass jemand auf ihrem Weg nach unten zustieg, konnte Christensen sie direkt in die Tiefgarage bringen, ohne dass jemand sie sehen würde. Und in diesem Haus, das nur neun Wohnungen beherbergte, war es leider nicht besonders wahrscheinlich, um diese Zeit zufällig jemandem zu begegnen.

Sunas Befürchtungen bestätigten sich ziemlich schnell. Schon nach wenigen Sekunden zeigte ein heller Gong an, dass der Aufzug kam. Er musste sich im Stockwerk direkt über oder unter ihnen befunden haben. Die Türen öffneten sich und offenbarten die leere Kabine.

Sofort zog Christensen Suna und Linda hinein.

»Jörn, hör auf, du tust mir weh«, jammerte seine Schwägerin, woraufhin er Suna kurz losließ und Linda mit der flachen Hand kräftig ins Gesicht schlug.

»Halt die Klappe«, knurrte er.

Suna beobachtete, wie der anderen Frau die Tränen in die Augen stiegen. Mit der freien Hand hielt sie ihre Wange, die sich langsam rötete. Sie wirkte völlig verängstigt.

Wie erwartet drückte Christensen den Knopf für die Tiefgarage, dann schlossen sich die Türen.

Suna hoffte, dass ihnen wenigstens auf dem Weg zum Auto jemand begegnete, aber auch die Tiefgarage war menschenleer. Einen Moment lang überlegte sie, ob sie versuchen sollte zu entkommen. Wäre sie allein mit Christensen gewesen, hätte sie das bestimmt getan, trotz ihres angeschlagenen Zustands. Aber sie hatte keinerlei Zweifel, dass der Kerl seine Drohung wahr machen und Linda verletzen oder sogar töten würde, wenn sie sich von ihm losriss.

Also hielt sie still und ließ sich von ihm zu Lindas Wagen, einem kleinen Cabrio, führen.

Er hatte wirklich alles genau geplant, dachte Suna verzweifelt. Christensen selbst fuhr einen großen Geländewagen. Linda allein hätte er vielleicht noch im Kofferraum verstauen können, aber beide Frauen dort hineinzuzwängen, würde deutlich schwieriger werden. Im Fahrgastraum des Wagens wären sie jedoch recht gut zu sehen, vor allem, wenn sie versuchten, Passanten auf sich aufmerksam zu machen, während er fuhr.

Lindas Cabrio dagegen hatte hinten recht kleine Scheiben. Dort wären sie für andere beinahe unsichtbar, gerade um diese Zeit, zu der es draußen schon völlig dunkel war.

Christensen zog den Schlüsselbund, den er vorher in Lindas Wohnung eingesteckt hatte, aus der Jackentasche und entriegelte die Autotüren.

Plötzlich ließ er Suna los.

»Umdrehen!«, blaffte er sie an.

Sie gehorchte, wohl wissend, dass Linda ihm immer noch hilflos ausgeliefert war.

Christensen steckte eine Hand in seine hintere Hosentasche und zog breite, stabile Kabelbinder hervor. Dann packte er Sunas Hände, drückte sie zusammen und fesselte sie mit einem davon. Er zog ihn so fest zu, dass das Plastik tief in Sunas Haut einschnitt. Sie stöhnte auf vor Schmerz, schrie aber nicht.

Trotzdem schlang Christensen sofort von hinten den Arm um ihren Hals und drückte kräftig zu.

»Keinen Laut«, zischte er warnend.

Suna röchelte, bekam keine Luft mehr. Doch sie nickte.

Er nahm einen von Lindas Armen, schob ihn zwischen Sunas Armen hindurch und fesselte seine Schwägerin genauso wie vorher die Privatdetektivin. Dann öffnete er die Beifahrertür von Lindas Wagen, klappte den Sitz nach vorn und stieß die beiden Frauen hinein.

Suna versuchte, einigermaßen unbeschadet auf die Rückbank zu kommen. Sie wand sich durch bis hinter den Fahrersitz und stellte die Füße auf den Boden, während Linda einfach nach vorn kippte. Dabei schlug sie hart mit dem Kopf gegen das Dach des Autos. Sofort bildete sich auf ihrer Stirn eine hässliche Platzwunde, die stark zu bluten begann.

Christensen scherte sich nicht darum. Er drückte Lindas Kopf brutal nach unten und ins Innere des Wagens, klappte den Sitz wieder nach hinten und schlug die Tür zu. Eilig lief er um das Auto herum, setzte sich auf den Fahrersitz und startete den Motor.

Suna versuchte sich so hinzusetzen, dass sie sich möglichst wenig verdrehen musste. Trotzdem schnitt der Kabelbinder tief in ihre Handgelenke. Sie schmerzten, als würde jemand die Haut mit einem stumpfen Messer bearbeiten. Linda hatte den Kopf auf die Lehne der Rückbank gelegt. Sie gab keinen Laut von sich, aber an ihrem gelegentlichen Zucken merkte Suna, dass sie immerhin noch bei Bewusstsein war.

Während er aus der Tiefgarage fuhr, drehte Christensen den Rückspiegel so, dass er seine beiden Geiseln genau im Blick hatte.

Der Kerl war zu allem bereit, das war Suna klar. Im Spiegel sah sie den feindseligen Blick, der auf Linda ruhte. Allerdings fragte sie sich, was er eigentlich vorhatte. Wenn es ihm darum ging, sie als Zeugen verschwinden zu lassen, hätte er sie gleich in Lindas Wohnung umbringen können. Ihm musste klar sein, dass er sie nicht einfach irgendwo verscharren und dann so weiterleben konnte wie bisher.

»Glauben Sie wirklich, dass Sie damit durchkommen?«, fragte sie. »Die Polizei wird Ihnen relativ schnell auf die Spur kommen, da bin ich sicher.«

Wieder blickte er sie über den Rückspiegel an. Als er sein Gesicht zu einem beinahe schon entrückten Lächeln verzog, erschauerte sie.

»Wer sagt denn, dass ich damit durchkommen will?«, erwiderte er in sanftem Tonfall. »Ich habe fast alles erle--

digt. Für mich ist es bald Zeit zu gehen. Es gibt nur noch einen Punkt auf meiner Liste ...«

Er beendete seinen Satz nicht, doch Suna wusste auch so, was gemeint war. Ihr war nicht entgangen, wie er Linda bei seinen letzten Worten angesehen hatte.

Suna schluckte. »Warum?«, krächzte sie heiser. »Sie hat Ihnen doch gar nichts getan. Sie hatte überhaupt keine Schuld an dem, was Saskia zugestoßen ist.«

»Sind Sie sich da wirklich sicher?«, fragte Christensen. Er presste die Lippen zu einem schmalen Strich zusammen. »Wissen Sie, warum Saskia das alles über sich hat ergehen lassen? Weil sie ihre Schwester schützen wollte. Sie hat mir gesagt, dass sie einfach abgehauen wäre. Aber Linda war noch zu klein, um sie mitzunehmen, also sind sie beide geblieben.« Er lachte voller Bitterkeit auf. »Im Gegenteil, Saskia hat Tenstaage sogar provoziert, damit er sich an ihr auslässt und nicht an Linda, können Sie sich das vorstellen?«

Suna konnte es sich durchaus vorstellen, doch sie wollte nicht. Sie weigerte sich, an das kleine, verängstigte Mädchen zu denken, das versucht hatte, seine zweijährige Schwester vor dem grausamen Pflegevater zu schützen. Für das, was Tenstaage ihr angetan hatte, hatte Saskia ihr vollstes Mitgefühl. Allerdings konnte sie trotzdem kein Verständnis für Saskias Rachepläne aufbringen, geschweige denn für Christensens Taten. Er war inzwischen völlig durchgeknallt, das stand für sie fest.

Sie blickte zu ihrer Klientin hinüber. Lindas Kopf lag immer noch auf dem oberen Rand der Rücklehne auf. Wegen ihrer im Rücken ineinander verschränkten Arme hatte sie sich seitlich von Suna weggedreht, aber diese erkannte trotzdem, dass ihre Augen geschlossen waren. Sie sah aus, als schliefe sie. Entweder hatte sie inzwischen das Bewusstsein verloren, oder sie hatte völlig resigniert und ließ einfach alles über sich ergehen.

Suna hatte keine Ahnung, wie viel sie von ihrem Gespräch mit Christensen mitbekam. Hoffentlich nichts, flehte sie im Stillen.

»Hören Sie, Linda war damals doch noch ein Kleinkind. Sie konnte wirklich am wenigsten für alles«, versuchte sie ihn noch einmal von seinem Plan abzubringen. »Und sie hat Saskia wirklich geliebt, wahrscheinlich als Einzige aus ihrer Familie.«

»Das mag schon sein. Trotzdem war Linda nicht da, als Saskia sie gebraucht hat. Sie ist lieber mit ihren Freundinnen feiern gegangen, anstatt für ihre Schwester da zu sein.«

Suna wollte einwenden, dass Linda doch nicht hatte ahnen können, dass es Saskia an diesem Abend so schlecht gegangen war. Sie hatte ja auch nichts von den Rachepläne und von der Entführung von Tenstaage gewusst, doch sie sah ein, dass es sinnlos war. Er würde sich niemals von ihr umstimmen lassen, ganz egal, welches Argument sie noch vorbrachte. Inzwischen hatte er sich seine eigene Realität zusammengebastelt. Er würde Linda umbringen, und wahrscheinlich auch sie.

Die Bestätigung für ihre Ahnung bekam Suna nur wenige Sekunden später, als Christensen wie beiläufig sagte: »Aber wenn Linda Saskia wirklich so liebt, wie Sie sagen, wird es ihr ja kaum etwas ausmachen, ihr zu folgen.«

Suna erschauerte abermals. Entsetzt starrte sie Christensen im Rückspiegel an. Sie schaffte es nicht, den Blick von ihm abzuwenden, nicht einmal, als er wissend grinste. Ihr war plötzlich klar geworden, wohin sie fuhren: Zur Fehmarnsundbrücke.

»Machen Sie sich keine Sorgen«, sagte Christensen ruhig. Es hörte sich an, als spräche er mit einem kleinen Kind. »Ihnen wird nichts passieren. Gegen Sie habe ich nichts.«

Suna spürte, wie langsam Panik in ihr aufzusteigen begann. Sie hatte schon die ganze Zeit gewusst, dass sie und Linda in Lebensgefahr waren, aber jetzt, wo sie Christensens konkrete Pläne durchschaut hatte, wurde ihr klar, wie wenig Zeit ihnen noch blieb. Dass er es angeblich nur auf ihre Klientin abgesehen hatte, beruhigte sie dabei keineswegs.

Normalerweise brauchte man von Lübeck aus eine knappe Stunde, um die Fehmarnsundbrücke zu erreichen. Zwar hielt Christensen sich an die vorgeschriebenen Geschwindigkeitsbeschränkungen, um nicht aufzufallen, aber leider war nicht viel los auf der Autobahn.

Wie oft hatte Suna auf der A1 im Stau gestanden und geflucht. Doch jetzt, wo sie sich sehnlichst einen Stau herbeiwünschte, kamen sie gut durch. Ein Blick auf die Uhr sagte ihr, dass sie schon fast seit einer halben Stunde unterwegs waren.

Linda hatte die Augen immer noch geschlossen, und Christensen schien vollkommen in seine Gedanken versunken zu sein. Er sah nur noch selten in den Rückspiegel.

Vorsichtig bewegte Suna ihre Hände, um zu sehen, ob sie ihre Fesseln irgendwie lösen konnte. Sie verdrehte die Handgelenke gegeneinander, biss die Zähne zusammen und ignorierte den Schmerz, der ihr durch beide Arme in den Rücken schoss, so gut sie konnte. Doch die Fesseln saßen fest. Sie schnürten die Blutzufuhr ab, sodass Sunas Hände sich inzwischen geschwollen und ein wenig taub anfühlten.

Als sie versuchte, die Handgelenke in die andere Richtung zu drehen, drückte sie dabei Lindas Hand ein Stück zur Seite. Ihre Klientin stöhnte auf vor Schmerz. Sofort hielt Suna inne. Sie sah, dass Christensen sie misstrauisch im Spiegel musterte.

Sie musste noch vorsichtiger sein. Er hatte zwar gesagt, dass er ihr nichts antun würde, aber wenn er sie bei dem Versuch erwischte, sich zu befreien, könnte er seine Meinung durchaus noch einmal ändern.

Trotzdem versuchte sie es weiterhin, allerdings ohne Erfolg. Und je weiter sie sich der Fehmarnsundbrücke näherten, umso verzweifelter wurde sie. Sie hatte keine Ahnung, wie sie das, was Linda bevorstand, jetzt noch verhindern sollte.

Als sie Heiligenhafen erreichten und die Autobahn endete, wusste Suna, dass sie die Brücke in ungefähr einer Viertelstunde erreichen mussten. Fieberhaft überlegte sie, aber ihr kam immer noch keine Idee, wie sie Christensen aufhalten sollte.

Sie versuchte, weiter ihre Fesseln zu lösen, doch außer dass das scharfkantige Plastikband noch weiter in ihre Handgelenke schnitt, erreichte sie nichts. Als ihr eine warme Flüssigkeit die Handfläche hinunter rann, wurde ihr klar, dass sie inzwischen ganz ordentlich bluten musste. Doch in ihrer Verzweiflung machte sie trotzdem weiter.

Plötzlich fuhr Christensen langsamer. Suna blickte nach draußen, aber in der Dunkelheit und aus ihrer Position konnte sie nicht erkennen, ob sie sich schon auf der Brücke befanden oder nicht. Das änderte sich schlagartig, als Suna im Vorbeifahren erkannte, dass die Leitplanken, die bisher beide Seiten der Straße gesäumt hatten, durch eine Betonabgrenzung abgelöst worden waren. Diese trennte die Fahrbahn auf der einen Seite von dem Fußweg und auf der anderen von den Bahngleisen. Und sie begann erst kurz vor der Stelle, an der die Brücke über Wasser führte.

Oh nein, dachte Suna entsetzt. Jetzt ist es zu spät. Hier muss gleich die Stelle sein, an der Saskia gesprungen ist. Um sicherzugehen, dass sie den Sprung nicht überleben würde, hatte sie sich damals die höchste Stelle der Brücke ausgesucht, die sich noch über Land befand: genau dort, wo das Wasser der Ostsee auf Land traf.

Nur wenige Sekunden später riss Christensen das Steuer herum. Der Wagen zog nach links über die gesamte Fahrbahn, schlingerte kurz und blieb direkt an der Betonabgrenzung stehen.

Der Anblick des frischen Blumenstraußes, der mit einem breiten Samtband an eine Sprosse des Brückengeländers gebunden war, versetzte Suna fast einen Schock. Es war also tatsächlich die Stelle, an der Saskia in den Tod gesprungen war. Christensen musste vorher schon hier gewesen sein und alles vorbereitet haben –

oder er hatte die Blumen seit Saskias Suizid regelmäßig erneuert.

Christensen stellte den Motor ab. Ohne sich noch einmal nach seinen beiden Geiseln auf dem Rücksitz umzudrehen, stieß er die Fahrertür auf. Mit einem lauten Knirschen krachte sie gegen den Beton, doch er scherte sich nicht darum. Eilig lief er um den Wagen herum und riss die Beifahrertür auf.

Ein entgegenkommendes Auto musste ihm ausweichen. Der Fahrer hupte wütend und machte einen riskanten Schlenker, streifte aber weder Christensen noch die Tür.

»Bitte, bitte zeig uns an«, murmelte Suna fast unhörbar, aber sie wusste, selbst wenn der Autofahrer direkt bei der Polizei anrief und den Vorfall meldete, würde die Hilfe nicht mehr rechtzeitig eintreffen, nicht bei dem Tempo, das Christensen jetzt vorlegte.

Er beugte sich ins Innere des Wagens, fasste Linda grob an den Schultern und zog sie zu sich heran, ohne darauf zu achten, dass er ihr dabei die Arme verdrehte. Linda, die vorher komplett reglos dagelegen hatte, schrie auf vor Schmerz, und auch Suna zuckte zusammen, als ihre Arme plötzlich heftig nach hinten gerissen wurden. Sie biss die Zähne aufeinander und versuchte, ihren Kopf zu drehen, um zu sehen, was Christensen vorhatte.

Dieser grinste bösartig, als er Sunas blutende Handgelenke entdeckte. Er hielt seine Schwägerin mit einem Arm an sich gedrückt, mit der freien Hand packte er Suna am Kinn und drehte es gewaltsam in seine Richtung. Es knackte leicht in Sunas Genick und sie hatte das Gefühl, ihr ohnehin schon pochender Schädel könnte jeden Moment explodieren.

»Unsere Schnüfflerin scheint ja richtig Temperament zu haben«, spottete er. »Na, da kann ich ja froh sein, dass ich die extra stabilen Kabelbinder gekauft habe.«

Er zog ein kleines Küchenmesser aus der Brusttasche seiner Lederjacke.

Entsetzt starrte Suna auf die schimmernde Klinge, aber wider Erwarten rammte sie ihr Christensen nicht in den Rücken, sondern schnitt lediglich Lindas Fesseln damit auf.

Sunas Muskeln entkrampften sich sofort ein wenig, als der Druck auf ihre Arme nachließ. Doch die Erleichterung währte nur kurz.

Christensen drückte Linda vor dem Auto auf den Boden, sodass sie zum Sitzen kam. Dann beugte er sich wieder ins Wageninnere. Diesmal packte er Suna an ihren noch immer gefesselten Armen und zog sie brutal in seine Richtung. Die Privatdetektivin schrie auf. Es fühlte sich an, als würde er ihr die Arme herausreißen.

Sie versuchte auf die Beine zu kommen, stolperte aber und landete unsanft neben Linda auf dem Boden. Christensen zog sie wieder hoch und drückte sie mit dem Bauch auf den Beifahrersitz. Dann schlang er einen weiteren Kabelbinder um ihre Fesseln und befestigte ihn am Griff auf der Innenseite der Tür.

»Bitte lassen Sie Linda aus dem Spiel«, versuchte Suna noch einmal, ihn zum Einlenken zu bewegen. »Springen Sie, wenn Sie meinen, dass sie das tun müssen. Aber lassen Sie Ihre Schwägerin in Ruhe.«

Christensen beachtete sie gar nicht. Er bückte sich, griff Linda unter die Achseln und versuchte, sie auf die Füße zu stellen. Aber ihre Knie knickten unter ihr weg. Er probierte es noch einmal, doch als sie wieder in sich zusammensackte, hob er sie einfach auf, schob einen Arm unter ihren Rücken und den anderen in ihre Kniekehlen und trug sie weg.

Es dauerte nur ein paar Sekunden, bis die beiden aus Sunas Sichtfeld verschwunden waren. Sie reckte den Kopf, versuchte sich hochzudrücken, um durch die Windschutzscheibe spähen zu können, aber es nutzte nichts. Sie konnte nichts sehen außer den Innenraum von Lindas Cabrio. Hilflos blieb sie liegen und wartete.

Sie konnte sich auch so gut vorstellen, was gerade passierte: Christensen trug die halb bewusstlose Linda zum Fußweg an der Seite der Brücke, stieg mit ihr über die Betonabgrenzung und steuerte direkt auf das Geländer zu.

Wahrscheinlich würde er sie genau an der Stelle, an der er den Blumenstrauß befestigt hatte, über das Brückengeländer heben und ...

Suna kniff die Augen zusammen, drückte ihr Gesicht in den Sitz und wartete auf das Geräusch, das sie so fürchtete: das dumpfe Aufprallen eines Körpers unterhalb der Brücke.

Doch sie hörte etwas ganz anderes.

Plötzlich wurde es laut. Das Geräusch eines heranrasenden Fahrzeugs war zu erkennen, Reifen quietschten. Gleichzeitig wurde die Umgebung in seltsames, bläulich zuckendes Licht getaucht.

Suna hörte Autotüren, die aufgerissen wurden.

»Stehenbleiben!«, ertönte eine laute männliche Stimme. Dann noch einmal: »Bleiben Sie stehen! Lassen Sie die Frau los!«

Als plötzlich ein lauter Knall die Nacht zerriss, zuckte Suna erschreckt zusammen und presste das Gesicht noch fester an die Sitzfläche. Und dann hörte sie das Geräusch doch noch. Irgendetwas schlug unter ihnen dumpf auf dem Boden auf.

»Linda, nein!«, stammelte Suna verzweifelt. Sie weigerte sich, den Kopf zu heben oder die Augen zu öffnen. Selbst als sich eine Gestalt über sie beugte und ihr tröstend die Hand auf die Schulter legte.

»Ganz ruhig«, murmelte eine dunkle, angenehme Frauenstimme.

Vorsichtig wagte Suna, den Kopf in die Richtung zu drehen, aus der die Stimme kam. Eine schwarzhaarige Polizistin in Uniform lächelte sie beruhigend an.

»Linda?«, fragte Suna heiser. »Was ist mit ihr?«

Das Lächeln der Polizistin wurde breiter.

»Alles in Ordnung«, sagte sie. »Wir haben sie.«

Freitag, 22. März

»Also, eins verstehe ich immer noch nicht.« Robert Lürssen sah seine Exfrau stirnrunzelnd an. »Woher wusste die Polizei, wo sie euch suchen muss?«

Suna lächelte. In ihrem Krankenhausbett sah sie etwas verloren aus, aber ihr ging es schon wesentlich besser als am Abend zuvor, als sie eingeliefert worden war. Die Ärzte hatten eine Gehirnerschütterung diagnostiziert. Ihr Kopf dröhnte trotz der Schmerzmittel, und auch die Folgen des Elektroschocker-Einsatzes spürte sie noch, vor allem die Brandmale im Rücken. Ihre beiden Handgelenke waren mit Salbe behandelt und bandagiert worden. Doch sie war froh, dass jetzt alles überstanden war.

»Das habe ich deiner Schwester zu verdanken«, erklärte sie. »Zum Glück hatte ich sie angerufen, als ich auf dem Weg zu Lindas Wohnung war. Als mir Jörn Christensen dann die Tür geöffnet hat, habe ich schnell in die Jackentasche gegriffen und die Wahlwiederholung gedrückt. Dann habe ich eine spezielle Einstellung aktiviert, sodass der Angerufene mithören kann, aber selbst stumm geschaltet ist.«

Robert sah sie skeptisch an. »Das geht? Das kannst du so einfach, ohne hinzugucken?«

»Bei meinem Handy geht das zum Glück.« Suna zuckte die Achseln. »Es ist schon ganz nützlich, wenn man so etwas kann.« Tatsächlich hatte sie genau diese Handgriffe unzählige Male geübt, bis sie es blind hinbekommen hatte, aber das musste er ja nicht unbedingt wissen.

»Allerdings kriege ich das nur mit der Wahlwiederholung hin, eine bestimmte Nummer anzurufen klappt nicht«, gab sie zu. »Ich hatte also Glück, dass ich direkt vorher noch mit Rebecca telefoniert hatte. Wenn ich vorher eine Pizza bestellt hätte, wäre wohl alles anders gekommen. Und noch mehr Glück hatte ich, dass Rebecca den Anruf direkt angenommen hat. Sie konnte das meiste von dem, was in der Wohnung gesprochen worden ist, verstehen.«

»Und da hat sie gleich richtig geschaltet und die Polizei verständigt«, ergänzte Robert.

Suna nickte. »Richtig. Ich habe auch darauf gesetzt und versucht, Christensen so lange wie möglich in der Wohnung festzuquatschen, aber leider waren wir trotzdem schon weg, als der Streifenwagen ankam. Das nächste Problem war, dass ich meine Jacke, in der ja das Handy steckte, leider nicht mitnehmen konnte. Deshalb konnte Rebecca uns nicht mehr hören, nachdem wir die Wohnung verlassen hatten. Dummerweise hat die Polizei dann noch eine Fahndung nach dem falschen Fahrzeug eingeleitet, weil sie natürlich davon ausgegangen ist, dass Christensen seinen eigenen Wagen nimmt und nicht den von Linda.«

»Aber irgendjemand kam dann doch auf die Idee, nach Lindas Wagen zu suchen, oder?«, fragte Robert. »Ich meine, sonst hätten sie euch doch nicht gefunden.«

Suna schüttelte den Kopf. »Nicht ganz. Irgendeiner bei der Polizei hatte die geniale Idee, die Kollegen in Heiligenhafen zu verständigen, dass sie mal auf der Fehmarnsundbrücke nachschauen. Sie haben vermutet, dass Christensen vielleicht zu dem Ort unterwegs ist, wo seine Frau umgekommen ist, was ja auch der Fall war. Jedenfalls können wir von Glück sagen, dass sie gerade noch rechtzeitig gekommen sind. So wie ich gehört habe, war Christensen schon am Geländer. Es hat nicht mehr viel gefehlt, und er hätte seinen Plan tatsächlich in die Tat umgesetzt.«

Noch als Suna von den Sanitätern versorgt wurde, hatte sie sich genau erzählen lassen, was passiert war. Christensen hatte auf die Rufe des Polizisten nicht reagiert. Mit Linda auf dem Arm war er weiter auf das Geländer zugelaufen. Also hatte der Polizist seine Waffe gezogen und geschossen. Durch den Treffer im Bein war Christensen zwar gestürzt, hatte sich aber schnell wieder aufgerappelt, sich über das Geländer geschwungen und war in die Tiefe gestürzt. Er war an fast exakt derselben Stelle aufgeschlagen, an der auch seine Frau gestorben war: dort, wo die Ostsee auf Land traf.

Glücklicherweise hatte er nicht mehr die Kraft gehabt, seine Schwägerin mit in die Tiefe zu reißen. Sie war direkt am Geländer auf dem Fußweg liegen geblieben.

Robert schüttelte nachdenklich den Kopf. Er war immer noch fassungslos darüber, was passiert war. Als Suna ihn kurz zuvor angerufen und erzählt hatte, sie hätte den Fall gelöst, hatte das noch recht harmlos geklungen. Als sie ihm dann jedoch berichtet hatte, wie alles zusammenhing und was in der letzten Nacht geschehen war, hatte es ihm fast den Boden unter den Füßen weggezogen.

»In Zukunft werde ich mir lieber zehn Mal überlegen, ob ich dir einen Klienten vermittle«, unkte er. »Wenn du dich fast umbringen lässt, soll das schließlich nicht meine Schuld sein.«

»Ach was.« Suna winkte ab. »Ich habe nur noch ein paar Kopfschmerzen, sonst geht es mir schon wieder ganz gut. Mit ein bisschen Glück bin ich spätestens nach dem Wochenende hier raus.«

»Du solltest das nicht auf die leichte Schulter nehmen. Du hast ganz schön was einstecken müssen, nicht nur körperlich.«

Suna lächelte. Sie fand es rührend, dass er sich immer noch um sie sorgte. Dann fiel ihr plötzlich Dr. Zeisig ein und sie zog eine Augenbraue hoch. »Wenn es nötig ist, ich kenne da eine gute Psychologin«, scherzte sie. Als sie weitersprach, wurde ihre Miene jedoch ernst. »Um Linda mache ich mir da schon mehr Sorgen. Ich möchte gar nicht darüber nachdenken, was die Arme in nächster Zeit alles verarbeiten muss.«

»Hast du schon mit ihr gesprochen?«, erkundigte sich Robert.

»Habe ich.« Suna nickte. »Sie liegt drei Zimmer weiter. Ich habe mich vorhin mal kurz zu ihr rübergeschlichen, aber verrate das bloß nicht der Oberschwester. Sonst kriege ich mächtig Ärger.« Sie legte den Zeigefinger vor die Lippen und zwinkerte ihm verschwörerisch zu.

»Ich schweige wie ein Grab«, versicherte Robert. »Wie steckt Linda das Ganze denn weg?«

»Im Moment ist sie erst mal mit ihren körperlichen Blessuren beschäftigt. Alles andere kommt dann wohl später. Ich denke, das Schlimmste für sie wird die Erkenntnis sein, dass ihre Schwester sich nicht nur das Leben genommen hat, sondern vorher ziemlich üble Sachen gemacht hat.« Suna holte tief Luft und atmete dann hörbar aus. »Na ja, zumindest ist ihr Schwager allein für die Morde verantwortlich gewesen. Damit hatte Saskia nichts zu tun.«

»Weiß sie denn die ganze Wahrheit?«, erkundigte sich Robert.

»Nein. Zum Glück hat der Elektroschocker sie gestern so heftig erwischt, dass sie weitgehend außer Gefecht gesetzt war. Und dazu kam dann noch der Schlag gegen die Stirn, als wir ins Auto steigen mussten. So hat sie die Anfeindungen von ihrem Schwager gar nicht mitbekommen. Sie denkt, dass es ihm nur darum gegangen ist, uns als Zeugen aus dem Weg zu räumen. Und wenn es nach mir geht, muss sie die Wahrheit gar nicht erfahren.«

»Wahrscheinlich wäre das wirklich das Beste für sie«, stimmte Robert zu.

»Da ist übrigens noch etwas«, wechselte er das Thema und den Tonfall. »Ich habe dir einen Blumenstrauß mitgebracht.«

Suna nickte. »Hab ich gesehen.«

»Ich meine, einen richtig großen Blumenstrauß.«

»Ja, auch das habe ich gesehen.«

»Und Pralinen, sogar eine richtig große Packung.« Robert strahlte sie an.

Suna biss sich auf die Unterlippe, um nicht laut loszulachen. »Also, was willst du?«

Ihr Exmann zog eine Grimasse. »Dass du mich immer gleich durchschaust, ist wirklich nicht fair«, klagte er.

Jetzt musste Suna wirklich lachen. »Na ja, wenn du mir mit deinem Wink mit dem Zaunpfahl fast den Schädel einschlägst, muss ich mich ja irgendwie in Deckung bringen. Jetzt sag schon, worum geht es?«

»Um eine Mandantin von mir. Sie hat ein ziemlich schweres Schicksal hinter sich. Ihr Mann wurde vor Kurzem entführt und ermordet. Zum Glück wurde sie dank einer findigen Privatdetektivin von jedem Tatvorwurf reingewaschen.«

»Lucia.« Suna seufzte. »Wie geht es ihr?«

»Ich würde sagen, sie verkraftet es ziemlich gut. Sie hat nur ein Problem. Sie war noch nicht allzu lange mit Tenstaage verheiratet, würde aber trotzdem gern hier in Lübeck bleiben. Und dazu braucht sie einen Job. Da habe ich mir gedacht, du könntest in deinem Büro vielleicht Verstärkung gebrauchen.«

Suna sah ihn skeptisch an. »So, hast du. Was kann sie denn?«

»Ach, alles mögliche«, gab Robert vage zurück. »Kopieren, Kaffeekochen und natürlich fließend spanisch.«

»Hmm.« Suna nahm die Arme hoch und verschränkte die verbundenen Handgelenke im Nacken. »Hört sich schon verführerisch an. Spanisch brauche ich zwar eher selten, aber allein die Vorstellung, ich könnte an meinem Schreibtisch sitzen und jemand bringt mir meinen Milchkaffee, wirkt wie der reine Luxus. Ich glaube, daran könnte ich mich durchaus gewöhnen.« Sie lächelte. »Also gut. Sag ihr einfach, sobald ich hier raus bin, setzen wir uns mal in Ruhe zusammen.«

Epilog

Samstag, 4. Mai

Liebe Linda,

es tut mir so wahnsinnig leid, was ich dir heute antun muss, aber ich kann nicht mehr. Ich weiß selbst nicht genau, woran es lag, aber irgendwie bin ich von Anfang an nicht mit meinem Leben klargekommen. Und ich bin mir sicher, dass sich das auch nicht mehr ändern wird. Deshalb ist es Zeit für mich zu gehen.

Ich war nicht immer ehrlich zu dir, und vor allem in den letzten Wochen habe ich einige schlimme Dinge getan, Dinge, auf die ich wirklich nicht stolz sein kann. Zuerst habe ich geglaubt, dass ich das Recht dazu habe, weil man mir auch Grausames angetan hat, doch inzwischen weiß ich, dass es falsch war. Dadurch habe ich alles nur noch schlimmer gemacht. Ich würde es gern wiedergutmachen, oder zumindest die Konsequenzen tragen, aber leider fehlt mir die Kraft dazu. Ich schaffe es einfach nicht.

Ich möchte dir noch sagen, wie stolz ich auf dich bin. Du warst schon immer mein Sonnenschein, mein Ein und Alles. Ohne dich hätte ich niemals so lange durchgehalten. Ich danke dir dafür, dass du immer für mich da warst. Auf keinen Fall darfst du dir irgendwelche Vorwürfe machen wegen dem, was ich jetzt tun werde. Dich trifft keine Schuld daran.

Ich liebe dich, und das werde ich immer tun. Du bist mein Engel.

Bitte verzeih mir.

Saskia

Mit einem traurigen Lächeln auf den Lippen faltete Linda den Brief zusammen. Inzwischen war das Papier ganz verschlissen, so oft hatte sie ihn gelesen.

Von Anfang an war sie sich sicher gewesen, dass Saskia sich niemals das Leben genommen hätte, ohne sich von ihr zu verabschieden. Und sie war sehr erleichtert, dass sie recht behalten hatte. Den Brief hatte sie gefunden, als sie Saskias und Jörns Wohnung ausgeräumt hatte. Warum ihr Schwager ihn ihr vorenthalten hatte, wusste sie nicht, aber sie hatte aufgehört, seine oder Saskias Beweggründe nachvollziehen zu wollen.

Auch ihm hatte Saskia einen Abschiedsbrief geschrieben. Er hatte zusammen mit ihrem in einer Ausgabe von Lessings *Nathan der Weise* gesteckt. Doch diesen Brief hatte Linda nicht gelesen. Er ging sie nichts an.

Es hatte mal eine Zeit gegeben, da war sie regelrecht neidisch gewesen auf die enge Beziehung der beiden, auf ihre scheinbar unendliche Liebe. Doch Jörn hatte Saskia niemals geliebt, da war sie inzwischen sicher. Sie wusste nicht, wie Psychologen seine Beziehung zu Saskia beschrieben hätten – Abhängigkeit, Hörigkeit oder einfach Besessenheit, aber für sie war sie einfach nur krank gewesen.

Hätte er Saskia wirklich geliebt, dachte sie, hätte er sie niemals bei diesen verrückten Racheplänen unterstützt. Stattdessen hätte er ihr geholfen, endlich mit ihrem Leben klarzukommen.

»Linda, kommst du?«, unterbrach eine Stimme ein paar Meter hinter ihr ihre Gedanken. »Wir sollten langsam losfahren, sonst schaffen wir das heute alles nicht mehr.«

»Gleich, gib mir noch eine Minute, ja?«, rief sie zurück.

Dario nickte kurz und lief dann zum Auto zurück. Er war ein neuer Kollege von ihr und hatte sich angeboten, ihr beim Umzug zu helfen. Sie hatte nicht lange überlegen müssen, als ihr Chef ihr einen besseren Job angeboten hatte – in der Filiale in Bremen.

Es wurde Zeit für einen Neuanfang. Lübeck wollte sie ohnehin den Rücken kehren. Die schlechten Erinnerungen würden sie immer wieder heimsuchen, wenn sie durch die Stadt fuhr, jedes Mal, wenn sie an einen Ort kam, den sie irgendwie mit Saskia verband – oder noch schlimmer: mit Jörn.

Sie wusste, dass sie auch an einem neuen Wohnort viel Geduld brauchen würde, um alles zu verarbeiten, was in der letzten Zeit passiert war. Aber sie war zuversichtlich, dass sie es schaffen würde. Und irgendwann würde sie vielleicht auch verzeihen können. Den ersten Schritt dazu hatte sie heute gemacht, als sie hergekommen war.

Wieder lächelte sie, ging in die Hocke und legte Saskias Brief vor den schlichten Grabstein, in den in zierlichen Buchstaben der Name *Irene Vossen* graviert war. Sie beschwerte ihn mit einem kleinen Stein, bevor sie sich umdrehte und auf den Wagen zuging, neben dem Dario auf sie wartete.

»Alles klar, ich bin soweit«, sagte sie, bevor sie die Beifahrertür des gemieteten Transporters öffnete. »Auf in ein neues Leben.«

- Ende -

Lesetipp

Sturmflut: Ein Fall für Suna Lürssen

von Kerstin Wassermann

»Ich möchte, dass Sie herausfinden, warum ich meinen Freund getötet habe.«

Es ist ein ungewöhnlicher Auftrag für die Lübecker Privatdetektivin Suna Lürssen. Ihre Klientin Fenja hat in ihrer Wohnung auf Sylt einen Freund erstochen. Sie erinnert sich kaum noch an den Abend, an dem es passiert ist. Festzustehen scheint nur, dass sie in Notwehr gehandelt hat.

Als Suna versucht, mehr über die Hintergründe der Tat herauszufinden, merkt sie schnell, dass der Fall wesentlich komplizierter ist als erwartet.

Und bald schon wird eines klar: Mit ihren Ermittlungen sticht sie mitten in ein Wespennest.

3876430R00142

Printed in Germany
by Amazon Distribution
GmbH, Leipzig